HEYNE
BÜCHER



SCIENCE FICTION

Herausgegeben
von Wolfgang Jeschke

Ein Verzeichnis weiterer Bände dieser Serie
finden Sie am Schluß des Romans.

STAR TREK
DEEP SPACE NINE

DIANE CAREY

# DIE SUCHE

*Roman*

STAR TREK®
DEEP SPACE NINE
Band 9

**Deutsche Erstausgabe**

WILHELM HEYNE VERLAG
MÜNCHEN

HEYNE SCIENCE FICTION & FANTASY
Band 06/5432

Titel der Originalausgabe
THE SEARCH
Übersetzung aus dem Amerikanischen von
UWE ANTON

*Umwelthinweis:*
Dieses Buch wurde auf
chlor- und säurefreiem Papier gedruckt.

Redaktion: Rainer Michael Rahn

Printed in Germany 1996
Umschlagbild: Pocket Books / Simon & Schuster
Umschlaggestaltung: Atelier Ingrid Schütz, München
Technische Betreuung: M. Spinola
Satz: Schaber Satz- und Datentechnik, Wels
Druck und Bindung: Ebner Ulm

ISBN 3-453-09457-3

# 1

»Direkter Treffer im Andockring!« Jem'Hadar. Die neuen Berserker. Sie führten den nächsten Angriff durch.

Bedrohlich näherte das Schiff sich fast auf direktem Kollisionskurs und zerfurchte mit seinen Waffen das leere All, noch bevor diese den Kommandoturm der Raumstation erfassen konnten. Und sie hatten Spaß an dem, was sie taten.

»Sie durchlöchern die neuen Schilde einfach!« Major Kira Nerys fühlte, wie ihr Hals vor rauher Frustration schmerzte.

Als ein weiterer Treffer den gesamten Boden heftig beben ließ, klammerte Miles O'Brien sich an seine technische Konsole und beugte sich vor, um nicht das Gleichgewicht zu verlieren. »Wir haben einen Hüllenbruch in den Sektionen Dreiundzwanzig Alpha bis Sechzehn Baker. Schwere Verluste.«

»Versuchen Sie, die Energie zum Interface zu erhöhen. Wenn wir vielleicht...«

Das Schott der OPS explodierte. Splitter pfiffen durch die Luft und sichelten ein halbes Dutzend Mannschaftsmitglieder nieder wie ein Mähdrescher Getreide. Der automatische Alarm, der den Hüllenbruch verkündete, gellte in ihren Ohren.

»Transporter sind ausgefallen«, meldete O'Brien hustend. Er zwang sich, zwei wunde Finger zu bewegen, und schlug auf das nächste Interkom. »Medo-Techniker auf die OPS.«

Unter normalen Umständen hätte Kira diesen Ruf

getätigt. Doch es war niemand hier, der ihr Befehle erteilen konnte. Sie hatte das Kommando über den Zusammenbruch der Station Deep Space Nine.

In Augenblicken wie diesem wünschte sie sich, sie hätte schönes, langes Haar, das sie sich ausreißen könnte. Sie hätte liebend gern kastanienbraune Knäuel auf dem gesamten Boden zurückgelassen. Ein paar Sekunden lang wünschte sie sich jede Menge langes Haar.

Dann wurde die Station erneut erschüttert. Plasmarückstände sprühten an den Beobachtungsfenstern vorbei und schufen fast ein feierlich wirkendes Feuerwerk. Ihr Licht fiel auf die Leichen der gefallenen Mannschaftsmitglieder.

»Verdammt, wo sind die Flitzer?« keuchte Kira. »Die *Mekong* soll doch Sektor Zwei-Eins-Fünf verteidigen!«

»Die *Mekong* hat die linke Antriebsgondel verloren, Sir«, sagte O'Brien mit mühsam beherrschter Stimme. »Die *Rio Grande* ist zerstört worden... und die *Orinoco* kämpft noch beim Wurmloch mit einem Schiff der Jem'Hadar...«

Er wurde von einem weiteren Treffer zur Seite geworfen.

Unglaublich... diese Energiestrahlen, die die Station erzittern ließen, konnten praktisch eine gesamte Stadt wie mit einem Faustschlag zerschmettern. Die Beleuchtung schwankte. In dem unbeständigen Flackern konnte Kira kaum O'Briens Gesicht ausmachen.

Im Hintergrund öffnete die Tür des Turbolifts sich knirschend, zuerst halb und dann ganz. Julian Bashir und sein medizinisches Team stolperten in die OPS, prallten kurz vor dem nicht wiederzuerkennenden Schlachtfeld zurück, das vor kurzem noch das ordentliche, aufgeräumte Gehirn von DS Nine gewesen war, rissen sich dann zusammen und liefen auseinander, um die Verletzten zu versorgen.

Kira blinzelte und mußte unwillkürlich daran denken, daß sie beobachtet hatte, wie Julian in der Holo-Kammer gestorben war. Es hatte sich nur um eine Simulation gehandelt, doch die Erinnerung daran quälte sie noch immer. Der Arzt war einer der unschuldigsten von ihnen, einer der freundlichsten, und ihn sterben zu sehen, hatte sie vor Zorn fast um den Verstand gebracht. Doch nun würden all ihre Freunde und Landsleute sterben, sollte es Deep Space Nine nicht gelingen, den einzigen Brückenkopf zum Gamma-Quadranten zu verteidigen.

»Na schön«, rief Kira zu O'Brien hinüber, »konzentrieren Sie das Feuer auf das vorderste Schiff einer jeden Angriffswelle. Wenden Sie Verteidigungsplan Echo-Eins-Fünf an und richten Sie die Torpedos auf …«

Die gesamte Station kippte um drei Meter nach rechts, und sie wäre fast gestürzt. Nur mit größter Anstrengung konnte sie auf den Beinen bleiben. Um sie herum stürzten fast alle anderen zu Boden. Einige rutschten über das Deck und prallten gegen zerfetzte Bruchstücke abgerissener Wände und Konsolenverkleidungen.

Die Beleuchtung flackerte erneut und erlosch dann völlig. Dunkelheit blähte sich auf wie eine Wunde.

»Hauptenergie ausgefallen«, rief O'Brien, und seine Stimme kam Kira leiser vor als bei der letzten Meldung. »Schilde sind ausgefallen, Waffen haben keine Energie mehr …«

Kira wollte keine Meldungen mehr hören. Sie mußte über die Möglichkeiten nachdenken, die ihr noch blieben, und nicht darüber, was ihr nicht mehr zur Verfügung stand. Natürlich war genau das die Bedeutung dieser Schadensberichte – sie sollten ihr verraten, was sie noch einsetzen konnte. Aber im Augenblick war ihr das völlig egal. Ihre Reflexe setzten ein, und sie fing wieder an, wie eine Untergrundkämpferin zu denken.

Was konnte sie einsetzen? Konnte sie Handphaser

einsammeln lassen und deren Energievorräte nutzen? Gab es Schweißbrenner auf der Station? Messer? Chemikalien?

Obwohl sie nicht die geringste Ahnung hatte, was über ihre Lippen kommen würde, öffnete sie den Mund, um Anweisungen zu erteilen. Sie vertraute darauf, daß ihre Instinkte sich etwas einfallen ließen.

Doch sie sollte nie erfahren, ob sie den Anforderungen dieses Augenblicks gewachsen war oder nicht.

Drei Säulen von Transporterenergie verdichteten sich auf der OPS zu Gestalten. Einen Moment später eröffneten die drei graugesichtigen Fremden mit ihren bereits gezogenen Waffen das Feuer auf das Personal der Station.

Kira schluckte schwer, als Julian Bashir und einer seiner Assistenten von den Energiestrahlen der Jem'Hadar aufgelöst wurden. Einen Augenblick später war der Rest des Medo-Teams ebenfalls tot.

Auf der anderen Seite der OPS schüttelte O'Brien den Kopf und seufzte.

Kira stürmte hinter ihrer Station hervor und griff den nächsten Soldaten der Jem'Hadar mit einem Tritt und einem halben Dutzend Schlägen an. Das Wesen nahm ihre Attacke stoisch hin und schien die Hiebe kaum zu spüren.

Ein anderer Soldat richtete seine Waffe auf O'Brien und schoß. Der Strahl drang durch seinen Körper.

Noch immer um sich schlagend, knirschte Kira mit den Zähnen und stolperte dann zwei oder drei Schritte zurück.

Die Computerstimme hallte leicht wider. *»Ich bin nicht imstande, die Simulation fortzusetzen. Es sind keine Daten über die Körperkraft oder Ausdauer der Jem'Hadar verfügbar.«*

Die Stimme war so verdammt höflich, daß sie genausogut hätte sagen können: »Bitte spucken Sie nicht auf den Boden.«

»Ach, halt die Klappe«, fauchte Kira. »Simulation beenden.«

Die gesamte OPS verschwand, wich einer samtschwarzen Holo-Kammer. Auf dem Boden lösten sich Julians Leiche und die der anderen Medo-Techniker auf.

Kira ließ den Blick noch einen Moment dort verweilen, wo Julian gelegen hatte, und rutschte hin und her. Die verdammte Wirklichkeitstreue der Simulation machte ihr zu schaffen. Sie konnte so viel trainieren, wie sie wollte, doch würde sie auch handeln können, wenn es zu einem richtigen Angriff kam? Sie hatte die Schrecken des Krieges aus erster Hand miterlebt, doch genügte das? Würde sie erstarren wie das Kaninchen vor der Schlange, wenn es wirklich losging? Tapferkeit entstand oft aus spontaner Unerfahrenheit. Und genau die würde sie durch die Übungen vielleicht verlieren.

Ihr persönlich brachten diese Übungen ganz bestimmt nichts.

O'Brien seufzte erneut, schwieg aber.

»Chief«, murmelte Kira, »ich bin es langsam leid, immer nur zu verlieren.«

Er ging zu ihr. »Tut mir leid, Major. Ich dachte wirklich, diesmal würden wir es schaffen.«

»Es genügt nicht, daß es Ihnen leid tut«, schnauzte sie. »Das Dominion könnte bereits eine Invasionsflotte auf der anderen Seite des Wurmlochs zusammengezogen haben. Wir müssen eine Möglichkeit finden, einen Angriff der Jem'Hadar zurückzuschlagen, und zwar sofort.«

Ermüdung zeichnete O'Briens ansonsten leutseliges Gesicht, doch er nickte. Er wußte, daß sie recht hatte. »Jawohl, Sir. Ich werde einige Alternativen ausarbeiten…«

Er behielt den Rest des Satzes für sich – daß sie nicht mehr sehr viele Alternativen hatten, von Hexerei mal abgesehen.

Zum tausendsten Mal – allein am heutigen Tag – erinnerte Kira sich an ihre Zeit im Untergrund und die Veränderungen, die sich danach vollzogen hatten. Sie hatte gedacht, dieser schlimme Abschnitt sei endgültig vorbei. Und jetzt diese neuen Veränderungen ... hatte sie überhaupt noch Kraft zum Kämpfen?

Falls das Dominion angriff und Starfleet einen Rückzieher machte ... falls Starfleet hier keine Flotte konzentrieren sollte ...? Was, wenn sie mit Entschuldigungen kamen, um Kiras Heimatplaneten nicht verteidigen zu müssen, der hier draußen ganz allein mitten im tiefsten Weltraum lag und eigentlich keine große Bedeutung hatte?

Worauf legte die Föderation überhaupt Wert? Auf Weizen? Eisen? Latinum?

Sie wußte es nicht ganz genau. Und vielleicht wollte sie es auch gar nicht wissen.

Starfleet konnte der Bedrohung ausweichen, Bajor hingegen nicht. Kiras Heimatplanet und seine verzweifelt arme Bevölkerung, die gerade mühsam die Unterdrückung abgeschüttelt hatte, würden einfach keinen großen Kampf mehr liefern können. Sollte es zum Äußersten kommen, wäre Bajor wieder auf sich selbst angewiesen, und sie würde erneut wie eine Ratte im Dreck leben, mit ziemlich geringen Überlebenschancen, falls das Dominion diesen Sektor übernahm.

Denn sie wußte ... sie würde ihm niemals nachgeben.

Und sie wußte auch noch einige andere Dinge, Wahrheiten, die hinter ihren Bemühungen lauerten, die Station zu verteidigen. Besatzungsmächte, Konzentrationslager, Massenmord, das karge Leben im Untergrund, Tag für Tag ein Opfer. Es gab Fraktionen in der Föderation, die die Galaxis nach ganzen Sonnensystemen und Sektoren maßen und dabei einen oder zwei Planeten, die bloße Vorposten waren, allzuschnell ignorierten.

Als Taktikerin wußte Kira genau, welchen Stellenwert der Planet Bajor wirklich hatte. Es wäre töricht von Starfleet, eine ganze Flotte zu opfern, um einen Planeten zu verteidigen, der einfach nicht wichtig genug war.

Gehörte sie Starfleet Command an und müßte einen Verteidigungsplan für einen ganzen Sektor der Galaxis ausarbeiten – welche Entscheidung würde sie treffen?

Bajor hatte lange gezögert, sich der Föderation anzuschließen, und einige Bajoraner hatten sich den Befreiungsstreitkräften von Starfleet genauso erbittert entgegengestellt wie zuvor den cardassianischen Besatzern. Das Verlangen, völlig unabhängig zu sein, hatte sich zu tief bei den Bajoranern eingegraben, und obwohl sie Hilfe brauchten, um ihre Welt zu stabilisieren und wieder aufzubauen, waren sie unfreundlich und isolationistisch geblieben. Sie wollten einzig und allein Bajoraner sein, ihr Haupt eine Weile stolz erheben können, sich selbst beweisen, daß sie allein zurechtkamen und auf die Hand spucken konnten, die die Föderation ihnen reichte.

Nur für eine Weile, nur um die anderen zu reizen.

Und nun das.

Sie mußte einen Weg finden, Bajor von der Station aus zu verteidigen – oder die Station von Bajor aus. Sie mußte die Vorgaben zugunsten ihres Heimatplaneten und dieser Station verschieben, und Starfleet würde vielleicht einen Sinn darin sehen, Bajor zu verteidigen.

Sie ging die schmale Treppe voran, die zu Quarks Bar hinabführte, und stellte mit einem verärgerten Frösteln fest, daß die Stufen kaum breit genug für zwei Humanoide waren, die nebeneinander gingen. Sie dachte daran, wozu die Holo-Kammern am häufigsten benutzt wurden – und das waren nicht gerade Kampfsimulationen –, und beschleunigte ihre Schritte etwas, um einen größeren Abstand zu O'Brien zu bekommen. Sie ging davon aus, daß es einem verheirateten Mann und Familienvater vielleicht peinlich war, sie einmal zu oft zu berühren.

Für sie war die gesamte Technik der Simulation ein zweischneidiges Schwert. Die Simulationen waren durchaus so realistisch, daß Soldaten für einen Kampf trainieren konnten; aber echter Heldenmut entstand sehr oft aus einer gewissen Naivität, aus der Unkenntnis, wie schmerzhaft solch ein Kampf wirklich war – und wie schmerzlich es war, Freunde sterben zu sehen.

Die Holo-Kammer ließ Soldaten, die darin ausgebildet worden waren, vielleicht zu vorsichtig werden. Welcher Achtzehnjährige würde noch in den Krieg ziehen, wenn er bereits erfahren hatte, wie der Krieg sein konnte? Heldenmut erwuchs meist aus harten, schnellen Lektionen im Angesicht der Gefahr...

»Positiv ist zu vermelden«, sagte sie, als sie es endlich die lange Treppe hinab in die gutbesuchte Bar mit ihrem unablässigen Geräuschpegel geschafft hatten, »daß Ihre neue Einteilung der Flitzer die Niederlage zumindest verlangsamt hat.«

Als sie sah, daß der Ferengi mit den hervorstehenden Eckzähnen auf sie zukam, blieb sie stehen. Der Besitzer der Holo-Kammern hielt eine Rechnung in der Hand.

»Ja, Sir«, sagte O'Brien. »Wenn wir die Abstände zwischen den Flitzern auf fünfhundert Meter vergrößern, könnte uns das vielleicht eine weitere halbe Minute verschaffen.«

»Sind Sie da oben endlich fertig?« unterbrach Quark sie. »Seit drei Stunden muß ich schon Kunden abweisen – Kunden, die *im voraus* bezahlt haben, wie ich hinzufügen darf.«

»Gute Idee«, sagte Kira zu O'Brien und ignorierte den schiefen Blick, den Quark ihr zuwarf, als er glaubte, sie würde mit ihm sprechen. Quark bildete sich immer gern ein, alle Frauen jeder Spezies würden stets mit ihm sprechen.

»Da wir gerade von der Bezahlung sprechen«, fuhr der Ferengi fort, »wer wird für diese Rechnung über eine dreitägige Benutzung der Holo-Kammer aufkommen?«

O'Brien sprach über Quarks Kopf hinweg. Nun ja, genau gesagt über seine Ohren hinweg. »Vielleicht können wir auch die Integrität des Deflektorfelds verstärken, wenn wir es durch einen Antimaterie-Prozessor leiten.«

»Und hoffentlich«, fuhr Quark fort, »sagen Sie mir jetzt nicht, ich soll sie an die bajoranische Regierung weiterleiten.«

»Versuchen Sie es ruhig mal«, sagte Kira scharf. Verärgert versuchte sie, an ihm vorbei zu O'Brien zu schauen und sich auf die Analyse der Verteidigungsmaßnahmen zu konzentrieren. Sie alle würden vielleicht sterben, und Quark jammerte wegen seiner Rechnung, als hätte er den Ernst der Lage noch nicht begriffen. Das war kein beiläufiges Gespräch, und sie wollte nicht, daß Quark – zu seinem eigenen Besten – etwas davon mitbekam. Der Ferengi würde erschüttert sein, wenn er wüßte, was sie vorhatten und womit sie rechneten.

»Bei denen kann man einfach kein Geld rausquetschen«, sagte Quark. »Genausowenig wie Blut aus einem Tholianer.«

Sie gingen weiterhin auf die Tür zu. »Wenn Commander Sisko von Starfleet Command zurückkehrt«, sagte Kira zu O'Brien, »setzen Sie ihn sofort über alle technischen Modifikationen ins Bild, die Sie und ich...«

»Major!« Quark schien zu befürchten, daß sie es auf den Korridor hinaus schafften, ohne zu bezahlen, und baute sich plötzlich mitten vor ihnen auf. »Ich muß leider auf einer Antwort bestehen. Was soll ich also mit dieser Rechnung machen?«

Er hielt sie ihr vors Gesicht.

Kiras Finger juckten vor Begierde, als sie sich vorstellte, wie sie ihm die Rechnung zehn Zentimeter tief in den Hals stopfte. Aber nein, das ging leider nicht. Sie hatte den Befehl über die Station. Sie mußte auf ihr Image achten und so weiter …

Verdammt.

Sie brachte ein völlig falsches, freundliches Lächeln zustande. »Ich werde Ihnen sagen, was Sie mit dieser Rechnung anfangen können, Quark«, erwiderte sie. Dann verschwand das Lächeln. »Oder soll ich es Ihnen lieber zeigen?«

Zweifel legte sich auf Quarks Gesicht, und er trat einen Schritt zurück.

So einzigartig war ihr Trick nun auch wieder nicht, aber irgendwie wirkte sie überzeugend. Kira beugte sich zu ihm vor, um ihre Einstellung zu verdeutlichen, aber ein Zirpen ihres Kommunikators unterbrach sie.

Jadzia Dax' kultivierte Stimme rief: »Dax an Major Kira.«

Kira berührte den Kommunikator und nannte ihren Namen.

»Haben Sie etwas vergessen, Major?«

Sie warf O'Brien einen Blick zu. »Was habe ich vergessen?«

»Sie haben für sechzehn Uhr eine taktische Einsatzbesprechung anberaumt. Jetzt ist es sechzehn Uhr zwanzig. Wir warten alle auf Sie.«

»Oh. Ja, das hatte ich völlig vergessen. Wir kommen sofort. Tut mir leid.«

»Ich habe es zur Kenntnis genommen. Dax Ende.«

»Das ist doch nicht zu fassen!« Kira mußte wieder an die eventuell bevorstehende Invasion denken und prallte erneut gegen O'Brien, als sie dem Ausgang zustrebten, doch dieser Zusammenstoß machte sie nicht verlegen.

Als sie im Lauftempo auf das überfüllte Deck liefen, hörte sie, daß Quark ihnen etwas hinterherrief.

»Ich setze es auf Ihre persönliche Rechnung!«

»Wir haben Schwierigkeiten, Leute.«

Grimmig und ernst überflog Kira Nerys die Berichte auf dem Sensorfeld der technischen Station vor ihr. Sie schaute zu den anderen Offizieren, Personen, von denen sie allmählich glaubte, daß sie einfach alles schaffen konnten, wenn sie sich nur darauf konzentrierten.

Irgendwie hatte sie dieses Gefühl am heutigen Tag nicht. Alle schienen verwundbar zu sein – oder bildete sie sich das nur ein?

Sie wirkten müde. Das bildete sie sich bestimmt nicht ein. Sie hatte sie zu Höchstleistungen angetrieben.

»Wir haben sieben Simulationen durchgeführt«, sagte sie, »und alle haben das gleiche Ergebnis gebracht. Die Jem'Hadar überwinden unsere Verteidigungen und entern die Station innerhalb von zwei Stunden.«

Dr. Julian Bashir stand am Rand des Kommandokreises. Seinen großen Augen und dem feingeschnittenen Gesicht konnte man die Besorgnis deutlich anmerken. »Zwei Stunden lassen uns nicht einmal Zeit, Verstärkung von Bajor zu bekommen.«

»Es muß etwas geben, das wir übersehen haben.« Jadzia bemühte sich, ermutigend zu klingen, und bedachte ihn mit einem versöhnlichen Nicken. Selbst ihr, dem ruhenden Pol auf dieser Station, fiel keine überzeugende Möglichkeit ein. Sie verstummte, als habe sie begriffen, daß sie ohne Aussagen wie dieser besser dran waren. Bloße Hoffnung war etwas für kleine Kinder.

»Major«, sagte O'Brien schließlich, nachdem jeder jeden angeschaut hatte, »ich bin der letzte, der behaupten würde, daß es hoffnungslos ist, aber angesichts der strukturellen Beschränkungen von DS Nine, der zur Verfügung stehenden Energie und der Schwierigkeit, ein stationäres Ziel gegen einen schwerbewaffneten mobilen Angreifer zu verteidigen, würde ich sagen, daß zwei Stunden noch optimistisch sind.«

Kira verbarg ihre Frustration, indem sie in der OPS auf und ab ging. Schließlich drehte sie sich zu ihrem Sicherheitsoffizier um, zu dem Mann, der dafür verantwortlich war, auf dieser brodelnden Station im All den Frieden zu bewahren.

Constable Odo sah sie an. Sein unvollständiges Gesicht war glatt wie Plastik, sein Verhalten vorsichtig.

»Na schön«, fuhr Kira fort, »sagen wir, sie haben die Station geentert. Das heißt noch lange nicht, daß wir uns ergeben müssen.«

»Was schlagen Sie vor?« ergriff die hinter ihr stehende Dax das Wort.

»Wir können uns in den Rohren verbergen ... Fallen errichten ... Hinterhalte vorbereiten. Durchzuhalten versuchen, bis wir Verstärkung bekommen.«

»Wir können es versuchen«, sagte Odo, »aber ich glaube nicht, daß von der Station noch viel übrig ist, wenn die Verstärkung eintrifft.«

Kira nahm seine Erklärung stoisch hin und schritt wieder auf und ab. Odo wußte mehr über das Innenleben von Deep Space Nine als alle anderen. Er war einfach schon länger hier.

Dax verarbeitete die Fakten wie üblich etwas schneller als die anderen. »Damit bleiben uns zwei Möglichkeiten. Wir können die Station aufgeben und versuchen, Bajor zu verteidigen, oder den Eingang zum Wurmloch zusammenbrechen lassen.«

Kira drehte sich zu ihr um. »Ich will eine dritte Alternative. Ich weigere mich einfach, davon auszugehen, daß wir ...«

Ein Alarm übertönte ihre Worte.

An der wissenschaftlichen Station waren Dax' wunderschöne Augen auf ihre Konsole gerichtet. »Eine starke Subraum-Welle hat soeben unsere Sicherheitssensoren aktiviert.«

Kira warf einen Blick in die Runde und vergewisserte sich, daß die anderen Stationen keinen Alarm auslösten und sie sich auf Dax' Entdeckung konzentrieren konnte. »Wo ist sie?«

»Koordinaten Eins-Vier-Acht Komma Zwei-Eins-Fünf.« Dax' Stimme war verdammt ruhig. Wie, zum Teufel, schaffte sie das nur? »Entfernung dreihundert Meter.«

»Dreihundert *Meter?*« platzte O'Brien heraus. »Das ist doch fast innerhalb unseres Schilds!«

»Der Intensität und harmonischen Signatur zufolge«, warf Dax ein, »könnte es sich um ein getarntes Schiff handeln, aber ich habe noch nie ein Energiezerstreuungsmuster wie dieses gesehen.«

Kira knirschte mit den Zähnen. Ihre Muskeln verkrampften sich, ihre Kehle war wie zugeschnürt. »Könnten es die Jem'Hadar sein?« polterte sie, von Gedanken getrieben, die sie bereits bewogen hatten, die Holo-Kammern aufzusuchen, um diese höchst unbefriedigenden Übungen durchzuführen.

O'Brien hätte fast – aber nur fast – die Augen verdreht, dann wurde ihm klar, daß die Frage keineswegs paranoid war. »In den letzten zwei Tagen ist nichts durch das Wurmloch gekommen.«

»Was auch immer es ist«, sagte Kira, »es ist uns näher, als uns lieb sein kann. Schilde heben. Energie in die Phaserbänke. Halten Sie sich bereit, das Ziel zu erfassen…«

»Die Energiesignatur fluktuiert«, unterbrach Dax. »Es enttarnt sich.«

Unmittelbar vor der Hauptsichtscheibe gab ein sperriges, kompaktes Raumschiff seine Tarnung auf und verdeckte nun den Teil der Nacht, durch den es sich zuvor unerkannt genähert hatte. Es war ein klotziges, schwerbewaffnetes Schiff, trug aber Starfleet- und Föderationsinsignien. Es war mehr als nur vertraut – das Schiff hatte eindeutig ein Starfleet-Design.

Aber es war auch bekannt, daß Schiffe gestohlen werden konnten. Wer befand sich an Bord dieses Dings?

Sie wußte, was die Crew erwartete, weigerte sich aber, die Schilde vorzeitig herunterzunehmen.

»Es ist eindeutig ein Raumschiff der Föderation«, stellte Dax überflüssigerweise fest. »Aber so eine Konstruktion habe ich noch nie gesehen.«

»Ein Föderationsschiff«, fügte O'Brien hinzu, »mit einer Tarnvorrichtung?«

Dax wollte etwas erwidern, hielt dann jedoch inne und meldete: »Sie haben einen Kanal geöffnet.«

Kira nickte ihr zu.

Der Schirm flimmerte kurz und zeigte dann ein kristallklares Bild der letzten Person, die sie im Kommandantensessel dieses Raumschiffs zu sehen erwartet hätten.

»Hallo, Major«, sagte Commander Benjamin Sisko mit seiner orchestertiefen Baßstimme. »Tut mir leid, falls ich Sie erschreckt haben sollte, aber ich wollte die Tarnvorrichtung der *Defiant* ausprobieren.«

Kira richtete sich auf. »Der *Defiant?*«

Auf dem Bildschirm hielt Sisko ein Grinsen zurück. Sein dunkelbraunes Gesicht strahlte vor Zufriedenheit.

Aber seine Augen zeigten das Grinsen.

»Ich habe eine kleine Überraschung für das Dominion mitgebracht.«

# 2

Ben Sisko freute sich seit einer Woche auf den Ausdruck in den Gesichtern seiner Kollegen, wenn er mit diesem kompakten Energiebündel von Raumschiff eintreffen würde. Die *USS Defiant* besaß keinerlei Eleganz wie so manche Schiffe vor ihr, war aber auch nicht für einen gemächlichen Ausflug an den Badesee gedacht.

Mit einem kleinen Seufzer der Erleichterung darüber, wieder zurück zu sein, betrat er die Offiziersmesse neben dem Observatorium. Der trübselige, strenge Raum war renoviert worden, nachdem er die Station übernommen hatte, aber die grundlegende Architektur war noch immer die der ursprünglichen Besitzer. Die cardassianische Bauweise war hart und kalt, aber die bequemen Sessel, ein paar Couchen, Beistelltische und der große Tisch für formelle Konferenzen in der Mitte des Raums nach Föderationsbauweise hatten einen gewissen Ausgleich dazu geschaffen. Doch schon anhand des großen Sichtfensters und der Computerkonsole am anderen Ende des Raums bemerkte man sofort, daß man sich nicht in einem Wartesaal bei Starfleet Command befand.

Die meisten seiner Offiziere warteten hier auf ihn. Alle Anwesenden hatten dem Eingang den Rücken zugedreht und betrachteten durch ein Bullauge das angedockte Raumschiff. Es schien sie so sehr zu faszinieren, daß keiner von ihnen bemerkte, wie er den Raum betrat.

Da waren Dax, die so entspannt wie ein Schilfrohr dastand, O'Brien in der Rührt-Euch-Stellung, Kira, die nicht die geringste Gelassenheit zeigte, und Julian Bashir, der sich vorbeugte, wie ein kleiner Junge sich im Zoo über die Mauer des Tigergeheges beugt.

Und ein wenig von den anderen entfernt stand Odo. Sisko bemerkte, daß der schlanke, langgliedrige Körper seines Sicherheitsoffiziers um einen Bruchteil schmaler und größer war als beim letztenmal, als er ihn gesehen hatte. Zuerst hatte Sisko vermutet, er würde sich diese kaum wahrnehmbaren Veränderungen nur einbilden. Doch dann hatte er herausgefunden, daß Odo gelegentlich mit der menschlichen Gestalt experimentierte, als wolle er sie etwas ›besser‹ hinbekommen als am Vortag. Es war die traurige, aber kühne Anstrengung, sich Wesen anzupassen, denen die Natur eine feste Gestalt gegeben hatte. Das Gesicht bekam er nie so ganz in den Griff – täglich mußte er feststellen, daß Kinder die maskenähnliche Nachbildung unverhohlen anstarrten –, und so neigte er dazu, sich bei den Dingen etwas mehr anzustrengen, die ihm leichter fielen. Für Odo würde ein fester Körper immer ein Geheimnis bleiben.

Doch obwohl er es nie eingestehen würde, versuchte er es immer wieder.

Sisko lächelte freundlich und wünschte sich, er könnte Odo irgendwie helfen, ohne ihn in Verlegenheit zu bringen.

»Die Konstruktion ist interessant«, sagte Dax gerade ein wenig zweifelnd, während sie alle das Raumschiff betrachteten, »doch es fehlt ihr eine gewisse … Eleganz.«

Sisko hätte sich fast geräuspert, doch als sich niemand umdrehte, unterließ er es. Er konnte nicht sagen, ob Dax sich bemühte, seine Gefühle nicht zu verletzen, und war ein wenig beleidigt, daß sie sich deshalb überhaupt Gedanken machte. Schließlich brachte er kein streunendes Hündchen mit nach Hause, in das er sich auf den ersten Blick verliebt hatte.

Weshalb stand er also hier und lauschte?

»Mangelnde Eleganz ist noch höflich ausgedrückt«, sagte O'Brien. »Ich würde sie häßlich nennen.«

»Ich weiß nicht.« Die milde Erwiderung Dr. Bashirs, der neben O'Brien stand, dieser besänftigende Es-wird-auch-gar-nicht-weh-tun-Tonfall, half Sisko mehr, als er es sich eingestehen wollte. »Ich glaube, sie hat etwas Romantisches an sich. Etwas fast Heldenhaftes.«

Darüber lächelnd, trat Sisko hinter sie. »Ich fürchte, sie hat gar nichts Romantisches oder Heldenhaftes an sich, Doktor.«

Sie alle drehten sich gleichzeitig um und schauten drein wie Kinder, die man ertappt hatte, wie sie am vierten Advent die Weihnachtsgeschenke gefunden und ausgepackt hatten. Er ging an ihnen vorbei zum Fenster, schaute hinaus, schob dann eine Computerkassette in den nächsten Monitor und schaltete ihn ein.

Geräuschlos erschien eine Rißzeichnung auf dem Bildschirm, die das Schiff von vorn und von beiden Seiten zeigte. Er mußten seinen Offizieren nicht sagen, daß sie sich die Darstellung ansehen sollten; sie drängten sich bereits um ihn.

»Offiziell gilt sie als Geleitschiff. Inoffiziell ist die *Defiant* ein Kriegsschiff. Nicht mehr, nicht weniger.«

»Ich dachte, Starfleet glaubt nicht an Kriegsschiffe«, versuchte Kira ihn zu ködern, indem sie ein wenig Ironie in ihre Stimme legte.

»Verzweifelte Zeiten erfordern verzweifelte Maßnahmen«, gestand Sisko ein.

Es war nie seine Sache gewesen, die Sichtweise der Föderation zu verteidigen, und er würde auch jetzt nicht damit anfangen.

»Vor fünf Jahren begann Starfleet damit, die Möglichkeit zu erkunden, eine neue Raumschiffklasse zu bauen – einen Kampfkreuzer der Föderation. Auf diesem Schiff haben keine Familienangehörigen Platz, keine Labors, keine Annehmlichkeiten welcher Art auch immer. Es wurde nur zu einem einzigen Zweck entworfen – um gegen die Borg zu kämpfen und sie zu besiegen.«

Er atmete tief ein und hielt kurz die Luft an. Hatte er den Schmerz aus seiner Stimme verbannt? Die an seinen Eingeweiden nagenden Bilder der Leiche seiner Frau, die nach dem Angriff der Borg unter den Trümmern lag, vom gequälten Schluchzen seines Sohnes, als er dem Jungen sagte, daß er seine Mom nie wieder sehen würde?

»Die *Defiant*«, fuhr er fort, »war der Prototyp. Das erste Schiff der geplanten neuen Kampfflotte der Föderation.«

»Aber die Bedrohung durch die Borg wurde ausgeschaltet«, erläuterte Dax, »und so hat Starfleet das Projekt nicht fortgeführt.«

Sisko nickte bestätigend, aber auch dankbar. Er wußte, daß sie den Gefühlsausbruch in seiner Stimme bemerkt hatte und ihm Gelegenheit geben wollte, die Selbstbeherrschung zurückzuerlangen.

»Genau«, fuhr er fort, nachdem er sich oft genug geräuspert hatte. »Das und gewisse Schwächen im Entwurf, die während der ersten Testphase des Schiffs entdeckt wurden, haben Starfleet bewogen, das Projekt aufzugeben.«

»Was für ›Schwächen im Entwurf‹?« fragte O'Brien. Zum erstenmal wandte er den Blick von dem gedrängten, furchteinflößenden Kraftpaket ab, das dort am Dock hing.

»Sie bekommen vollständigen Zugang zu den Auswertungsberichten, Chief, doch um es kurz zu fassen: Für ein Schiff seiner Größe ist es zu stark bewaffnet und zu leistungsfähig. Bei den Kampfübungen hat das Schiff sich fast selbst zerfetzt, als die Maschinen bei voller Leistung getestet wurden.«

Kira drehte sich zu ihm um. »Und *das* ist das Schiff,

das Starfleet uns schickt, um gegen das Dominion zu kämpfen?«

Plötzlich fühlte Sisko sich wieder veranlaßt, den unterschwelligen Vorwurf hinter ihren Worten abzuschwächen – daß nämlich die Bajoraner, ihr Planet und die Station Deep Space Nine wieder einmal auf der Prioritätenliste von Starfleet ganz unten standen.

Andererseits verstand er Kira gut. Sie würde lediglich an ein Kriegsschiff glauben. Niemand war schneller bereit, nach den Waffen zu greifen, um die Freiheit zu verteidigen, als jemand, der sie nicht immer genossen hatte.

»Wir werden nicht gegen das Dominion kämpfen, Major«, sagte er. »Zumindest noch nicht.«

Er ging um den Tisch. Sie folgten ihm wie Schüler, die ihrem Lehrer hinterhertrotteten.

»Unsere Mission besteht darin«, fuhr er fort, »mit der *Defiant* in den Gamma-Quadranten zu fliegen und die Herrscher des Dominion zu suchen – die Gründer. Wir müssen sie überzeugen, daß die Föderation keine Bedrohung für sie darstellt.«

Er fügte nicht hinzu, daß die Föderation dazu jederzeit imstande war. Es gab einen unterschwelligen Grund, ein leistungsfähiges Raumschiff in den Gamma-Quadranten zu schicken. Sie wollten dem Dominion vermitteln, daß die Föderation zwar keine Drohung darstellte, aber durchaus zu einer werden konnte, wenn man sie dazu drängte.

Ihm war auch völlig klar, wie tollkühn seine Mission war. In einen Raumsektor zu fliegen, in dem sie mehrfach angegriffen worden waren, in dem ein Raumschiff der Galaxy-Klasse durch einen Kamikaze-Einsatz vernichtet worden war. Was die Taktik betraf, mußte der nächste Schritt – wollten sie einen Krieg vermeiden – in dieser Bis-hierher-und-nicht-weiter-Mission bestehen. Aber schon viele Botschafter waren von solchen Unternehmungen nicht zurückgekehrt.

Er konnte lediglich auf sein Glück hoffen und den ersten Schritt tun. Er würde als Botschafter auftreten, der in der einen Hand eine weiße Fahne und in der anderen eine Peitsche hielt.

»Aber, Sir«, fragte Bashir ruhig, »was sollen wir tun, wenn sie uns einfach nicht glauben?«

Na schön, dachte Sisko. Das kam davon, wenn man etwas für sich behalten wollte. Er wandte sich ihm zu. »Deshalb habe ich um die *Defiant* gebeten. Sie mag Schwächen haben, hat aber auch *Zähne*. Das Dominion soll wissen, daß wir uns notfalls verteidigen *können* und *werden*.«

Kira schien nicht überzeugt zu sein, erhob jedoch keine Einwände. Sie hatte also begriffen, daß er seine Entscheidung gefällt hatte und nun dafür eintreten würde.

»Computer«, sagte Sisko, »zeige mir eine taktische Darstellung des Gamma-Quadranten und hebe die Gebiete hervor, in denen Aktivitäten des Dominion bekannt sind.«

Der Monitor erhellte sich und zeigte eine Sternenkarte. Man konnte deutlich die Öffnung des Wurmlochs ausmachen, das sie mit dem fernen Gamma-Quadranten verband, doch es war der Ausgang zur anderen Seite. Ein Flug von zehn Minuten... und ein Sprung von siebzigtausend Lichtjahren. Das schnellste Raumschiff der Föderation benötigte für diese Entfernung siebenundsechzig Jahre.

Mehrere Zonen der Karte waren mit dem Begriff ›Dominion‹ beschriftet. Jede barg ein beunruhigendes Geheimnis. Sisko zeigte auf die nächste.

»Hier fangen wir an. Bei den Karemma. Soweit wir wissen, sind die Karemma dem Dominion offensichtlich friedlich und aus eigenem Antrieb beigetreten. Sie haben ein Handelsabkommen mit den Ferengi abgeschlossen und sind es also gewohnt, sich mit Wesen aus dem Alpha-Quadranten zu befassen.«

»Und Sie glauben, sie werden uns zu den Gründern führen?« nahm Dax vorweg.

Sisko war nicht bereit, so viel Gewißheit an den Tag zu legen. »Das ist ein guter Ort, um mit unserer Mission zu beginnen«, sagte er.

Er wollte noch weitere Erklärungen abgeben, wahrscheinlich mehr, als er hätte abgeben sollen, kam jedoch nicht mehr dazu. Die Tür öffnete sich leise, und ein Sicherheitswärter von Starfleet trat ein, begleitet von einer Gestalt, die man hier nicht anzutreffen erwartet hätte – einer Romulanerin in einer Offiziersuniform.

Um ihn herum versteiften die Offiziere seiner Crew sich unwillkürlich angesichts eines Wesens, das sie für einen Feind halten mußten. Sie machten keinerlei aggressive Anstalten, beobachteten aber Sisko und waren bereit, seinem Beispiel zu folgen. Er achtete genau auf seine Bewegungen und sein Verhalten.

Während die Romulanerin an der Tür stehenblieb, ging das Mitglied der Sicherheitsabteilung direkt zu Sisko. »Ich habe zwei Sicherheitswächter vor dem Andockplatz der *Defiant* postiert, Sir. Niemand kommt in die Nähe der Tarnvorrichtung, ohne daß wir davon erfahren.«

Nachdem das Thema nun zur Sprache gekommen war, ergriff Odo zum ersten Mal mit jenem ernsten Tonfall das Wort, der einer Anschuldigung nahekam. »Ich wurde über keine besonderen Sicherheitsvorkehrungen unterrichtet.«

»Die Sicherheitsvorkehrungen wurden auf mein Ersuchen getroffen«, warf die Romulanerin ein. »Um die Tarnvorkehrung zu schützen.«

Sisko trat zwischen die beiden. »Ich möchte Sie miteinander bekannt machen. Das ist Subcommander T'Rul vom Romulanischen Reich. Sie ist hier, um die Tarnvorkehrung zu bedienen, die ihre Regierung uns für diese Mission freundlicherweise zur Verfügung gestellt hat.«

Er versuchte, nett zu sein, ohne es zu übertreiben. Die Föderation und das Romulanische Reich hatten nicht gerade eine Friedensvereinbarung unterzeichnet; vielmehr handelte es sich um einen taktischen Waffenstillstand. Immerhin waren die Romulaner nicht so überheblich, daß sie nicht eingesehen hätten, welchen Vorteil es bot, die Invasion einer neuen Macht von der anderen Seite des Wurmlochs zu verhindern, bis sie auf dieser Seite die Überlegenheit errungen hatten.

Zumindest hoffte Sisko, daß diese Logik dahintersteckte. Er war kein Diplomat und auch nicht bei diesen Gesprächen dabeigewesen. Also akzeptierte er, was für diese Station und den Planeten, den er schützte, am besten war, und hoffte, daß er recht behielt, was die Beweggründe der anderen betraf.

T'Ruls Gesichtsausdruck verriet nicht das geringste. »Die Zusammenarbeit dient romulanischen Interessen«, sagte sie. »Und meine Aufgabe ist es, ›Unbefugte‹ von der Tarnvorrichtung fernzuhalten.«

Damit war das Kind in den Brunnen gefallen. Es gelang T'Rul, alle Anwesenden mit einem einzigen Blick zu erfassen und zu verdeutlichen, daß sie sich auf alle Mitglieder der Crew bezog, ob sie nun Uniformen trugen oder nicht.

Sisko drehte sich leicht, so daß er zwischen ihr und seinen Leuten stand. »Darf ich Ihnen meine Offiziere vorstellen … das ist Major Kira Nerys …«

»Danke sehr, aber ich kenne ihre Namen«, sagte T'Rul. »Und ich bin nicht hier, um Freundschaften zu schließen.«

Sie machte auf dem Absatz kehrt und verließ den Raum. Als die Tür sich hinter ihr schloß, dachte Sisko: *Und sie weiß, wie man sich Feinde macht.*

»Wie charmant«, zischte Kira.

Der Sicherheitswärter trat mit ausgestreckter Hand zu ihr. »Aber *ich* bin hier, um mir Freunde zu machen.

Ich bin Lieutenant Commander Paul Eddington, Starfleet-Sicherheitsdienst.«

Kira ergriff die Hand und bemühte sich ganz offensichtlich um Höflichkeit. »Major Kira Nerys.«

»Lieutenant Jadzia Dax«, sagte Dax, als er sich zu ihr umdrehte.

O'Brien betrachtete noch immer das Raumschiff, drehte sich aber gerade noch rechtzeitig um: »Chief Miles O'Brien.«

Bashir hingegen ergriff mit ausgesuchter Höflichkeit Eddingtons Hand und schüttelte sie. »Dr. Julian Bashir.«

Eddington lächelte und nickte, drehte sich dann zu Odo um und streckte die Hand aus. Doch als er den frostigen Blick der Augen in diesem Plastikgesicht sah, zog er sie wieder zurück.

»Odo. Chef der *Stations*sicherheit«, sagte Odo mit mühsam unterdrücktem Zorn. »Darf ich fragen, was für eine Funktion Sie hier ausüben, Commander?«

Eddington schaute überrascht drein. Er warf einen Blick auf Sisko, und ihm wurde klar, daß er ihn irgendwie kompromittiert hatte.

Sisko stellte fest, daß Odos Mißfallen von Augenblick zu Augenblick größer wurde, und bereitete sich auf die unangenehmste Aufgabe vor, die ihn erwartete. Vielleicht konnte er es noch ein wenig aufschieben. »Um achtzehn Uhr findet die Einsatzbesprechung der Kommando-Crew statt. Aber bereiten Sie sich schon jetzt darauf vor, die Station um sieben Uhr zu verlassen. Wegtreten.«

Dax ging voran; Kira folgte ihr stirnrunzelnd. O'Brien hätte in seiner Eile, sich das Innere dieses Schiffes anzusehen, die beiden Frauen fast beiseite gestoßen. Bashir ging den Korridor in die andere Richtung entlang und warf nur einen kurzen Blick zurück. Dann sah er Eddington an, der ihm folgte und ebenfalls froh zu sein schien, den Raum verlassen zu können.

Die Tür schloß sich mit einem heiseren Zischen.

Sisko schaute ihnen sehnsüchtig hinterher. Er wünschte sich, er käme ebenfalls hier heraus.

Es war erstaunlich, welche Entrüstung das glatte, merkmallose Gesicht Odos zeigen konnte. Vielleicht war es allein der Augenausdruck.

»Sie müssen sich nicht darauf vorbereiten, mir eine unangenehme Nachricht mitzuteilen, Commander«, sagte Odo. »Ich erspare Ihnen die Mühe. Ich bin als Sicherheitschef abgelöst worden.«

Er drehte sich mit emsiger Unhöflichkeit um und schritt aus der Offiziersmesse.

Typisch Odo ... nicht die geringste Förmlichkeit. Grob. Ja, nein, oben, unten. Nichts dazwischen.

Sisko eilte ihm nach – und es war nicht einfach, ihn einzuholen.

»Odo – warten Sie.«

Vielleicht hatte er unwillkürlich ein strenges *Das ist ein Befehl!* in seine Stimme gelegt, denn Odo blieb tatsächlich stehen.

Sisko schloß zu ihm auf. Er hatte sich auf einen langen Marsch durch den Korridor eingestellt.

»Sie sind *nicht* abgelöst worden«, widersprach er. »Sie behalten die Leitung der inneren Sicherheit an Bord der Station. Auf der Promenade ist Ihr Wort Gesetz. Sie sind ausschließlich mir verantwortlich. Sie haben noch immer die Leitung aller Sicherheitsangelegenheiten an Bord dieser Station, die Starfleet nicht betreffen.«

»Und was ist *außerhalb* der Promenade? Was ist mit den Angelegenheiten, die Starfleet betreffen?«

»In diesen Bereichen müssen Sie Ihre Anstrengungen mit Lieutenant Commander Eddington absprechen.«

Erst, als Sisko es gesagt hatte, wurde ihm klar, welchen Fehler er damit begangen hatte, Odo gegenüber Eddingtons vollen Rang ins Spiel zu bringen. Es klang so autoritär ...

»›Absprechen‹ bedeutet für mich, daß ich ihm verantwortlich bin«, interpretierte Odo kalt.

Sisko senkte die Stimme. »Es tut mir leid, Odo. Das war nicht meine Idee.«

»Dessen bin ich mir sicher. Sie … befolgen lediglich Befehle.«

Da es nichts genutzt hatte, die Stimme zu senken, sprach Sisko nun wieder lauter. »Eine Idee, gegen die ich starke Vorbehalte habe. Ich habe alles getan, was in meiner Macht stand, um dagegen anzugehen. Ich habe mich sogar an den Chef der Sicherheitheitsabteilung von Starfleet persönlich gewandt.«

»Darf ich fragen, wieso solche Anstrengungen nötig waren, damit ich meinen Posten nicht völlig aufgeben muß?«

Eine sehr gute Frage. Sisko hatte den Eindruck, Odo hätte ihm einen Tiefschlag versetzt. »Man macht sich Sorgen«, wich er aus, »wegen mehrerer Sicherheitsverstöße, die sich in letzter Zeit hier ereignet haben.«

»Wenn man mir die Befugnisse erteilt hätte, um die ich gebeten habe«, erwiderte Odo zornig, »hätte es keinerlei Sicherheitsverstöße gegeben.«

»Odo, Ihre Weigerung, die Starfleet-Vorschriften zu befolgen, ist Teil des Problems.«

»Ich glaube, es gibt eine einfachere Erklärung, Commander. Starfleet hat sich entschlossen, den Posten jemandem zu übertragen, dem man vertrauen kann«, sagte Odo geradeheraus. »Jemand, der kein ›Gestaltwandler‹ ist.«

»Das ist keine Speziesfrage, Odo«, hielt Sisko dagegen, obwohl er wußte, daß sein ruhiger, zuverlässiger, altvertrauter und stets fremder Sicherheitsoffizier damit nicht unrecht hatte, ob es ihm nun gefiel oder nicht. »Aber ich verstehe Sie und möchte Ihnen sagen …«

»Die Mühe können Sie sich sparen, Commander«,

erwiderte Odo. Obwohl sein Tonfall und sein Gesichtsausdruck unverändert blieben, konnte er nicht verbergen, daß er das, was er nun sagte, bedauerte, es aber gleichzeitig als Beleidigung auffaßte. »Ich verlange Ihr Verständnis nicht. Mein Rücktrittsgesuch wird Ihnen innerhalb einer Stunde vorliegen.«

»Constable! Constable! Hätten Sie einen Augenblick Zeit für mich? Bitte warten Sie doch, Odo!«

Quark hatte den am Eingang des Kasinos vorbeihastenden Odo erblickt und war fast auf einem verschütteten Drink ausgerutscht, um aus der Bar herauszukommen, bevor der Constable seinen natürlichen Zustand annahm und in einen Türpfosten oder so sickerte.

Er rief erneut; endlich blieb Odo stehen und drehte sich um. Auf seinem ... nun ja, Gesicht lag ein verbitterter, ernster Ausdruck.

»Was ist los, Quark?« knurrte der Gestaltwandler und ließ den Ferengi damit wissen, daß er so ziemlich der letzte war, mit dem er sich jetzt unterhalten wollte.

Quark schloß schnell zu ihm auf, bewahrte dabei aber einen großen Schritt Abstand.

»Ich wollte nur wissen, ob es ... wahr ist.«

Verdrossen musterte Odo ihn. »Wenn Sie sich damit erkundigen wollen, ob ich abgelöst worden bin, lautet die Antwort ja. Das macht Sie bestimmt sehr glücklich. Also werde ich jetzt hier stehenbleiben und geduldig darauf warten, daß Sie aufhören, sich hämisch zu freuen.«

Angesichts von Odos Haltung, die »Lachen Sie doch ruhig!« zu besagen schien, überwand Quark den Schauder der Schuld, den er angesichts von Odos Reaktion empfand, und gestand sich ein, daß ihre Beziehung mittlerweile über die zwischen einem zweifelhaften Händler und einem harten Polizisten übliche hinausging.

»Ich bin nicht hier, um mich hämisch zu freuen«, sagte er. Seine Lippen zuckten dabei nicht mal.

»Dann entschuldigen Sie mich bitte.« Odo wandte sich ab.

Quark bemühte sich, mit ihm Schritt zu halten. »Was ist passiert?« beharrte er.

»Starfleet hat einen eigenen Sicherheitsoffizier geschickt. Einen gewissen Lieutenant Commander Eddington. Er wird heute nachmittag die Leitung der Sicherheitsabteilung übernehmen.«

»Ein Starfleet-Offizier?« wiederholte Odo. »Aber wieso? Wie ist es dazu gekommen? Was hat Commander Sisko dazu zu sagen?«

Odo blieb so abrupt stehen, daß Quark sich unter der Schulter des Constable hinwegducken mußte, als er sich umdrehte.

»Warum sind Sie so besorgt?« fragte Odo. »Schließlich muß sich doch ein nagelneuer Sicherheitsoffizier mit Ihnen befassen. Einer, der mit Ihnen und Ihren korrupten Methoden noch nicht so vertraut ist. Das ist ein Anlaß zum Feiern, Quark. Sie haben einen Sieg davongetragen.«

Einen Herzschlag lang hätte Quark fast eingestanden, daß Odo recht hatte, aber aus irgendeinem Grund gefiel ihm die Vorstellung, daß sich etwas ändern würde, noch immer nicht. Er wußte, wieviel Odo der Job bedeutete, daß er für Odo alles war – Sinn des Lebens, ein sicherer Hafen, Selbstwertgefühl. Sogar einen Ersatz für die Familie, die Odo nie gehabt hatte, hatte er in diesem Job gefunden.

Doch er wollte unbedingt vermeiden, daß Odo ihn bei einer Sentimentalität erwischte. Überdies wußte er, daß Odo davor zurückschrecken würde. Also zwang er sich zu einem schnaubenden Grinsen und ließ zu, daß Odo vermutete, mit seiner Einschätzung richtig gelegen zu haben.

»Ganz im Gegenteil«, sagte er dann. »Das bringt all meine Unternehmungen durcheinander.«

»Inwiefern?«

»Sie waren gut«, erwiderte Quark und sponn das Garn weiter. »Wegen Ihnen mußte ich ständig meine grauen Zellen anstrengen. Sie haben dafür gesorgt, daß ich nicht faul und unvorsichtig werde. Und wenn es mir wieder mal gelang, Sie zu überlisten, habe ich mich stets besser gefühlt.«

Er hielt inne und wartete. Das war nicht schlecht. He – vielleicht konnte er noch etwas daran herumfeilen und eine ganz neue Strategie entwickeln. Wenn er einen Tonfall der unterschwelligen Ehrlichkeit einübte... wirklich gar nicht schlecht.

Doch er wünschte, er könnte sich besser beherrschen.

Odo musterte ihn. »Sie haben mich nie überlistet«, sagte er.

Die typische Stimmung zwischen ihnen, die zu anspruchsvollen Wortgefechten führen konnte, ließ abrupt nach. Odo drehte sich um und ging davon, so eiskalt wie das offene All.

Quark sah ihm nach. Traurigkeit wischte das selbstgefällige, erfreute Grinsen von seinem Gesicht.

»Wenn Sie meinen«, murmelte er.

Als Ben Sisko sein Quartier betrat, verspürte er eine gewaltige Erleichterung. Das war der einzige Ort, an dem er nicht der Commander der Station war, der Hüter eines Planeten und Bewacher einer Brücke zwischen den Quadranten.

Hier war er einfach nur Vater.

Und Verwalter einer unglaublichen Unordnung.

Überall lagen geöffnete und teilweise ausgepackte Koffer. Kleidung, die in den Schränken aufgehängt werden sollte, lag statt dessen über den Lehnen von Möbelstücken, und eine kleine Kiste stand noch ungeöffnet mitten im Raum.

Ein Junge, schlank wie Pampasgras, schaute zu ihm auf und stellte schuldbewußt eine Schüssel Gewürzpudding auf den Tisch. Der Löffel steckte noch im Mund des Jungen.

Sisko runzelte die Stirn. »Ich dachte, du wolltest auspacken.«

Jake Siskos Augen waren so groß wie die Portion Pudding, die er gerade verzehrt hatte. »Tue ich ja! Ich meine, ich war schon dabei. Aber dann habe ich den Replikator gesehen ... und gedacht ... na ja ...«

»Und du mußtest unbedingt i'danianischen Gewürzpudding essen.«

»Ich kann noch immer nicht fassen, daß es auf der Erde keinen vernünftigen Gewürzpudding gab!«

Sisko lächelte, froh, sich mit etwas anderem als dem Vorwurf des Verrats in Odos Augen befassen zu können. »Das hat dich aber nicht davon abgehalten, ihn von jedem Replikator zu bestellen, den du gesehen hast.«

Er machte sich ans Auspacken und wandte sich gerade so weit ab, um Jake Gelegenheit zu geben, einen weiteren Löffel voll Pudding in den Mund zu stopfen.

Die alltägliche Pflicht des Auspackens hätte eigentlich eine therapeutische Wirkung haben sollten, doch statt dessen erinnerte sie ihn lediglich daran, daß er vor dem Tod seiner Frau seine Sachen niemals selbst ausgepackt hatte. Das hatte stets Jennifer erledigt. Sie hatte es gern getan.

Er selbst tat es nicht annähernd so gern.

»Ist es schön, wieder zu Hause zu sein?« fragte er seinen Sohn.

»Ja«, erwiderte der Teenager schnell. »Ich kann es kaum abwarten, wieder in meinem eigenen Bett zu schlafen.«

Sisko hielt mitten in der Bewegung inne und stand einfach nur da, ein Kleidungsstück noch in der Hand. »Ich frage mich, wann es dazu gekommen ist ...«

Jake drehte sich um. »Wozu?«

Sisko schaute sich verwundert und leicht schockiert in dem Raum um und ließ sich dann in einen Sessel fallen. »Wann ist es dazu gekommen? Seit wann sehe ich diese cardassianische Monstrosität als mein ... Zuhause an?«

Jake lächelte. »Ich glaube, es ist am vergangenen Donnerstag passiert. Gegen siebzehn Uhr.« Er tat verbindlich und geheimnisvoll zugleich, als er zu der großen Kiste ging und sie öffnete. »Als du all dieses Zeug auf der Erde aus dem Lagerraum geholt hast.«

Er griff hinein, holte eine kunstfertig geschnitzte Holzmaske heraus und schwang sie hin und her.

Sisko sprang aus dem Sessel und hielt die Maske fest. »Vorsicht! Das ist eine zweitausend Jahre alte Yoruba-Maske! Und dieses ›Zeug‹ ist eine der schönsten Sammlungen antiker ...«

»... antiker afrikanischer Kunst, die ich je sehen werde«, sagte Jake. »Und ich weiß auch, wieviel sie dir bedeutet. Aber für mich war sie immer das ›Zeug‹ in deiner Bibliothek. *Zu Hause.* Und daß du sie aus dem Lagerhaus geholt hast, um sie hierher mitzunehmen, bedeutet, daß die Erde nicht mehr unser Zuhause ist. So einfach ist das.«

Sisko sah seinen Sohn an und bemerkte zum ersten Mal, daß ihre Augen sich auf gleicher Höhe befanden. Jake war so groß wie er geworden. Irgend etwas tief in ihm protestierte und wollte ins Nebenzimmer laufen, um einen Schrumpfstrahl zu erfinden.

Aber nicht nur Jakes Körpergröße entsprach der eines Erwachsenen. Weder schaute der Junge – der junge Mann – weg, noch zuckte er unter dem direkten Blick seines Vaters zusammen. Das war ebenfalls neu.

Sisko unterbrach den Blickkontakt und griff in die Kiste. Seine Hand wurde dabei tatsächlich kälter. Der kleine Behälter hatte sich sehr lange in dem Lagerhaus befunden.

Er zog eine Statue heraus, die eine nackte Frau darstellte. Sie bestand aus poliertem dunklem Holz und war etwas in die Länge gezogen, um den mythischen Aspekt zu betonen. Nach einiger Überlegung hatte er einen Platz gefunden, wo er sie aufstellen konnte ... wo die gedämpfte Beleuchtung die Hüften und Schultern liebkoste.

»Was meinst du?« fragte er.

Jake trat zurück und betrachtete die Statue. Er sah den Gegenstand als erste Bestätigung an, daß diese außerirdische, im All treibende Hühnerstange in der Tat ihr permanenter Wohnsitz war. Ihr Heim.

»Perfekt«, sagte er.

Die Sterne konnten manchmal wunderschön sein. Für Kira hatten sie immer eine gewisse Sicherheit bedeutet, oder eine Gelegenheit zur Flucht, zum Verbergen oder Angreifen. Erst in den letzten paar Jahren hatte sie sie als schön erkannt, und erst nachdem die Menschen sie darauf hingewiesen hatten, die gekommen waren, um dabei zu helfen, ihren Planeten vor seinen alten Feinden zu beschützen.

Die Erdenmenschen hatten Gedichte und Lieder über die Sterne und die Nacht geschrieben und sprachen mit ihren Geliebten darüber.

Es hatte eine Weile gedauert, bis sie die Untergrund-Kämpferin in sich soweit abgelegt hatte, daß sie die Sterne einfach als das sah, was sie waren, kleine blinzelnde Lichtpunkte in dunkler Ferne, und nicht als Merkmal einer tödlichen Dunkelheit.

Nachdem sie in die etwa zwei Dutzend Räume gespäht hatte, in denen man auf DS Nine allein sein konnte, fand sie Odo hinter einem der Aussichtsfenster, wie er zu diesen Sternen hinaussah.

Welche Bedeutung hatten sie eigentlich für ihn?

Sie blieb ein paar Sekunden lang hinter ihm stehen und schaute ebenfalls hinaus. Dann sah sie ihn an und achtete darauf, wie *er* die Sterne ansah.

Seine Körperhaltung verriet rein gar nichts – nur seine Reglosigkeit.

»Odo, da sind Sie ja«, sagte sie schließlich und tat so, als hätte sie ihn gerade erst entdeckt, obwohl sie wußte, daß er sie schon längst gehört hatte. »Ich habe gerade mit der provisorischen Regierung gesprochen. Sie möchte, daß Sie uns morgen als offizieller Repräsentant Bajors in den Gamma-Quadranten begleiten.«

»Ich bin kein Diplomat«, schnauzte er, als wolle er damit endgültig eine Tür schließen.

Sie trat neben ihn und versuchte, ganz entspannt dazustehen, sich zu benehmen, als wäre das alles kein abgekartetes Spiel. »Ich weiß. Genau deshalb sollen Sie ja mitfliegen. Falls wir die Gründer finden, brauchen wir mehr als nur Diplomatie. Wir brauchen Sie, um abschätzen zu können, was für ein Sicherheitsrisiko sie darstellen ... um festzustellen, welche Bedrohung sie in Wirklichkeit für Bajor darstellen. Um zu analysieren, wie ...«

»Sie sind die Militärexpertin, Major«, dröhnte er, »nicht ich. Und ich bezweifle, daß die provisorische Regierung mit Ihnen Kontakt aufgenommen und um meine Teilnahme an dieser Mission gebeten hat, in welcher Funktion auch immer.« Er hielt inne. Sein Tonfall entspannte sich etwas, doch der Schmerz darin blieb. »Wenn ich mich nicht irre, ist das einfach ein etwas fehlgeleiteter Versuch, mich ... aufzumuntern.«

Kira hatte das Gefühl, entweder eine schlechte Lügnerin oder aber eine miserable Schauspielerin zu sein, und gab den Vorwand auf. »Vielleicht ist es das«, sagte sie. »Vielleicht bin ich Ihre Freundin. Und vielleicht will ich Ihnen klarmachen, daß Sie hier noch gebraucht werden, ganz gleich, was irgendein idiotischer Starfleet-Admiral denken mag. Aber ich möchte auch, daß

Sie an dieser Mission teilnehmen, weil ich der Ansicht bin, daß wir Sie brauchen werden.«

Ihr Blick bewegte sich zu diesem formlosen Gesicht, doch er drehte sich nicht zu ihr um.

»Odo«, fuhr sie fort und setzte ihm damit noch mehr zu, »wir werden vielleicht ein Schiff, das noch nicht endgültig erprobt wurde, in ein Gefecht führen. Es ist ein romulanischer Offizier an Bord ... und wer weiß, mit welchen Überraschungen wir sonst noch rechnen müssen.«

Er sah weiterhin aus dem Fenster. Sagte nichts.

Kira wartete. Ihr wurde klar, daß der letzte Satz vielleicht überflüssig gewesen war.

Er sagte noch immer nichts. Er war nicht auf die Vorstellung angesprungen, ihr zu helfen, obwohl sie versucht hatte, überaus pathetisch und verzweifelt zu klingen. Sie hoffte, daß sie nicht *zu* pathetisch geklungen hatte.

Aber er hatte auch nicht gesagt, daß er *nicht* mitkommen würde, oder?

Sie trat von ihm zurück, in Richtung Eingang, damit er wußte, daß sie ihn nicht noch mehr bedrängen würde.

»Die *Defiant* startet um sieben Uhr«, sagte sie.

Als sie ging, schaute er noch immer aus dem Fenster.

# 3

Sisko war der Ansicht, daß sein Büro ein wenig zu aufgeräumt und zu kühl war, nachdem es so lange nicht benutzt worden war, freute sich aber, daß er hier arbeiten konnte und nicht in irgendeinem Büro bei Starfleet Command.

Vor ihm ballte ein zappelnder, verwirrter und nervöser Quark die Hände zu Fäusten und versuchte, nicht in Panik zu geraten.

Sisko wartete ein wenig, bis der Ferengi seine Bitte verarbeitet hatte.

»Das verwirrt mich ein wenig, Commander«, begann Quark schließlich, bemüht, seine Frage ganz vorsichtig zu stellen. »Sie wollen, daß *ich* Sie in den Gamma-Quadranten begleite? Ihnen dabei helfe, die Gründer zu suchen?«

»Sehen Sie?« Sisko schlug auf sein Knie. »So verwirrend ist das doch gar nicht.«

Quark runzelte die Stirn – zumindest kam seine Geste dem nah – und starrte Sisko an, als frage er sich, wann der Commander lauthals zu lachen anfangen würde. »Sie … Sie wollen mich auf den Arm nehmen, nicht wahr? Mit Quark einen kleinen Scherz machen?« Er lächelte und versuchte, das Gespräch mit einem nervösen Lachen aufzulockern.

»Ich meine es völlig ernst.«

»Das *kann* nicht Ihr Ernst sein!« Das Lächeln verblich. »Ich bin weder Diplomat noch Forscher, taktischer Offizier oder was auch immer Sie bei diesem Flug brauchen. Wenn Sie um Ihr leibliches Wohl besorgt sind, stelle ich Ihnen gern einen neuen Replikator zur Verfügung, den ich gerade ...«

»Vor acht Monaten haben Sie dem Nagus geholfen, eine Handelsvereinbarung mit den Karemma zu treffen. Tulabeerenwein, glaube ich. Die Karemma gehören dem Dominion an.«

»Sie spielen eine kleine Rolle – eine sehr kleine Rolle.«

»Vielleicht sind sie trotzdem imstande, uns den Kontakt mit den Gründern zu vermitteln. Da Sie bereits Erfahrungen mit den Karemma gewonnen haben, scheinen Sie die logische Wahl zu sein, um ...«

»Eigentlich«, mäkelte Quark, »hat mein Bruder Rom den Großteil der Gespräche geführt. Er ist für diese Mission bestimmt besser geeignet.«

»Nicht Rom«, sagte Sisko ruhig. »Sie.«

»Aber warum? Rom muß nur an ein Kind denken! Ich muß ein Geschäft führen!«

»Sie«, wiederholte Sisko. Er war entschlossen, seine Forderung durchzusetzen, ganz gleich, wieviel Gewinsel er sich anhören mußte.

Quark stand abrupt auf und ging zur Tür. »Es tut mir leid, Commander, aber ich muß ablehnen. Meine letzte Erfahrung mit den Jem'Hadar war nicht angenehm, und ich habe nicht vor, sie zu wiederholen. Und Sie können mich gesetzlich nicht zwingen ...«

Ein lauter Knall erklang in dem Büro, als ein Gegenstand auf einen anderen traf – ein Stock auf Siskos Schreibtisch.

Dieses Geräusch zeigte bei Quark die erwünschte Wirkung. Der Ferengi wäre fast an die Decke gesprungen. Zitternd drehte er sich um und sah, daß Sisko einen reich verzierten Stab in der Hand hielt, dessen Bedeutung sie beide kannten.

»Das Zepter des Großen Nagus!« keuchte Quark und schien ein zweites Mal zusammenzuzucken.

»Ich hatte auf dem Rückweg von der Erde Gelegenheit, diese Mission mit ihm zu besprechen«, erklärte Sisko ruhig, wobei er jedes Wort mehr als nur deutlich betonte. »Er schien mit mir einer Meinung zu sein, daß es um die geschäftlichen Möglichkeiten im Gamma-Quadranten schlecht bestellt ist, wenn wir keinen friedlichen Kontakt mit den Gründern herstellen.« Er streichelte den Stab zärtlich, wandte den Blick aber nicht von Quark ab. »Er war des weiteren der Ansicht, daß Sie genau der richtige Mann für mich sind.«

»Das ist doch nicht zu fassen!« fauchte Quark. Sein kleiner Körper zitterte jetzt.

»Und deshalb ... hat er mir das hier mitgegeben«, fuhr Sisko fort. »Er dachte, es könnte Sie davon überzeugen, für wie wichtig er den Erfolg dieser Mission hält.«

Er streckte den Stab aus und richtete das geschnitzte Ferengigesicht auf dem Griff direkt auf Quark, als würde die kleine, häßliche Fratze ihn unmittelbar ansehen.

»Wollen Sie etwa den Wünschen des Großen Nagus persönlich trotzen?« fragte er.

Quark brachte ein gequältes, entschuldigendes Lächeln zustande und starrte das fledermausähnliche Gesicht am Ende des Stabs an.

Sisko hielt den Stock so ruhig wie möglich. Er wollte, daß der Blick der kleinen, boshaften Holzaugen Quark durchbohrte.

»Nein«, sagte Quark und erzitterte erneut. »Nein, natürlich nicht ... Ich ... freue mich, dem Nagus ... und Ihnen ... auf jede nur erdenkliche Weise behilflich sein zu können.«

Sisko zog den Stab zurück, gab ihn aber nicht aus der Hand. »Danke, Quark«, sagte er. »Ich habe gewußt, daß ich mich auf Sie verlassen kann.«

Als Quark zum Ausgang schlurfte, schienen seine Beine zu Pudding geworden zu sein.

»Quark?« Sisko streckte den Stab erneut aus. »Haben Sie nicht etwas vergessen?«

Obwohl Quark wußte, daß Sisko ihn damit endgültig unterwarf, konnte er die Erfordernisse seiner Spezies nicht ignorieren, zumindest nicht vor Zeugen. Quark kehrte zögernd um und küßte den hölzernen Ferengikopf.

»Benjamin, darf ich hereinkommen?«

Sisko schaute vom Stab des Großen Nagus auf. Wie lange hatte er ihn angestarrt?

»Du hast nicht auf das Türsignal geantwortet«, sagte Jadzia Dax, als sie anmutig sein Büro betrat und es sich auf dem Stuhl vor seinem Schreibtisch bequem machte. Da sie unter sich waren, benutzte sie das vertraute ›Du‹, während sie in Anwesenheit anderer meist auf das formelle ›Sie‹ zurückgriff. »Also bin ich einfach hereingekommen.«

»Wahrscheinlich habe ich nicht darauf geachtet«, sagte er verdrossen.

Ihr schmales, schönes Gesicht und das dunkle, zurückgekämmte und sorgfältig zurückgebundene Haar wurden von den Farben der Wand hinter ihr umrahmt. »Du hast mich in Anwesenheit der anderen nicht um meinen Bericht gebeten. Das sah ich als Zeichen dafür an, daß du noch nichts bekannt werden lassen willst.«

Mit einem Blick dankte er ihr und bestätigte gleichzeitig ihre Vermutung. »Du hast den Plan für die vollständige Evakuierung also ausgearbeitet?«

»Ja.«

»Wer weiß davon?«

»Außer dem Transportleiter nur ich. Ich habe alle Vorkehrungen persönlich getroffen. Nicht mal unsere Shuttle-Piloten kennen den Grund für ihre Bereitschaft. In dem Augenblick, da die Jem'Hadar die Nase durch das Wurmloch stecken, werden alle Kinder, zivile Personen und das nicht unbedingt erforderliche Personal in Shuttles und Flitzer verfrachtet und zu einem abgelegenen, vorher festgelegten Ort in der Arktis von Bajor gebracht, wo ein großes, warpschnelles Transportschiff bereitsteht, um sie auf die Föderationswelt Camus II zu bringen. Es ist alles vorbereitet, aber im Augenblick noch sehr inoffiziell.«

»Wie hast du das geschafft, ohne mit jemandem darüber zu sprechen?«

Sie hob eine Schulter zu einem fügsamen Achselzucken. »Ich habe die Computererkennungssignale so programmiert, daß sie einen Dominoeffekt auslösen. Die richtigen Personen werden Schritt um Schritt, aber nicht im voraus informiert. Darin besteht ein gewisses Risiko …«

»Das einzugehen ich aber bereit bin.« Sisko tat das Thema mit einem Achselzucken ab, ertappte sich dann aber, daß er trotzdem darüber nachdachte. »Wenn die Jem'Hadar Wind von einem Evakuierungsplan bekommen, werden sie es als Zeichen von Schwäche und als Einladung für einen Angriff sehen.«

Sie nickte. »Es interessiert dich vielleicht, daß die *Defiant* um sieben Uhr startbereit sein wird.«

»Hat das Schiff die Inspektion des Chiefs bestanden?«

»Hält irgend etwas seiner Untersuchung stand? Seine Instandsetzungsliste ist etwa so lang wie dieser Tisch, aber er hat gesagt, er wird uns zu unserem Ziel bringen.«

»Und wieder zurück, hoffe ich.«

»Er meint, das hinge von dir ab.«

Sisko lächelte und hockte sich auf die Schreibtischkante. Das Lächeln verblich.

»Wenn ich nicht der Ansicht wäre, daß eine Chance zur Rückkehr besteht, hätte ich mich nie freiwillig für diese Mission gemeldet«, dachte er laut nach.

»Du hast dich *freiwillig gemeldet?*« tadelte Dax ihn.

»Wie oft hat Curzon dir gesagt, du solltest dich nie freiwillig zu etwas melden?«

Sisko betrachtete sie und verlor einen Augenblick lang den Faden.

Mein Gott, wie jung sie aussah! Wie alt war das Wesen in ihr – dreihundert Jahre?

Jedesmal, wenn er sich umdrehte, erwartete er noch immer, den alten Mann zu sehen, den er kannte, den alten Knaben, der ihn durch seine berufliche Laufbahn begleitet hatte. Den ältesten Freund, den er hatte.

Ein dreihundert Jahre altes Wesen, das sich im Körper einer siebenundzwanzigjährigen Schönheit befand.

Sie hatte immer gesagt, im Inneren sei sie noch Curzon Dax, aber das konnte er nicht so ganz glauben. Etwas von Curzon war verschwunden, und etwas von Jadzia war dafür da, und trotz aller Toleranz für das Ungewöhnliche war es nicht normal, daß jemand einfach so in einen neuen Körper schlüpfte.

»Wenn ich mich recht entsinne«, sagte er, »hat Curzon selbst ein paarmal gegen diese Regel verstoßen.«

»Und es jedesmal bedauert.«

»Das ist etwas anderes. Ich würde es mehr bedauern, wenn wir einfach hier herumsäßen und auf eine Invasion warteten.«

Dax kam um den Schreibtisch herum. »Wie ich Starfleet kenne, müssen sie bezüglich unserer Mission etwa zweihundert Wahrscheinlichkeitsberechnungen durchgeführt haben. Wie stehen die Aussichten auf Erfolg?«

»Gering. Aber sie sind besser als die Chancen, einen Angriff der Jem'Hadar auf die Station abzuwehren.« Er glitt vom Schreibtisch und schritt auf und ab. »Und falls diese Station fällt, fällt auch Bajor. Und das werde ich nicht zulassen.«

Dax beobachtete ihn einen Augenblick lang, ließ sich aber nicht anmerken, was sie dachte oder woran sie sich erinnerte. Sie ließ ihn lange schwitzen, bis er es vor Neugier kaum mehr aushalten konnte und sie schon bitten wollte, ihm zu sagen, was sie im Sinn hatte.

»Weißt du«, sagte sie, nachdem sie offensichtlich begriffen hatte, was in ihm vorging, »nach Jennifers Tod habe ich dich noch nie so leidenschaftlich für etwas eintreten sehen.«

»Bis vor zwei Monaten hätte ich dir zugestimmt. Dann kehrte ich zur Erde zurück und nahm wochenlang an Einsatzbesprechungen bei Starfleet Command teil ... bis ich schon das große Zittern bekam, wenn ich das Gebäude betreten mußte. Ich habe mir die Admiräle angesehen und gedacht: Eines Tages wirst du auch einer sein. Eines Tages wirst du derjenige sein, der die wichtigen Entscheidungen trifft.«

»Curzon käme das sehr komisch vor«, sagte sie.

Er runzelte die Stirn. »Wirklich?«

»Ich meine damit, er hätte sich nie vorstellen können, daß du mal Admiralssterne an deiner Schulter trägst. Er war der Ansicht, daß es dich niemals befriedigen würde, lediglich *Entscheidungen* zu treffen. Du mußt sie ausführen. Ergebnisse sehen. Die Konsequenzen tragen. Curzon dachte immer, du wärest jemand, der mitten drin sein muß ... und nicht im Hauptquartier hinter einem Schreibtisch sitzt.«

Sisko bedachte sie mit einem zurückhaltenden Grinsen. Es erstaunte ihn, daß sie von ihrem vorherigen ›Ich‹ wie von einem verstorbenen Onkel sprach. Sie beide wußten, daß dies nicht ganz den Tatsachen entsprach.

»Er war ein sehr kluger alter Mann, nicht wahr?«

Sie neigte den Kopf. »Dafür hat er sich gehalten.«

»Versuche lieber, noch etwas zu schlafen«, sagte er.

»Das wollte ich dir auch gerade vorschlagen. Bis morgen früh, Benjamin.«

»Ja ... Wir können wahrscheinlich nicht mehr tun, als uns vor dem Start noch etwas auszuruhen«, sagte er.

»Wir werden mit einer Minimalbesatzung operieren und nicht viel Ruhe bekommen.«

»Das ist schon in Ordnung. Die *Defiant* gibt der Mannschaft neuen Mut«, sagte sie, um die Ermunterung an ihn zurückzugeben. »Kira und O'Brien kriechen schon die halbe Nacht in ihr herum. Das gibt den Gerüchten Nahrung.«

Sisko schaute auf. »Welchen Gerüchten?«

Ihre schwarzen Wimpern warfen Schatten auf ihre Wangen, als sie dramatisch damit klimperte. »Während du weg warst, haben die beiden viel Zeit in Quarks Holo-Kammern verbracht.«

»Die beiden?« sagte Sisko erstaunt. »Kira und O'Brien?«

»Fast jeden Tag.«

»Das ist ... ungeheuerlich! O'Brien ist der am glücklichsten verheiratete Mann, den ich ...«

Als er das Funkeln in ihren Augen sah, wußte er, daß er hereingelegt worden war, und hielt mitten im Satz inne. Die Holo-Kammern.

»Ach ... Kira. Kampfsimulationen. Nicht wahr?«

Dax grinste mit einer garstigen Befriedigung, die gar nicht zu dem Gesicht der Schönen Helena paßte. »Na ja, der Klatsch ist trotzdem lustig.«

Sisko ließ sich unbehaglich in seinen Sessel fallen und schaukelte auf und ab. »Kira vertraut mir nicht«, sagte er nachdrücklich.

Dax schüttelte den Kopf und warf ihm einen vernichtenden Blick zu. »Benjamin!«

»Sie ist der Ansicht, daß ich Bajor bei meinen Verteidigungsplänen nicht genug berücksichtige. Sie ist meine Stellvertreterin, sieht sich aber als die erste Verteidigerin ihrer Heimatwelt. Sie sucht nach Möglichkeiten, den Planeten nötigenfalls auf eigene Faust zu verteidigen. Sehen wir den Tatsachen doch ins Auge – nur deshalb arbeitet sie überhaupt mit Starfleet zusammen.«

»Ich glaube wirklich nicht, daß das stimmt.«

»Ich schon«, sagte er. »Ich würde genauso vorgehen.« Als sie darauf nichts erwiderte, seufzte er und spann den Faden weiter. »Wie wird die Bevölkerung Bajors reagieren, wenn sie von einem Evakuierungsplan erfährt? Sie wird glauben, den Verrat der Föderation mit eigenen Augen zu sehen. Wir räumen Deep Space Nine, das Föderationspersonal verläßt den Sektor, und die Leute auf Bajor bleiben zurück. Sollte es dazu kommen, muß ich diese Aktion anordnen, ganz gleich, was ich davon halte. Ist das die Mitgliedschaft, die wir diesen Leuten versprochen haben? Wir können doch nicht einen ganzen Planeten evakuieren, oder?«

Erneut sagte Dax nichts.

»Von heute an«, fuhr Sisko fort, »ist es durchaus möglich, daß Jake nach Bajor evakuiert und dann in Sicherheit gebracht wird, während die bajoranischen Kinder auf dem Planeten bleiben müssen und wie die Tontauben abgeschossen werden könnten.«

»Vielleicht«, gestand Dax ein, »aber wie sollte Jakes Tod auf einer ausgebombten Station ihnen helfen? Das darfst du nicht so eng sehen, Benjamin.«

Sisko wußte, daß er klang, als täte er sich selbst leid, und würde ihr ewig dankbar sein, wenn sie ihm dies nicht unter die Nase rieb.

»Was für ein Vater bin ich?« sagte er. »Nach Jennifers Tod wollte ich einfach davonlaufen, wußte aber, daß ich meinen Sohn großziehen mußte. Also bin ich nur ein Stück davongelaufen... nach Deep Space Nine. Und jetzt sieh dir mal an, was ich Jake geboten habe.«

Das schien sie nicht zu berühren. »Pioniere nehmen seit Jahrtausenden ihre Kinder mit. Sicherheit ist nicht das einzige im Leben. Wir nehmen sie, wo wir sie kriegen können, sollten dafür aber nie zuviel aufgeben. Glaubst du, er wird auf der Erde sicherer sein, falls die Jem'Hadar Erfolg haben sollten?«

Sisko warf ihr einen schrägen Blick zu und gestattete

sich ein gequältes Lächeln. »Ich konnte mich schon immer darauf verlassen, daß du mir die brutale Wahrheit aufzeigst. Und warum fühle ich mich besser, nachdem du mir diese schreckliche Vorstellung suggeriert hast?«

Dax nickte ein stummes und sarkastisches »Gern geschehen!« und zog ihn mit der darunterliegenden Vielschichtigkeit auf.

»Ich habe gehört, du hast Quark gebeten, uns auf der *Defiant* zu begleiten«, sagte sie, um das Gespräch in eine andere Richtung zu lenken.

Ein verbittertes Kichern stieg in ihm empor. »Ich habe ihn nicht ›gebeten‹. Ich habe ihn gezwungen.« Er schlug mit dem Stab auf seine Handfläche.

Dax schaute drein, als wäre es ihr heute einfach nicht möglich, die gewünschte Reaktion zu erzielen.

»So schlimm kann es doch nicht gewesen sein«, sagte sie. »Quark läßt sich doch ganz leicht einschüchtern.«

»Er wollte uns wirklich nicht begleiten.« Sisko lehnte sich zurück, und sein Sessel vollzog die Bewegung entsprechend nach. »Weißt du, ich hätte ihn *fast* vom Haken gelassen. Hätte er sich noch zwei, drei Sekunden lang widersetzt, hätte ich auf ihn verzichtet. Wenn er gewußt hätte, wie knapp es war, hätte er sich auf sein Recht berufen, auf der Station bleiben zu können.« Er hob den Stab und schüttelte ihn. »Ich habe ihn abgelenkt.«

Sie lächelte nicht gerade, schien aber drauf und dran zu sein. »Hast du auf der Erde an einem Seminar für Selbstmitleid teilgenommen?«

»Du weißt, warum. Es ist eine Sache, Starfleet-Personal aufzufordern, ihr Leben aufs Spiel zu setzen, aber eine ganz andere, einen zivilen Bewohner der Station darum zu bitten. Quark wollte uns nicht begleiten. Ich habe keine rechtliche Handhabe, um ihn dazu zu zwingen. Er *muß* nicht mitkommen. Ich habe ihn dazu genötigt. Du hättest es sehen sollen – es war eine glatte Erpressung. Ich schwöre dir, nachdem wir zurückgekommen sind, werde ich dem Großen Nagus notfalls so lange auf die Füße treten, bis er Quark einen Anteil an den Gewinnen aus dem Gamma-Quadranten zugesteht.«

Er fiel in ein unbehagliches Schweigen und wippte in seinem Sessel, als würde der Wind ihn bewegen.

Dax betrachtete ihn weiterhin mit dieser Andeutung eines Lächelns.

Er seufzte und nagte an einem Fingernagel. »Ich komme mir vor wie ein junger Schnösel, der eine wichtige Gelegenheit verpaßt hat.«

Darüber mußte Dax lachen, und ihr Lächeln kam endlich zum Vorschein. »Bitte im Dienst keine verwirrenden Metaphern. Bislang ist diese Mission erfolgreich verlaufen. Du hast uns ein Raumschiff besorgt, die Sicherheitsabteilung von Starfleet hat uns ein Team zur Verfügung gestellt ...«

»Darum habe ich nicht gebeten!« Er spreizte frustriert die Hände. »Jedenfalls nicht so, wie es dann gelaufen ist. Was soll ich jetzt mit Odo machen? Ich will nicht, daß er seinen Rücktritt einreicht. Er kennt diese Station ...«

»Aber er begreift bestimmt nicht, weshalb du ihm deine Konfrontation mit Starfleet nur sehr zurückhaltend beschrieben hast«, sagte sie.

Erneut hatte sie ihn erwischt. Er funkelte sie an. »Was ist mit diesen Leuten nur los? Ich *dachte,* ich hätte mich klar und deutlich geäußert. Aber je öfter ich um zusätzliche Sicherheitskräfte bat, desto mehr schienen sie es als Aussage aufzufassen, daß die Sicherheitsvorkehrungen hier nicht ausreichen. Sie schienen immer nur die erste Hälfte meiner Sätze mitzubekommen. Diese intellektuellen Schreibtischhengste haben keine Ahnung, wieviel Ärger es auf einer so abgelegenen Station geben kann, oder wie gut Odo es bislang gelungen ist, den Großteil davon abzuwehren. Und ich kann ihm nicht mal sagen, wie sehr ich mich für ihn eingesetzt habe.«

»Nein, das kannst du nicht«, bestätigte sie. »Das würde seine Vermutung nur bestätigen ... daß Starfleet es lieber sehen würde, wenn er nicht auf der Station wäre.«

Verkrampft drehte er sich mit dem Stuhl um, stand auf und schritt in dem Büro auf und ab, um gegen seine Verärgerung anzukämpfen.

Dax saß ernst wie eine Nonne da und beobachtete, wie er durch die Bewegung seinen Frust lindern wollte.

»Benjamin«, sagte sie schließlich, »wirst du mir sagen, was bei Starfleet Command passiert ist, oder werde ich einen Hellseher engagieren müssen?«

»Ich habe es dir doch gerade erzählt.«

»Du hast von Quark und Odo und Jake und Bajor gesprochen. Damit ist deine miese Stimmung aber kaum ausreichend erklärt.«

Sie lehnte die Schultern gegen den Stuhl, schlug die Beine übereinander und machte es sich bequem, als wolle sie den Raum nicht verlassen, bevor sie ihm die Würmer aus der Nase gezogen hatte.

Sisko lief vor den Überwachungsmonitoren des Büros auf und ab, von denen jeder einen anderen Teil der Station zeigte – die Promenade, die Luftschleusenkorridore, den Habitatring. Jeder Schirm zeigte sich gemächlich bewegende Menschen, gelegentlich aber auch jemanden, der lief, um seinen Termin einhalten zu können.

»Was im Hauptquartier passiert ist?« wiederholte er. »Wortwechsel, das ist passiert. Einige hohe Tiere wollten die halbe Flotte dazu abstellen, das Wurmloch zu bewachen. Das wollte *ich* auch. Mit den Jem'Hadar mag nicht gut Kirschen essen sein, aber es gibt nur einen Brückenkopf, über den sie kommen können.

Und mit der gesamten Macht von Starfleet werden sie wohl kaum fertig, wenn sie sich an einer Stelle konzentrieren kann und nicht eine lange Grenze bewachen muß.«

»Da bin ich völlig deiner Meinung«, sagte sie. »Wie kann jemand nicht dieser Ansicht sein?«

»Ha!« Er schüttelte den Kopf und würgte ein verbittertes Geräusch hervor. »Es gibt jede Menge Amtsschimmel, die einfach den Kopf in den Sand stecken ... schaukelt die Sache nicht hoch, provoziert sie nicht, mischt euch nicht ein, bleibt unter euch, und die Jem'Hadar werden wieder verschwinden ...«

Dax ballte die Hände zu Fäusten und rutschte tiefer in den Stuhl. »Die Jem'Hadar werden nicht einfach so verschwinden.«

»Das weiß ich auch. Einer der bajoranischen Delegierten hat sogar vorgeschlagen, das Wurmloch zu sprengen.«

»Und Bajors wirtschaftliche Zukunft zu opfern?«

»Besser das, als überhaupt keine Zukunft zu haben«, sagte Sisko wütend. »Ich konnte ihm nicht mal Vorwürfe machen. Sie haben sich benommen, als wären wir hier verrückt ... als würden wir überreagieren.«

Er hob flehend die Hand, drehte sich wieder zu ihr um und mußte mit einem weiteren kleinen Schock fertig werden. Einen Augenblick lang hatte er mit Curzon gesprochen – dieselbe Betonung, dieselbe Logik, dieselbe Methode, ihn durch seinen Gedankengang zu führen.

Und dort saß Jadzia Dax und erwiderte seinen Blick, umwerfend aussehend, selbstsicher, gelassen – was sollte ein normaler, gesunder Mann nur tun, wenn sein ältester Freund sich plötzlich in eine unglaublich schöne Frau verwandelte?

Sie bemerkte den Blick und verzog den Mund wieder zu einem Lächeln. »Wäre ich der Meinung, daß du überreagierst, würde ich es dir sagen, Benjamin.«

Er wandte den Blick von ihr ab. Er ließ sich nicht gern herablassend behandeln.

Offensichtlich hatte sie es bemerkt. Er erkannte es daran, daß ihr Tonfall und damit auch ihre Methode sich änderte.

»Benjamin«, versicherte sie ihm, »meiner Erfahrung zufolge hast du recht. Die Gründer kennen sich mit diesem Spiel aus. Selbst im Gamma-Quadranten greift man auf die gleichen grundlegenden Taktiken zurück. Man erwartet dort von der Föderation, daß sie ihre beste Kampfmaschine und ihre besten Leute schickt. Die Jem'Hadar können entweder beeindruckt zurückstecken und mit uns sprechen oder nicht. Wenn nicht, muß ...«

»Muß das Schiff ihnen standhalten.« Sisko ballte die Hände zu Fäusten und rieb die Knöchel aneinander. »Wir *dürfen* nicht verlieren. Der Zwischenfall mit der *Odyssey* darf sich nicht wiederholen. Zwei Minuten, und *bumm!* Wenn sie erneut den Boden mit uns aufwischen, laden wir sie damit buchstäblich zu einer Invasion ein. Dann können wir genausogut sagen: ›Das war unser bester Versuch, kommt herein, der Rest gehört euch.‹«

Sie nickte und tippte dann nachdenklich mit dem Zeigefinger an die Stirn. »Wenn ihnen die Stärke der Föderation verborgen bleibt, greifen sie vielleicht nicht an.«

»Aber nach dieser Mission bleibt ihnen nichts mehr verborgen«, sagte er. »Unser bestes Schiff. Wenn wir versagen, steigen die Aussichten auf eine Invasion beträchtlich. Wir sind verdammt, wenn wir es tun, und verdammt, wenn wir es nicht tun. Das ist das Schlüsselwort ... *verdammt*.«

Dax beobachtete ihn, sagte diesmal aber nichts. Sisko wurde klar, daß sie sich in der Grauzone zwischen Freundschaft und Dienstverhältnis bewegten; alles, was Dax bereits gesagt hatte, könnte fälschlicherweise als strategischer Rat aufgefaßt werden.

Sie tat ihm den Gefallen, ruhig sitzen zu bleiben und zuzuhören.

»Ich muß den Plan von Starfleet ausführen«, sagte er, »aber das genügt nicht. Mehr wollen sie jedoch nicht zulassen. Man gestattet, daß ich in einer höchst explosiven Lage ein Streichholz anzünde und dann abwarte, was passiert. Mehr als ein Schiff wollten sie mir nicht geben. Also habe ich es genommen.«

Sie sagte noch immer nichts.

Er hätte genausogut mit sich selbst sprechen können. Sie wollte einfach nicht mehr mit ihm streiten, und er wußte, sie hätte es getan, hätte es einen Grund dafür gegeben.

Manchmal war es einfach mies, recht zu haben.

Plötzlich machte ihm ein schreckliches Schuldgefühl zu schaffen. Er drehte sich mit dem Rücken zur Wand, lehnte sich dagegen und starrte auf den Teppichboden.

»Ich sollte an Bajor denken, kriege die Erde aber nicht aus dem Kopf. Der Sitz der Föderation, der Planet, auf dem ich geboren und aufgewachsen bin, ein wunderbarer Ort... einfach wunderbar! Was würde aus der Erde werden, wenn die Jem'Hadar durchkommen? Und aus den Kolonien? Dem Rigel-System? Und all den bewohnten Föderationsplaneten, die so lange ihre Freiheit genossen haben... Werden sie zerstört? Du glaubst doch nicht, daß sie mit Bajor aufhören, oder?«

»Nein, das glaube ich nicht«, pflichtete sie ihm bei. »Das glaubt niemand.«

»Niemand glaubt daran, aber mir ist es trotzdem nicht gelungen, die Föderation davon zu überzeugen, wie gefährlich die Lage ist; jetzt bekomme ich ein Schiff und muß dafür sorgen, daß sie *wirklich* gefährlich wird. Aber... ich weiß nicht, was ich sonst tun sollte.« Er setzte sich wieder, war aber keineswegs so entspannt, wie seine Haltung es andeutete. »Was, wenn wir diesmal einfach an einen übermächtigen Gegner geraten, Dax?«

Sie dachte über diese Möglichkeit nach. »Ich weiß es nicht«, sagte sie dann. »Können wir uns überhaupt vorstellen, daß die gesamte Föderation erobert wird?«

Er sah sie wütend an. »Warum sagst du es nicht klar und deutlich?« fragte er. »Sklaverei! Unser Leben wird nie wieder wie früher sein. *Nie* wieder! Mit der Freiheit ist es vorbei. Und das alles, weil Ben Sisko es nicht gelungen ist, Starfleet zu überzeugen, daß es notwendig ist, ein kleines Loch im Weltraum zu verteidigen. Das Leben wird für keinen mehr so wie früher sein, und mein Sohn wird mit dem Wissen leben müssen, daß es die Schuld seines Vaters war.«

»Benjamin, du treibst die Sache zu weit.«

»Nein, das tue ich nicht«, sagte er erregt. »Du hast recht ... ich kann es mir nicht vorstellen, aber die Bajoraner können es. Sie sitzen mitten in der Schußlinie, und ich beschäftige mich nur mit meinen eigenen Wurzeln. Ich hätte so etwas nie von mir erwartet.«

»Benjamin, das reicht.« Sie sah ihn wissend an, und als er fortfahren wollte, hob sie schnell und energisch eine Hand. »Nein – es reicht. Wenn du weiterhin so sprichst, werde ich dir alle Ausflüge streichen. Dann bekommst du Stubenarrest und mußt hundert Mal auf den Spiegel schreiben: ›Ich werde nie wieder mit leerem Magen mit Starfleet sprechen.‹«

Mitten in einem Gedankengang unterbrochen, der weitere Selbstvorwürfe beinhaltete, spürte Sisko, daß sich plötzlich ein Lächeln auf seine Züge legte. Er versuchte, es zu unterdrücken, konnte es aber nicht, nicht, solange sie ihn weiterhin von oben herunter ansah und die Hand erhoben hielt.

Sie hatte es geschafft. Sie hatte ihn aus seiner Niedergeschlagenheit gerissen.

Er zog die Brauen hoch und sah sie von der Seite an. »Das kannst du ja mal versuchen, Kleine.«

Dax deutete an, daß ihr ernstes Gespräch beendet war, indem sie aufstand und geschmeidig in seinem Büro auf und ab ging, mit dem Finger über die Schreibtischkante fuhr und ihn schließlich ansah, als sie die Tür fast erreicht hatte.

»Ich glaube, du hast dein Bestes gegeben«, sagte sie zugänglich. »Zumindest hattest du den Mut, deine Hand ins Feuer zu legen. Seit die Menschen ins All vorgedrungen sind, haben sie immer die Weisheit von Freiheit und freiwilligen Bündnissen gepredigt, und es hat immer funktioniert. Niemand hat die Föderation je erobert, und die Föderation hat sich über zweihundert Jahre lang ständig ausgedehnt, ohne je jemanden erobern zu müssen. In den benachbarten Reichen ist so etwas unvorstellbar. Die Föderation mußte nie eine Waffe einsetzen, um ein Mitglied zu zwingen, sich ihr anzuschließen. Ihr habt einfach die Hand ausgestreckt und gesagt: ›Gesellt euch zu uns, wenn ihr wollt.‹ Und du bist der Auffassung, diese Einstellung verteidigen zu müssen. Das macht dir zu schaffen, und nicht, ob du zu Odo oder zu Quark oder Kira oder Starfleet das Richtige gesagt hast. Also mach dir um uns keine Sorgen. Die Jem'Hadar, und sogar die Gründer, werden mit der Zeit ebenfalls herausfinden, was wir schon wissen.«

# 4

Die Brücke der *Defiant* war eine typische Kampfbrücke. Sie sah wie die Kommandozentrale eines jeden modernen Raumschiffs aus, nur erheblich spartanischer. Sisko ging in den frühen Morgenstunden durch das Schiff – wobei der Begriff ›Morgen‹ im Weltraum nur eine relative Bedeutung hatte. Doch überall mußten die Dinge nach einem geregelten Plan ablaufen, und selbst wenn sie die unterschiedlichen Tageszeiten ›Rot‹, ›Blau‹ und ›Gelb‹ genannt hätten, wären sie trotzdem noch Morgen, Mittag und Abend gewesen. Redewendungen kamen und gingen, doch natürliche Begriffe waren zumeist schlicht und einfach vernünftig.

Die Sessel hier waren nicht sehr bequem. Er hatte das Gefühl, daß sie eigens so entworfen worden waren – damit niemand im Dienst einschlief. Hier gab es keinerlei Verzierungen, von unterschiedlichen Farben mal abgesehen, die Zugangspaneele kennzeichneten.

Einige Vertäfelungen fehlten jedoch völlig, und man konnte die Stromkreise sehen. So schnell war das Projekt wieder aufgegeben worden.

*Ich hätte es nicht aufgegeben,* dachte Sisko. *Wo ein Borg ist, können auch mehrere sein.*

Die Borg hatten ihm mehr als sein Leben genommen. Sie hatten ihm seine Frau genommen. Und da er schon weiterlebte, verlangte er, daß dieses Leben einen Sinn hatte. Er wollte sicherstellen, daß andere Kulturen – die Ehefrauen und Familien anderer Leute – nicht ausgelöscht wurden. Starfleet hatte den Fehler gemacht, seine Pläne für eine energische Verteidigung aufzugeben, nur weil die Bedrohung fürs erste bereinigt worden war.

Nun befand der halbherzig geworfene Ball sich hier, in seinen Händen. Er würde ihn nicht fallenlassen.

Es bestand kein Zweifel, daß die primäre Aufgabe des Schiffes die bewaffnete, aktive und nachdrückliche Verteidigung war. Es diente keinem anderen Zweck, und der Replikator auf der Brücke bot lediglich heißes oder kaltes Wasser an. Die taktische Station und die Waffenkonsole – eigentlich eine Doppelstation – wurden von O'Brien und Kira bemannt, und beide machten sich ruhig mit den unbekannten Entwürfen vertraut.

T'Rul nahm die letzten Justierungen der technischen Station vor, kam dabei gelegentlich O'Brien zu nah und wich ihm unbehaglich aus. Einige andere Arbeiter und Offiziere waren damit beschäftigt, die letzten Checks vorzunehmen. Julian Bashir trat aus dem Turbolift, nickte und lächelte Sisko zu und sah sich dann gründlich um.

Sisko hatte Mitgefühl mit T'Rul, der einzigen Fremden. Er selbst wollte in Ruhe gelassen werden, freute sich wider Erwarten jedoch, als Bashir neben ihn auf das Kommandodeck trat.

»Eine medizinische Datenbank ist praktisch nicht vorhanden«, sagte der Arzt. »Ich überspiele so viele meiner Dateien von der Station wie möglich, aber dieses Schiff ist einfach nicht dafür geschaffen, viele Verletzte zu versorgen.«

Beide wußten, was das bedeutete – das Schiff war nicht dafür konstruiert, das Überleben verletzter Mannschaftsmitglieder zu gewährleisten. Von ihnen wurde erwartet, daß sie lebten oder starben. Dazwischen gab es nichts.

»Geben Sie Ihr Bestes«, erwiderte Sisko. »Und hoffen

wir, daß wir nicht auf Ihre neue Datenbank zurückgreifen müssen.«

Bashir wirkte nicht besonders ermutigt, nickte aber tapfer und ließ Sisko allein, bevor einer von beiden noch etwas sagen und in die gleiche Kerbe schlagen konnte.

Auf dem oberen Deck trat Dax durch die ziemlich wacklige Tür aus dem dahinter befindlichen Gang.

»Quark bezieht gerade sein Quartier«, meldete sie. »Er hat mich gebeten, Ihnen seine ›tiefe Enttäuschung über die Unterbringung an Bord dieses Schiffes‹ mitzuteilen und Sie darüber zu informieren, daß er Sie für ein sehr bescheidenes Honorar mit mehreren angesehenen Innenarchitekten zusammenbringen könnte.«

Da Sisko wußte, daß Dax versuchte, die Situation etwas aufzuheitern, brachte er ihr zuliebe ein Lächeln zustande und versuchte, nicht allzu grob zu klingen. »Ich werde sein Angebot in Betracht ziehen.« Dann sprach er so laut, daß alle ihn hören konnten. »Startvorbereitungen abschließen.«

Der Tenor auf der Brücke veränderte sich – subtil, aber wahrnehmbar.

O'Brien drehte sich zu ihm um, ohne die Hände von der Konsole zu nehmen, die er justierte. »Taktische Station und Kommunikation bereit.«

»Navigation und technische Abteilung bereit, Sir«, sagte Dax.

»Waffen bereit«, fügte Kira scharf hinzu.

»Impulsantrieb aktiviert«, sagte die Romulanerin von ihrer Station aus. »Warpantrieb auf Ihren Befehl verfügbar.«

Sisko nickte. »Sehr gut«, sagte er. »Die Luftschleuse schließen. Andockklammern freigeben. Manöverdüsen achtern auf ...«

»Einen Augenblick, Sir!« rief O'Brien. »Jemand ist an der Luftschleuse.«

»Auf den Schirm!« befahl Sisko, wütend darüber,

daß jemand den fast perfekten Start störte, den er geplant und auf den er gehofft hatte. Er wollte, daß alles problemlos verlief. Er wollte, daß die Leute noch tage-, vielleicht sogar monatelang über den schönen und makellosen Start der kühnen *Defiant* sprachen, und über den Flug des Schiffs durch das Wurmloch, ein Zeugnis für die Ehre der Föderation.

Und schon war etwas dazwischengekommen.

Der Bildschirm erwachte ein wenig schwerfällig zum Leben.

Vor der Luftschleuse stand Odo, in der Hand den Eimer, den er als Ruhestätte benutzte, wenn er keine... nun ja, gar keine Form hatte. Er wirkte ganz elend, wie er mit seinem bescheidenen Gepäck dort stand, und Siskos Ärger verrauchte schon wieder.

»Odo ... gibt es ein Problem?«

Unbehaglich zwischen den beiden Sicherheitswächtern von Starfleet stehend, die Commander Eddington an der Luftschleuse postiert hatte, wagte Odo den entscheidenden Schritt. »Nein, Commander«, sagte er. »Ich bitte um Erlaubnis, an Bord kommen zu dürfen.« Er hielt kurz inne. »Ich bin auf Ersuchen der bajoranischen Regierung hier«, fügte er dann hinzu.

Berührt und erfreut sah Sisko zu Kira hoch. »Erlaubnis gewährt. Und willkommen an Bord.«

»Danke, Sir.«

Das Bild löste sich auf, und Sisko erwartete gespannt die nächsten Stunden, in denen Odo sich auf einem unbekannten Schiff einleben und sich den Blicken fast aller Personen aussetzen mußte, mit denen er bereits zusammengearbeitet hatte – und einiger, die er nicht kannte.

Sisko schaute zum Steuerpult hinüber. »Dax, können Sie dem Constable ein Quartier zuweisen?«

»Das erledige ich schon, Sir.« Julian Bashir sprang ein, um mit seinem fröhlichem Tonfall die Schwierigkeit dieser Aufgabe zu überspielen. »Ich muß sowieso hinab zu dem, was sich lächerlicherweise Krankenstation schimpft. Der zur Verfügung stehende Raum ist ein wenig knapp, Sir, aber wir werden bestimmt etwas finden.«

»Danke, Doktor.«

»Odo ist an Bord, Sir«, sagte O'Brien. »Die Luftschleuse wurde geschlossen.«

Sisko nickte Dax zu. »Andockklammern lösen. Manöverdüsen achtern ein Viertel Schub. Längsachse auf die Station ausrichten.«

»Aye, Sir.«

Das Raumschiff erwachte summend zum Leben, beschleunigte und entfernte sich von dem Andockmast der Station, wobei es quasi das Kinn hob und die kräftigen Schultern straffte.

Sisko tat das Schiff unwillkürlich ein wenig leid. Es war für einen ganz bestimmten Zweck erbaut und dann aufgegeben worden, bevor es Gelegenheit bekommen hatte, seine Aufgabe zu erfüllen. Vielleicht fühlte er sich zu stark in eine Kiste aus gehärtetem Metall ein, aber er wußte nur allzugut, wie es war, die Richtung zu verlieren und eine Weile durchs Leben stolpern zu müssen. War es möglich, daß sie beide gemeinsam die Richtung wiederfinden würden?

Er hatte gebeten, gebettelt und verlangt, daß Starfleet zahlreiche moderne Schiffe hierherschickte, damit sie diese Station, das Wurmloch, den Planeten und seine Bewohner beschützte, die versuchten, ihr Leben wieder in den Griff zu kriegen, nachdem sie die cardassianische Besatzung abgeschüttelt hatten. Von San Francisco bis ins tiefste All hatte er an jeder Tür, jedem Schreibtisch angeklopft und betont, daß sie es sich nicht leisten konnten, hier ein Machtvakuum entstehen zu lassen.

Nichts. Sie hatten sich zu sehr der Einstellung verschrieben: keinen Schlag austeilen, bis wir einen eingesteckt haben. Sie hatten vergessen, daß diese Einstellung ein schwerer Fehler sein konnte. Ein Schwelbrand konnte auch unter der Oberfläche entstehen. Wenn es dann zur Explosion kam, konnte es schon zu spät sein.

So war es auch bei den Borg gewesen. Die Föderation hatte viel zu lange wie ein Hirsch in die hellen Scheinwerfer gestarrt. Das Leben seiner Frau und Tausender anderer war der Preis dafür gewesen.

Er schüttelte den Kopf und dachte insgeheim, was für ein schrecklicher Mensch er doch war. Die Vorstellung, daß Tausende von Menschen gestorben waren, von denen er viele gekannt hatte ... damals hatte er das einfach nicht verarbeiten können. Er hatte sich auf die paar Menschen in seiner unmittelbaren Umgebung konzentriert. Er hatte Jennifer tot auf dem Raumschiff zurückgelassen. Andere Menschenleben hatten auf dem Spiel gestanden. Das seines Sohnes, der Leute an Bord des Beiboots, die seinetwegen den Start verzögerten ... sein eigenes.

Seitdem war es für ihn eine bittere und süße Aufgabe zugleich gewesen, seinen Sohn großzuziehen. Den Befehl über Deep Space Nine zu übernehmen – dazu hatte man ihn fast zwingen müssen. Er hatte nirgendwo hingehen, gar nichts tun wollen. Plötzlich hatte er sich in der Rolle des Besitzers eines wirklich großen Hotels wiedergefunden.

Wann war der Wendepunkt gekommen? Wann war ihm klar geworden, daß das Leben unzähliger Menschen in seinen Händen lag? Das Kommando über einen kritischen Vorposten, die Kontrolle über eine Brücke in die Ewigkeit, der Hüter eines ganzen Sektors der Galaxis.

Nicht gerade ein Hotel.

Und ob es der Föderation nun gefiel oder nicht, sie würde dem Aufmerksamkeit schenken müssen, was er hier draußen für das Beste hielt.

Er legte die Hände auf die Lehnen des Kommandosessels, fühlte das zuverlässige Kriegsschiff unter sich.

Es hatte in der Geschichte der Menschheit andere *Defiants* gegeben, genau wie es eine lange Reihe von *Enterprises* und *Hoods* und *Constitutions* gab. Es hatte andere mächtige Schiffe gegeben – etwa die Fregatten vor einhundert Jahren, als die Klingonen eine fürchterliche Bedrohung und die Romulaner Hexer in der Dunkelheit gewesen waren.

Nun würde dieses eine mächtige Schiff unter seiner Führung ins Unbekannte fliegen und sein Bestes geben.

Er hatte noch nie ein Raumschiff befehligt. Dieses Schiff hatte noch nie einen Kommandanten gehabt. Also oblag es ihnen beiden, sich zusammenzuraufen.

Am Steuerpult drehte Dax sich ohne besonderen Anlaß zu ihm um. War er zu lange zu schweigsam gewesen? Oder spürte sie lediglich, was er dachte? Einige Leute waren ja dazu imstande.

Sie tadelte ihn mit ihren strahlenden Augen. Sie wußte, daß er gedankenverloren gewesen war.

Fast sofort mußte sie sich wieder ihren Kontrollen zuwenden, um zu überwachen, wie das Schiff die Station endgültig verließ, doch Sisko wußte, daß sie die Unsicherheit auf seinem Gesicht gesehen hatte. Na schön ... wenn er seinen ältesten Freunden seine Gefühle nicht verraten durfte, wem dann?

»Wir haben von der Station abgelegt«, sagte Dax in neutralem Tonfall, obwohl er den Appell »Wach endlich auf!« deutlich heraushörte.

»Berechnen Sie einen Kurs zum Wurmloch«, sagte Sisko und ließ sie mit seiner Betonung wissen, daß er verstanden und sie recht gehabt hatte. Dann wandte er sich T'Rul zu. »Ich möchte die Tarnvorrichtung aktivieren, sobald wir den Gamma-Quadranten erreicht haben.«

Das Gesicht der Romulanerin war ausdrucksstärker, als er es bei jemandem gewohnt war, der einer Vulkanierin so ähnlich sah. Doch mehr als »Verstanden!« sagte sie nicht.

»Kurs berechnet, Sir«, meldete Dax.

Sisko beugte sich wieder vor. »Energie.«

Die *Defiant* flog sanft zu der freien Stelle im All, wo das Wurmloch sich verbarg – und als das Schiff sich näherte, nahm des Wurmloch es wahr und erblühte zum Leben, ein gewaltiger, gewundener, goldener Wirbel aus Energie, der ständig zu locken schien: *Kommt zu mir und findet heraus, ob ihr lebt!*

Diese Erregung verspürte er jedesmal, wurde Sisko klar, als sein Magen sich zusammenzog. Jedesmal, wenn er jemanden durch dieses Ding schickte, unterdrückte er die allgegenwärtige Ehrfurcht. Warum hatten seine Bewohner den Entschluß gefaßt, dieses Wurmloch stabil zu halten? Würden sie es sich in ein paar Jahren anders überlegen? Würde eines Tages gerade ein Schiff hindurchfliegen, wenn sie sich entschlossen, es abzuschalten? Die Natur war nicht so kooperativ. Tornados, Wirbelstürme und Wurmlöcher waren nicht dazu bestimmt, ›stabil‹ zu sein. Jedesmal, wenn sie durch dieses Wurmloch flogen, gingen sie das Risiko ein, daß sie nicht am anderen Ende herauskommen oder aber siebenundsechzig Jahre brauchen würden, um wieder nach Hause zu gelangen.

Energie knisterte und wirbelte auf dem Hauptbildschirm, und Sisko hatte den Eindruck, sie würden durch einen riesigen Hals fliegen. Ein paar Minuten später würden sie sich wieder in offenem Weltraum befinden – unvorstellbar weit von DS Nine und dem Föderationsraum entfernt. Das Wunder des Wurmlochs ließ das Wunder der Warpgeschwindigkeit nebensächlich erscheinen.

Eine leichte Benommenheit wies Sisko darauf hin, daß er die Luft anhielt. Er zwang sich, tief einzuatmen, und der Schwindel legte sich, doch seine Brust schmerzte noch immer.

Er öffnete den Mund, um einen Befehl zu erteilen, kam jedoch nicht mehr dazu. Die Brückenbeleuchtung erlosch. Alles Weiße oder Gelbe verschwand. Ein unheimlicher blutroter Vorhang legte sich auf jedes Instrument, jedes Gesicht, und Sisko kam sich vor, als befände er sich auf der Brücke eines U-Boots.

»Die Tarnvorrichtung arbeitet innerhalb normaler Parameter«, meldete T'Rul.

Sisko schaute sich um. So sah ein getarntes Schiff also von innen aus. »Kurs auf das Karemma-System, Warp Sieben. Energie.«

An ihrer Konsole neben der O'Briens verspürte Kira die erste wirkliche Woge der Begeisterung, die sie seit mehreren Monaten erfaßt hatte. Endlich eine echte Waffe – ein echtes Zeichen dafür, daß Starfleet den Hals riskieren und zugunsten der Bajoraner eingreifen würde, die zu schützen und zu unterstützen man versprochen hatte.

Die Bajoraner brauchten alle Hilfe, die sie bekommen konnten, vor allem die eines starken Partners. Bislang hatten sie sich, nachdem sie die Unterdrückung durch die Cardassianer abgeschüttelt hatten, sich mehr Feinde als Freunde gemacht. Starfleet sah sie als unbedeutendes Volk an und versuchte ein wenig zu sehr, ihre Souveränität und Unabhängigkeit zu akzeptieren, und außer Starfleet gab es noch die verbündeten Klingonen, die gierigen Ferengi, die zweifelhaften Romulaner ... und nun, auf der anderen Seite des Wurmlochs, die Jem'Hadar. Und das gesamte Dominion – und nun vielleicht auch noch diese ›Gründer‹.

»Dreifach redundante und miteinander verbundene Phaserbänke«, murmelte sie dem Ingenieur zu, »Multiphasen-Schildgeneratoren ... Quantentorpedos ... man hat jede Menge Feuerkraft in diese kleine Schönheit gepackt.«

»Zuviel, wenn Sie mich fragen«, erwiderte O'Brien leise.

»Meiner Erfahrung zufolge gibt es so etwas wie zuviel Feuerkraft nicht, Chief.«

»Aber sämtliche Energie ist für die Verteidigungssysteme reserviert«, sagte er. »Die Fernsensoren sind ein Witz, der Transporter funktioniert kaum, das Kommunikationssystem hat den Namen nicht verdient ...«

»Sie ist schnell, sie ist wendig, und sie kann gewaltig austeilen.« Kira fuhr mit der Hand über die grobe Vertäfelung. »Mehr kann ich von einem Kriegsschiff nicht verlangen.«

O'Brien zuckte mit den Achseln. »Ich ziehe bei meinen Schiffen etwas mehr Flexibilität vor. Mehr wollte ich damit nicht sagen.«

»Wie die *Odyssey?*« erinnerte sie ihn. »Das war ein Raumschiff der Galaxy-Klasse, Chief. Eins der flexibelsten Schiffe, die je gebaut wurden. Und die Jem'Hadar haben kurzen Prozeß mit ihr gemacht. Nein, ich würde dieses Schiff jederzeit einem eleganteren Raumschiff vorziehen. Sollten die Jem'Hadar sich erneut mit uns anlegen, will ich ihnen zeigen, daß wir uns diesmal wehren können.«

Quark saß auf der unteren Koje einer kleinen, engen, unwürdigen Kabine, die sogar für ihn zu eng war. Der Knall mit dem Stab des Großen Nagus und Siskos unerbittliche Worte hallten noch in seinen Ohren, und er war vollauf zufrieden damit, hier zu sitzen und nicht durch dieses ... Beförderungsmittel zu wandern.

Wenn er das Gesicht durch die Tür steckte, würden sie ihm wahrscheinlich irgendeine Arbeit zuweisen.

An einer Wand standen ein winziger Schreibtisch und darauf ein Replikator – der nicht funktionierte. Die Wände waren dunkel und bedrückend. Die Kabine war klaustrophisch. Wahrscheinlich mit Absicht ... diese Kämpfer machten sich keine großen Gedanken um die Bequemlichkeit der Crew. Wahrscheinlich wollten sie damit erreichen, daß die Mannschaft es nicht erwarten konnte, ihre Quartiere zu verlassen und ihren Dienst anzutreten.

Stimmen – jemand kam! Kira? Wollte sie ihm irgendeine Arbeit zuweisen?

Wahrscheinlich das Deck schrubben. Er hatte keinerlei technische Kenntnisse. Oder Dienst in der Kombüse. Doch wenn die Replikatoren nicht funktionierten...

»Etwas Besseres steht nicht zur Verfügung?« fragte eine gedämpfte Stimme. Kira war es nicht.

»Leider nicht, Constable. Die räumlichen Möglichkeiten sind ...«

»Ich möchte Sie bitten, diese Bezeichnung nicht mehr zu benutzen, wenn Sie mich ansprechen, Doktor. Sie trifft nicht mehr zu.«

Die Tür knirschte und wurde dann geöffnet. Quark blieb ruhig sitzen. Odo und Bashir standen auf der Schwelle. Odo hielt seinen Kübel in der Hand, und Bashir schaute um Entschuldigung heischend drein.

»Ja, sicher«, sagte der Arzt. »Es tut mir leid, Odo. Die meisten Mannschaftsquartiere verfügen noch nicht über eine Lebenserhaltung. Außerdem werden wir alle ruhiger schlafen, wenn jemand auf Quark aufpaßt.«

Odo runzelte die Stirn, spähte in den dunklen Raum und machte unausweichlich Quark aus, der auf der lächerlichen Koje saß.

»Odo!« rief Quark.

Er stieß sich von der Koje ab und ging zu den beiden.

Bashir trat schnell einen Tritt zurück. »Dann will ich Sie mal allein lassen, damit Sie sich aneinander gewöhnen können.«

Als Odo ihm einen finsteren Blick zuwarf, zog der Arzt sich schnell durch den Gang zurück.

»Was freue ich mich, Sie zu sehen!« rief Quark, bevor ihm so richtig bewußt wurde, was er da gesagt hatte. »Seit ich an Bord kam, stecke ich in diesem elenden Loch! Kojen, keine Aussicht, und was aus dem Replikator kam, als ich Synthehol verlangte, verrate ich Ihnen lieber nicht!«

Er folgte Odo in den Raum, in dem Odo seinen Kübel in einer Ecke abstellte und versuchte, es sich auf dem einzigen elend kleinen Stuhl bequem zu machen.

Quark überlegte, ob er ihm raten sollte, sich in einen Stuhl zu verwandeln, doch dieser Kommentar war wahrscheinlich keine gute Idee. Während Quark noch versuchte, sich eine bessere Idee einfallen zu lassen – oder auch nur eine durchschnittliche –, fiel ihm auf, daß Odo ihm den Rücken zugewandt hatte und ihn völlig ignorierte.

»Was für eine Rolle spielen Sie also bei diesem kleinen Abenteuer?« versuchte Quark es. »Zweifellos sind Sie für die Sicherheit zuständig ... Ja, natürlich sind Sie das. Ich meine, warum wären Sie sonst hier? Sie sollen auf uns aufpassen. Und vor den Jem'Hadar beschützen. Ich kann Ihnen gar nicht sagen, um wieviel sicherer ich mich schon fühle, nur weil ich weiß, daß Sie hier sind, denn Ihnen kann man völlig vertrauen, und ...«

»Ich habe diese Gestalt«, unterbrach Odo ihn einfach, »seit mittlerweile sechzehn Stunden bewahrt. Ich muß meinen flüssigen Zustand einnehmen, will aber nicht, daß Sie dabei sind ... und mich *anstarren*.«

»Das verstehe ich voll und ganz!« Quark streckte selbstzufrieden beide Hände aus. »Das ist ein sehr privater Augenblick, und ich werde nicht stören.« Er drehte sich um und tat alles, was in seiner Macht stand, in diesem engen Quartier nicht hinzuschauen. Er hatte keinen Augenblick lang geglaubt, daß Odo seines Rangs enthoben oder gefeuert worden war beziehungsweise selbst gekündigt hatte, doch es konnte bestimmt nicht schaden, Odo in einer schlimmen Zeit etwas zu hofieren. Und etwas verriet ihm, daß Odos Einfluß auf die Bar und jede kleine Transaktion, die darin stattfand, noch längst nicht beendet war.

»Das wird gar nicht so schlimm werden«, fuhr er fort, sorgsam darauf bedacht, sich nicht umzudrehen.

»Das Quartier zu teilen, meine ich. Vielleicht finden wir sogar heraus, daß wir …«

»Ich habe kein Interesse daran, mit Ihnen zu sprechen oder Ihrem geistlosen Geplapper zu lauschen. Also halten Sie den Mund und kommen Sie mir nicht in den Weg, oder Sie werden den Tag bereuen, an dem Sie mich kennengelernt haben.«

Angesichts dieser harten Worte lief ein Frösteln Quarks Rückgrat hinab, und er zuckte zusammen, als habe jemand ihm ins Gesicht geschlagen. Es war geradezu eine körperliche Anstrengung, sich nicht umzudrehen. In der Kabine herrschte Stille.

Ein paar lange Sekunden verstrichen. Quark seufzte mehrmals, und noch einige lange Sekunden verstrichen. Dann schlich der Ferengi leise zu seiner Koje zurück.

Er warf einen vorsichtigen Blick zu dem Kübel, von dessen Rand gerade die letzten paar Tropfen des nun quecksilberähnlichen flüssigen Odo flossen.

Was konnte sonst noch schiefgehen?

»Commander, die Fernsensoren erfassen zwei Kriegsschiffe der Jem'Hadar direkt vor uns.«

O'Brien behielt die Gewalt über seine Stimme, trotzdem war ein leises Zittern der Erregung zu vernehmen.

Sisko schaute auf, zuerst zu dem Ingenieur und dann zu den vorderen Bildschirmen.

Der Ingenieur betrachtete noch immer seine Meßinstrumente. »Sie fliegen genau auf uns zu … mit Warp Fünf.«

»In welcher Entfernung werden sie uns passieren?«

»In dreihunderttausend Kilometern.«

Kira drehte sich um, und sie versuchte gar nicht erst zu verheimlichen, daß sie aufgeregt war. »Damit werden wir uns in ihrer Waffenreichweite befinden, Commander.«

Dax legte eine Hand auf die Steuerkontrollen. »Soll ich den Kurs ändern?«

Sisko wußte, was sie dachte, was sie alle dachten. Sollten sie auf den Feind herabstoßen, bevor er auf sie herabstieß? Sollten sie nicht nur ihre hervorragende Tarnung, sondern auch ihre Macht unter Beweis stellen?

»Nein«, entschloß er sich. »Wir müssen wissen, ob sie uns trotz der Tarnvorrichtung orten können, und diese Gelegenheit ist so gut wie jede andere. Kurs und Geschwindigkeit beibehalten. Alarmstufe Rot.«

Er warf einen Blick auf Kira und schaute dann wieder zu dem juwelenbesetzten schwarzen Samt des Weltraums vor ihnen, der nun nicht mehr leer war.

»Waffen und Schilde bereithalten...«

# 5

Jem'Hadar. Der neue Fluch. Außerirdische, die sich selbst zu Feinden der Föderation ernannt hatten, auf die sie gerade erst gestoßen waren; die anscheinend gern ihre Feinde waren, die schossen, ohne daß man auf sie geschossen hatte, die auf den ersten Blick schossen, um zu töten, und nicht die Absicht hatten, es sich anders zu überlegen.

Vielleicht konnte man genausogut versuchen, mit einer Kobra zu verhandeln. Sisko atmete ein, so gelassen wie möglich.

»Da kommen sie. Sie werden uns in fünf Sekunden passieren«, sagte O'Brien ebenfalls ruhig und gelassen.

»Auf den Schirm.«

Die Schiffe hielten auf sie zu, trieben in einer scheinbaren Gemächlichkeit durchs All, bei der es sich in Wirklichkeit um eine unvorstellbar hohe Geschwindigkeit handelte, in einer Formation, die sich alle paar Sekunden veränderte.

Sisko machte sich nicht die Mühe, die Flugbewegungen der beiden Schiffe im Verhältnis zueinander zu analysieren. Es war ihm gleichgültig.

Wenn die Jem'Hadar Tarnvorrichtungen kannten und die lateralen Verzerrungen, zu denen es dabei auf den Bildschirmen der Gegner kam, zu deuten wußten – dann war es vorbei. Dann würde der Kampf hier und jetzt stattfinden.

Falls die Tarnvorrichtung funktionierte, und die Jem'Hadar sie in getarntem Zustand nicht entdecken konnten, war die Botschaft ganz einfach: Wie konnte das Dominion gegen einen unsichtbaren Feind kämpfen? Ein Raumschiff konnte einfach verschwinden, während es verfolgt wurde, oder sich durch die feindlichen Linien zu ihrer Hintertür schleichen und Verhandlungen verlangen.

Sisko gingen die verschiedenen Möglichkeiten durch den Kopf. Er umklammerte die Lehnen des Kommandosessels und hätte die Tarnvorrichtung am liebsten mit Willenskraft gezwungen, fehlerfrei zu funktionieren. Dann schaute er zu T'Rul hinüber. Sie konzentrierte sich auf ihre Instrumente, bewegte keinen Muskel, kam ihm vor dem sirupähnlichen Dunst der roten Beleuchtung der höchsten Alarmstufe eher wie das Gemälde einer Romulanerin und nicht wie eine real existierende Rihannsu-Frau vor, ein Bild, eingefangen von einem jener Künstler, die aufregende Szenen von Schlüsselereignissen der Geschichte malten.

Was dachte sie? War sie sich der Tatsache bewußt, daß die Romulaner und die Jem'Hadar gemeinsam, mit der Tarnvorrichtung in ihren Händen, die Föderation wahrscheinlich besiegen könnten? Eines mußte T'Rul klar sein: Falls ihre Mission erfolgreich verlief, würden die Aktien der Romulaner in der Galaxis steigen. Und die Romulaner wußten, daß die Föderation sich niemals mit ihnen zusammentun würde, um irgendein Territorium zu erobern.

Verdammt, wie war dieser Gedankengang denn plötzlich in seinen Kopf gekommen?

Er ergriff den Stuhl noch fester und verbannte den schleichenden Argwohn.

Mach dir später Sorgen. Hab jetzt Erfolg.

Die Brücke pochte vor den Herzschlägen der Anwesenden. Niemand bewegte sich, zuckte auch nur mit der Wimper.

»Ändern sie den Kurs?« durchbrach Sisko das Schweigen.

»Nein, Sir«, sagte O'Brien. »Sie behalten ihren Kurs

bei. Ich bin nicht der Ansicht, daß sie uns gesehen haben.«

Die Erleichterung in der Stimme des Chiefs war unterdrückt, aber trotzdem vorhanden.

Sisko atmete tief aus, teils, weil er es mußte, teils als Zeichen für seine Crew, daß auch sie ihre Atmung wieder normalisieren konnte. Wenn er so verwegen war, sich zu entspannen, während Schiffe der Jem'Hadar direkt über ihn hinwegflogen, durften sie dies auch.

»Verfolgen Sie ihre Flugbahn.«

»Sie fliegen auf ihrem ursprünglichen Kurs weiter«, meldete O'Brien. »Kein Anzeichen dafür, daß sie uns gesehen haben oder... Augenblick mal! Sie kehren zurück!«

»Sie müssen uns gesehen haben«, sagte Dax.

Kira schaute auf ihre Konsole. »Sie aktivieren ihre Waffensysteme.«

»Treffen Sie alle Vorkehrungen dafür, die Tarnvorrichtung auszuschalten«, befahl Sisko. »Erfassen Sie das vordere Schiff mit den Phasern und ...«

»Nein!« unterbrach T'Rul. »Wir müssen nicht unbedingt entdeckt worden sein.«

Sisko sah sie an. »Erklären Sie das.«

»Ein getarntes Schiff strahlt bei Warpgeschwindigkeit eine leichte Subraum-Abweichung aus ...«

»Eine Subraum-Abweichung?« O'Brien starrte sie an, als wäre ihr ein zweites Paar spitzer Ohren gewachsen. »Davon habe ich nie gehört.«

»Wir haben diesen Umstand auch nicht an die große Glocke gehängt«, erwiderte die Romulanerin scharf. Sie sah Sisko an, als sei sie entschlossen, O'Brien auch nicht den kleinsten Knochen zukommen zu lassen. »Ich schlage vor, daß wir den Warpflug beenden. Damit werden wir die Abweichung beseitigen. Wenn sie unsere Position erreichen, werden sie nichts finden.«

»Machen Sie das«, befahl er Dax sofort.

Dax gab die nötigen Befehle ein.

Die beiden Schiffe kamen in Sicht. Nach einem Augenblick entfernten sie sich voneinander und durchstreiften den Raumsektor, als suchten sie nach etwas, das sie bemerkt zu haben glaubten.

»Sie durchforsten die Gegend mit einer Art Antiprotonen-Sensor«, sagte O'Brien. »Und sie gehen dabei sehr gründlich vor.«

Sisko beobachtete die Schiffe auf dem Bildschirm. Sie kamen von Sekunde zu Sekunde näher. »Wird ein Antiprotonen-Sensor die Tarnvorrichtung durchdringen?« fragte er.

Niemand antwortete ihm. Er vernahm nur die Hintergrundgeräusche der Brücke. Auf seiner Stirn standen Schweißtropfen.

Er wandte sich T'Rul zu.

»Ich ... bin mir nicht sicher«, gestand sie schließlich ein.

Die Anspannung erhöhte sich um eine weitere Stufe auf der Skala.

»Sie kommen näher«, murmelte Kira.

»Commander«, sagte O'Brien, »die Energiesignatur der *Defiant* ist für ein Schiff dieser Größe ungewöhnlich stark. Die Tarnvorrichtung verbirgt vielleicht nicht alles.«

»Hauptenergie ausschalten.«

Fast augenblicklich breitete sich Dunkelheit in der Brücke aus, die nur noch von zwei aktiven Instrumententafeln und dem Hauptbildschirm erhellt wurde.

Sisko starrte auf den Bildschirm. Er hatte den Eindruck, die Sensorstrahlen der Jem'Hadar-Schiffe würden über seine Stirn und Wangen gleiten.

Ein Schiff flog so nah an ihnen vorbei, daß es sie fast gestreift hätte. Sie konnten jede Einzelheit der Hülle ausmachen.

Im nächsten Augenblick kam auf der gegenüberliegenden Seite das andere Schiff in Sicht. Die Jem'Hadar hatten sie in die Mitte genommen, flogen aber vorbei.

Nein – das erste Schiff stoppte. Es befand sich direkt über ihnen. Sie hätten Raumanzüge anlegen und praktisch zu ihm hinaufkriechen können.

Ein Schraubstock schien sich um Siskos Brustkorb zu legen. Er drückte die Hände auf die Knie und beobachtete das Schiff, das sich unmittelbar vor ihnen wie ein riesiger beleuchteter Weihnachtsbaum im All drehte. Auf ihrem Bildschirm war kaum noch ein Fleckchen freier Weltraum zu sehen.

Sisko wäre fast zusammengezuckt, als Kiras Stimme die Stille durchbrach.

»Das andere Schiff hat die Suche abgebrochen. Es nähert sich uns ...«

Seine eigenen Worte dröhnten in seinem Schädel: »Waffen und Schilde bereithalten ...«

Das Jem'Hadar-Schiff vor ihnen flog langsam weiter. Das zweite Schiff kehrte auf ihren Bildschirm zurück und bildete mit dem ersten irgendeine Formation.

Eine Angriffsformation?

Er konnte die Öffnungen ihrer Waffensysteme sehen. Sie leuchteten, als würden die Waffen warmlaufen ...

Die beiden Schiffe drehten der *Defiant* die Hecks zu, beschleunigten plötzlich und entfernten sich in die Richtung, aus der sie gekommen waren.

Ein Aufblitzen auf dem Schirm ...

»Sie sind auf Warpgeschwindigkeit gegangen«, sagte Kira mit mühsamer Beherrschung, »und haben ihren ursprünglichen Kurs wieder aufgenommen.«

Sisko wollte sich nicht entspannen, den Atem nicht ausstoßen, den er angehalten hatte, doch er wußte, daß seine Mannschaft seinem Beispiel folgen würde. Wenn er nicht ausatmete, würden sie alle ersticken.

»Zum erstenmal seit langer Zeit ist im Gamma-Quadranten etwas gut verlaufen«, sagte er seufzend.

»Hoffentlich nicht zum letztenmal«, sagte Kira hinter ihm.

Karemma war eine Welt der Bürokraten. Der unhöflichen Bürokraten. Der Wesen, für die die Regierung alle Entscheidungen traf. Das ging so weit, daß man fast schon einen Antrag stellte, wenn man auf die Toilette gehen mußte, und manche von ihnen stellten diesen Antrag tatsächlich. Sie waren dermaßen besessen von Ordnung, daß es bei ihnen nur noch Ordnung gab, keine Frische mehr, keine Behaglichkeit, keine Freiheit. Wilde, nicht veredelte Blumen gab es bei ihnen nicht mehr.

Sie waren Händler, aber nicht in dem Sinne, daß sie ihrer eigenen Wege gingen und versuchten, das Beste für sich und ihre Familien herauszuholen. Sie hatten ein streng kontrolliertes Handelswesen entwickelt, in dem das Individuum nichts galt.

Und dabei war alles auf die leistungsfähigste Ebene reduziert worden, ohne Rücksicht auf Mangel an Qualität.

Dementsprechend war das Benehmen Ornithars, eines Beamten, dessen tatsächliche Machtbefugnisse Ben Sisko niemals ganz klar geworden waren.

Sisko stand neben seinem Kommandantensessel und hatte das Gefühl, sich so erhaben und beeindruckend wie möglich geben zu müssen. Er wußte allerdings nicht genau, ob es ihm gelang und Ornithar darauf hereinfiel oder nicht.

Auf der Brücke standen seine Mannschaftsmitglieder, als wollten sie ihre jeweiligen Stationen bewachen, und sahen zu. Auf einer Seite stand Odo in einem tiefen Schatten, schien dabei in seine Gedanken oder Beobachtungen versunken zu sein.

Ornithar musterte sie interessiert, begutachtete ihre Kleidung, schwebte wie ein Geier über ihnen und berührte immer wieder einzelne Geräte der

Brücke, während Quark das Reden übernommen hatte.

»Der Große Nagus persönlich hat mich zu seinem Gesandten ernannt. Ich bin befugt, Ihnen bei unserem Tulabeerenwein einen Preisnachlaß von … *drei* Prozent zu gewähren, wenn Sie uns bei unserer Mission unterstützen.«

Quark wartete auf eine begeisterte Reaktion, doch Ornithar ignorierte ihn völlig und beugte sich zu einer Wandverstrebung der *Defiant* hinab.

»Sieht aus wie eine Polyduranium-Legierung. Interessant, aber das Metall hat keinen echten Wert.« Er richtete sich wieder auf und drehte sich zu Quark um. »Eine Kostenreduzierung von drei Prozent ist unbedeutend.«

Sisko unterdrückte ein Schnauben. Nicht von Wert, außer, man packte es mit jeder Menge anderer Metalle und einigen großen, starken Phaserbänken zusammen. Nicht von Wert, außer für ein paar Leute, die den Mut hatten, es zu benutzen.

Bei Sisko stellte sich kurz der irrationale Eindruck ein, daß er mit Haut, Haaren und Kommunikator verkauft werden sollte.

Mittlerweile war Ornithar zu Dax getreten und musterte ihr Steuerpult.

Knöpfe und Schalter. Hier wurden Verhandlungen über die Handelsbeziehungen zwischen galaktischen Quadranten angeboten, und dieser Verrückte sah sich Instrumententafeln an.

»Nichts … nichts … nichts …«, murrte Ornithar. »Die Bedingungen sind nicht das Thema. Ich kann Ihnen nicht helfen, die Gründer zu finden, weil ich nicht weiß, wer sie sind. Oder ob es sie überhaupt gibt.«

Er ging zu Kira weiter, die geistesgegenwärtig stillhielt, während dieses Geschöpf um sie herumscharwenzelte und ihre Kontrollinstrumente begutachtete, bis ihm dann ihr Ohrring auffiel. »Das könnte ganz interessant sein. Scheint sich um in Diamid eingefaßtes Beritium zu handeln. Ich biete dafür zweiundfünfzig Dirack.«

»Abgemacht!« Quark warf einen Blick auf Sisko und bekam umgehend das Zeichen, daß er etwas vom Kurs abgekommen war. »Ich meine ... ein Handel nach dem anderen, Ornithar. Wir sprechen über die Gründer.«

Ornithar machte den Eindruck, ihm sei ein gutes Geschäft durch die Lappen gegangen. Er verschränkte die Arme vor der Brust. »Dazu gibt es nichts mehr zu sagen. Falls es die Gründer gibt, möchten sie eindeutig nicht, daß man Kontakt mit ihnen aufnimmt. Das genügt mir.«

Sisko war drauf und dran, diesen Verrückten am Kragen zu packen und ihn ordentlich durchzuschütteln. »Wer ist Ihre Kontaktperson im Dominion?« fragte er. »Wer gibt Ihnen Anweisungen bezüglich der Verwaltung? Des Handels? Der gemeinsamen Verteidigung?«

»Unser einziger Kontakt mit dem Dominion findet durch die Vorta statt. Ich habe keine Ahnung, wem sie Bericht erstatten. Ich weiß nur, daß die Vorta einem etwas befehlen ... und man es dann tut.«

»Warum?« beharrte Sisko.

Ornithar lächelte, als würde er mit einem Kind sprechen. »Weil sie die Jem'Hadar schicken, wenn man den Befehl nicht ausführt. Und dann stirbt man.«

Brutal. Die Gleichmütigkeit von Ornithars Aussage erinnerte Sisko erneut daran, daß sie es mit einer diktatorischen Regierung zu tun hatten. Alles, wofür die zahlreichen Welten der Föderation gearbeitet hatten, konnte in ganz kurzer Zeit verloren gehen.

Neben ihm verkrampfte sich auch Kira. Er bemerkte, daß sie ihre Hände zu Fäusten ballte und ihre Knöchel weiß wurden. Ihre Gedanken waren wahrscheinlich nicht so philosophisch wie die seinen. Schließlich hatte sie am eigenen Leib erlebt, was er am meisten fürchtete und die meisten Menschen lediglich als längst vergangene Geschichte ansahen.

Die Botschaft war klar und brutal, aber irgendwie auch genauso verschwommen wie alles, was sie bislang über diesen Quadranten und seine feindlich gesonnenen Bewohner in Erfahrung gebracht hatten. Niemand schien etwas Genaues sagen zu wollen. Sie bekamen immer nur die Warnung an der Wand zu sehen, aber keinen Hinweis darauf, wer sie dort eingemeißelt hatte.

»Können Sie die Vorta beschreiben?« fragte Dax und gab dem Gespräch damit eine andere Richtung.

Sisko stellte erleichtert fest, daß der Aufruhr in seinen Eingeweiden sich angesichts von Dax' vernünftiger Frage etwas legte. Die Trill mußte gespürt haben, daß er kurz davor stand, die Antwort aus diesem Sesselfurzer herauszuprügeln.

Ornithar dachte über die Frage nach – was völlig idiotisch war, da er offensichtlich bereits wußte, wie er sie beantworten würde. »Körperlich«, entgegnete er schließlich, »sind sie humanoid ... mit beschränkten telekinetischen Fähigkeiten.«

»Telekinetische Fähigkeiten«, erwiderte Dax mit unverhohlener Überraschung.

Sisko sah sie an, sie erwiderte den Blick, und beide gelangten zur selben Schlußfolgerung.

Sisko konnte nicht sagen, ob dieser galaktische Flohmarkthändler lediglich seine Gefühle verbarg oder tatsächlich verärgert darüber war, daß ein potentieller Kunde wußte, was er dachte.

Er hingegen hatte den Eindruck, daß seine Augen seine Gefühle verrieten. »Werden Sie uns mit den Vorta in Kontakt bringen? Vielleicht helfen sie uns, die Gründer zu finden.«

»Commander«, sagte Ornithar, dem sein Desinteresse an diesem Gespräch nun deutlich anzumerken war, »wir tun, was man uns aufträgt, mehr nicht. Und bislang hat man uns noch nicht aufgetragen, Ihnen in irgendeiner Hinsicht zu helfen.«

»Aber man hat Sie auch nicht angewiesen, uns zu behindern.«

»Nein, aber ich ziehe es vor, vorsichtig zu bleiben.«

Quark erwachte wieder zum Leben. Sah er einen Ausweg?

»In diesem Fall«, warf er ein, »wird Ihre Vorsicht Ihnen den Vertrag mit den Ferengi über den Tulabeerenwein kosten. Der Nagus wird sofort alle Lieferungen einstellen.«

Sisko hätte fast mit den Achseln gezuckt und den Kopf geschüttelt. Ihm kam es lächerlich vor, daß Quark der Ansicht war, solch eine Drohung könne bei einer Angelegenheit von galaktischer Bedeutung irgendein Gewicht haben. Doch er stellte überrascht fest, daß der Paragraphenreiter tatsächlich besorgt dreinschaute.

Sofort bedrängte er ihn weiter. »Die Vorta könnten es mit Mißgefallen betrachten, daß Sie einen so wertvollen Vertrag verloren haben. Vielleicht schicken Sie sogar die Jem'Hadar zu Ihnen, um herauszufinden, was passiert ist.«

Zu seiner absoluten Überraschung zuckte der Truthahn auf der Brücke zusammen und fing zu kollern an.

»Ich brauche Zugang zu einem unserer Computer auf der Oberfläche.«

Sisko deutete auf eine Instrumententafel; Ornithar trat dahinter und bediente es ohne Schwierigkeiten. Wenn dieser Puter nach einer kurzen oberflächlichen Betrachtung mit einem völlig fremdartigen Gerät klarkam, war er offensichtlich intelligenter, als es den Anschein hatte.

Auf dem Hauptbildschirm erschien eine Sternenkarte.

»Das ist das Callinon-System«, sagte Ornithar. »Auf dem siebenten Planeten unterhält das Dominion eine unbemannte Subraum-Relaisstation. Die Vorta haben uns befohlen, alle Funksprüche dorthin zu leiten. Wohin die Nachrichten dann weitergeleitet werden, geht uns nichts an.«

Sisko fragte sich, ob das alles nicht etwas zu einfach gewesen war, und schaute Dax an.

»Immerhin ein Anfang«, sagte sie. Sie schien zufrieden zu sein, und das war zumindest eine Veränderung zum Besseren.

»Aber was Sie nun unternehmen, ist allein Ihre Angelegenheit«, stellte Ornithar hastig klar. »Und vergessen Sie nicht... ich habe Ihnen lediglich die Richtung gewiesen. Mehr habe ich Ihnen nicht verraten!«

»Wir verstehen«, sagte Sisko, wobei es ihm kaum gelang, die Herablassung aus seiner Stimme herauszuhalten.

Ornithar betrachtete sie nacheinander, als würden sie seine Darbietung mit Punkten bewerten, und er habe vergessen, die Preisrichter zu bestechen.

Niemand hob irgendwelche Tafeln, doch er hielt auch weiterhin still und schien darauf zu warten, daß sie ihm mitteilten, ob sie nun mit ihm zufrieden waren oder nicht.

»Was ist *das?*«

Odos plötzlicher Ausruf erschreckte alle. Sisko gelang es kaum, ein Zusammenzucken zu vermeiden, als der Gestaltwandler vortrat – er hatte fast vergessen, daß Odo dort hinten stand.

Sie alle drehten sich zu ihm um und sahen, daß er auf ein Symbol in einem entlegenem Winkel der Sternenkarte deutete, auf der Ornithar ihnen das Callinon-System gezeigt hatte.

Ornithar blinzelte verwirrt. »Das ist der Omarion-Nebel«, sagte er dann.

Odo schien von dem Symbol fasziniert zu sein. Mehr noch. Gefesselt. In den Bann geschlagen.

Er trat vor den Bildschirm. »Der Omarion-Nebel«, krächzte er und schien die Silben auszukosten.

Er wandte den Blick von der Sternenkarte, drehte sich um und hing wieder seinen Gedanken nach. Allerdings schien er sich die Karte genau eingeprägt zu haben.

Sisko stellte fest, daß Odo diese Entdeckung gewaltig zu schaffen machte. Der Gestaltwandler ging zur anderen Seite der Brücke und hielt sich weiterhin von ihnen fern.

»Wenn es sonst nichts mehr gibt«, sagte Ornithar gequält, »würde ich jetzt gern wieder gehen.«

»Natürlich.« Sisko benutzte die Gelegenheit, seine Mannschaft davon abzubringen, den armen Odo anzustarren.

Als er den Besucher zur Tür führte, zerrte Quark an seinem Arm. »Commander, ich glaube, ich habe meine Rolle bei dieser Mission erfüllt. Wenn Sie also nichts dagegen haben...«

»... würden Sie gern zurückbleiben.«

»So lautete unsere Abmachung...«

Sisko warf Ornithar einen Blick zu und zog Quark dann beiseite. »Woher wissen Sie, daß er Sie nicht an das Dominion ausliefert, sobald wir gestartet sind?«

Quark zeigte einen verletzten Gesichtsausdruck. Er wollte damit andeuten, daß er ein ausgezeichneter Menschen- und Fremdwesenkenner war. »Vielleicht dient er dem Dominion, aber *ich* fülle seine Taschen mit Latinum. Ich werde eine Passage auf dem nächsten Frachter bekommen, der durch das Wurmloch fliegt. Und dabei noch einen Profit machen.«

Ermutigt von ihrem unerwarteten Glück, mußte Sisko unwillkürlich über Quarks Beharrlichkeit lächeln. Eins mußte er dem Ferengi lassen. Ganz gleich, was für eine Nervensäge, was für ein Blutsauger er war, er wußte genau, was er wollte, und meistens auch, wie er seine Ziele durchsetzen konnte. Nicht jeder verfügte über diese Eigenschaften.

Und Quark hatte trotz seiner offensichtlichen Furcht

und seines Widerwillens, sie überhaupt zu begleiten, seine Aufgabe erfüllt. Sisko empfand unwillkürlich Bewunderung für ihn.

Als er jetzt in Quarks ausdrucksstarke, wenn auch etwas übermütige Augen schaute, sah er weder ein Ärgernis noch eine Nervensäge. Er sah ein anderes Wesen, und zwar eins von überraschender Intelligenz, das nun einmal andere Pläne als er selbst hatte.

Nachdem Quark seinen Teil der Vereinbarung erfüllt hatte, war es sinnlos, ihn weiterhin in unmittelbare Gefahr zu bringen. Sisko war nicht mehr gezwungen, einen widerwilligen Teilnehmer mitzuschleppen und bei der Stange zu halten.

»Na schön«, erklärte er sich einverstanden. »Viel Glück, Quark.«

»Ihnen ebenfalls, Commander.«

Als Ornithar ging, ohne sie noch eines Blickes zu würdigen, wandte Sisko sich an Dax. »Nehmen Sie Kurs auf das Callinon-System.«

Er nahm ihren bestätigenden Blick zur Kenntnis, und als er sich wieder zum vorderen Bildschirm umdrehte, stand Quark noch neben ihm und beugte sich nun näher zu ihm heran. »Da ist noch etwas ... Mit Odo stimmt was nicht.«

Sisko nickte. »Ich weiß, daß er verbittert über seine Ablösung ist ...«

»Es ist mehr als nur das. Er ist ... irgendwie anders. Ich kenne ihn schon lange und habe ihn noch nie so gesehen.« Er sprach noch leiser und beugte sich noch näher zu ihm. »Ich weiß, es klingt seltsam ... aber ich mache mir Sorgen um ihn.«

Plötzlich fragte Sisko sich, welch bizarre Veränderungen in den Personen, die mit ihm in diese ungewöhnliche Umgebung vorgedrungen waren, noch stattfinden würden, und betrachtete Quark mit wachsendem Respekt.

»Ich versuche, ihn im Auge zu behalten«, versprach er.

Quark schien damit zufriedengestellt zu sein und verließ die Brücke. Sisko war sich bewußt, daß ihm durch dieses Versprechen noch mehr Verantwortung aufgebürdet worden war. Er mußte jetzt nicht nur auf ihr Leben achtgeben, sondern auch auf ihre Stimmung.

Das galt sogar für Odo, der sich immer so weit abseits gehalten hatte, nun aber völlig unerwartet von irgendeiner Wahrnehmung in seinem Innersten erschüttert wurde.

Er akzeptierte seine erweiterte Pflicht und blieb auf der Schwelle stehen. »Odo?«

Einen Augenblick lang befürchtete er, ihn noch einmal ansprechen zu müssen.

Dann riß der Gestaltwandler sich aus seiner Tagträumerei, ging auf ihn zu, an ihm vorbei und hinaus, ohne ihn auch nur anzusehen.

Sisko versuchte, sich in seinem Quartier zu entspannen, und stellte in der Tat fest, daß ihm dies in dieser kahlen Schlafkoje leichter fiel, als während der ersten drei Monate in seinem luxuriöseren Quartier auf der Station. Irgendwie kam ihm dieses martialische ›Zweimannzelt‹ sogar tröstlich vor. Wahrscheinlich, weil es ihn an eine Zeit erinnerte, da nicht er die Entscheidungen getroffen hatte. Als er in Kojen wie dieser untergebracht worden war, hatte es immer einen Commander oder Captain gegeben, der sich den Kopf zerbrechen mußte.

Natürlich hatte er sich immer für die üblichen Gerüchte und die Flüsterpropaganda interessiert, doch den Ärger hatten die Kommandanten gehabt, und sie hatten auch die Entscheidungen treffen müssen.

Ach, waren das schöne Zeiten gewesen. Seine Tage als junger Kadett. Jeder Kadett träumt davon, Captain zu sein. Jeder Captain träumt davon, Kadett zu sein.

Nun ja …

Der Nebel kam immer näher, und er wäre fast eingeschlafen. Fast – das Türsignal jaulte wie eine Alarmsirene.

Er zwang sich wieder hoch und schwang die Beine aus dem Bett. »Herein.«

Es war Kira. »Habe ich Sie geweckt?«

»Nicht ganz«, sagte er. »Was kann ich für Sie tun, Major?«

»Es geht um Odo …«

Er starrte sie im Halbdunkeln an. Die Beleuchtung war nicht allzu gut, und in diesem Augenblick war er froh darum.

»Sie machen sich Sorgen um ihn«, vermutete er.

Sie blieb stehen. »Ist das so offensichtlich?«

»Nein. Aber im Augenblick scheint sich jeder Sorgen um Odo zu machen. Ich übrigens auch, was dies betrifft. Doch ich bin mir nicht sicher, was ich dagegen tun kann.«

Kira kam näher und setzte sich auf das Ding, bei dem es sich angeblich um einen Stuhl handelte. »Darf ich frei sprechen?«

Er nickte zögernd, und nur einmal. Kira konnte wie ein Feuerwerkskörper in die Luft gehen, doch dabei zeigte ihr Licht fast immer in eine Richtung, die er nicht ignorieren konnte.

»Verdammt noch mal, was ist mit Starfleet los?« sagte sie wütend. »Wie konnten sie ihm das nur antun?«

»Es war doch schon seit längerem abzusehen. Starfleet war mit dem Constable *noch nie* glücklich. Seit zwei Jahren bedrängt man mich hinter vorgehaltener Hand, aber nachdrücklich, ihn seines Amtes zu entheben.«

Ihre Augen blitzten im Halbdunkeln zornig auf. »Weil er für die Cardassianer gearbeitet hat.«

»Nein«, unterbrach er sie schnell. »Das hat ganz andere Gründe. In ihren Augen ist er kein … ›Teamspieler‹.«

»Das war ich auch nicht! Am Anfang jedenfalls …«

»Sie waren auch von Ihnen nicht allzu begeistert, Major. Aber Sie haben sich geändert … irgendwann hat sich bei Ihnen die fixe Idee gelegt, wir wollten Bajor unterwerfen.« Er bedachte sie mit einem beherrschten Lächeln. »Mittlerweile könnte ich Ihnen wahrscheinlich sogar ein Offizierspatent von Starfleet besorgen.«

»Wir wollen doch nicht zu weit gehen.« Vielleicht lächelte sie sogar, doch in dem schlechten Licht konnte er es nicht genau sagen.

Wenn sie nicht lächelte, wollte er es auch gar nicht wissen.

»Sie kennen Odo doch«, sagte er. »Es gefällt ihm, der Amtsgewalt die Zunge rauszustrecken. Berichte schreibt er nur, wenn er Lust dazu hat. Sein Respekt für Kommandostrukturen ist minimal …«

»Na und? Er erledigt seine Arbeit.«

»Ich weiß, aber Starfleet steht nun mal auf Teamgeist, Major. Auf Kommandostrukturen. Und wenn man es genau nimmt … ich ebenfalls.«

»Also stimmen Sie der Entscheidung zu?«

»Nein. Aber ich kann sie verstehen.«

»Und wenn diese Mission vorbei ist«, spekulierte sie, »werden Sie ihn einfach gehen lassen?«

»Ich möchte genau wie Sie, daß er bleibt«, erwiderte er. »Aber er muß bleiben *wollen*.«

Darüber dachte Kira lange nach. Sisko konnte fast hören, wie ihre grauen Zellen arbeiteten, alles zusammenfaßten, was sie über Odo wußten – und was nicht; wie sie an die unzähligen Gelegenheiten dachte, bei denen Odo von sich selbst mehr verlangt hatte, als er von irgendeinem anderen verlangen würde.

»Ich kenne ihn schon lange«, sagte sie, »und muß Ihnen mit allem gebührenden Respekt sagen … Ich glaube, Sie irren sich. Ich glaube, in Wirklichkeit stört ihn gar nicht der Verlust seiner Position oder sein verletzter Stolz. Ich bin nicht der Ansicht, daß er *uns* verlassen will. Er hat keine Familie, er hat keine anderen Freunde, er weiß nicht mal, woher er kommt.« Sie hatte sich jetzt so weit vorgebeugt, daß sie sich mit den Ellbogen auf den Knien abstützte. Ihr Körper war angespannt und vor Gefühlsregungen verkrampft, und ihre Augen leuchteten, wie sie es immer taten, wenn sie mit allem Nachdruck etwas vertrat, woran sie wirklich glaubte. Die Finger lagen gespreizt auf der Uniform und berührten den Stoff kaum. »Wir sind alles, was er hat«, bedrängte sie ihn. »Er ist ein Teamspieler, Commander. Er spielt nur nicht nach denselben Regeln.«

Als der Kommunikator piepste und T'Ruls Stimme sie unterbrach, machte sich Verärgerung auf ihrem Gesicht breit.

»Brücke an Commander Sisko. Wir haben das Callinon-System erreicht.«

Sisko entschuldigte sich mit seinem Blick bei Kira, doch das genügte nicht. Er hatte den Eindruck, als ließe er irgendwie nicht nur sie, sondern auch Odo im Stich, weil er dieses Problem im Augenblick zur Seite schieben und sich um ein anderes kümmern mußte.

Wie hätte er ihr das sagen können?

Er stand auf und deutete zur Tür. »Bin schon unterwegs.«

»Logbuch des Schiffes, Sternzeit 48213.1. Wir haben Callinon VII getarnt erreicht und sind in einen Standardorbit eingeschwenkt. Die Relaisstation auf diesem Planeten sollte uns nicht nur bei unserer Suche nach den Gründern helfen, sondern uns auch einen ersten Einblick in die Technik des Dominion verschaffen.«

Atmosphärische Gase wirbelten in fast zielbewußten Mustern, trugen Wolken und Stürme über große Meere. Eigentlich war alles an diesem Planeten groß, kräftig und massiv. Und doch erinnerten seine Wälder und Bergketten an die Erde. Ben Sisko wünschte sich plötzlich, er hätte seinen ›Urlaub‹ um eine oder zwei Wochen verlängern können.

Obwohl sie sich gefreut hatten, wieder auf DS Nine zu sein, wollte er, daß Jake die Erde in Erinnerung behielt. Seine Gefühle gerieten schon wieder durcheinander. Das Gefühl einer Vergangenheit, das dieser Ort auslöste – er dachte an Odo.

Er verdrängte diese Gedanken und konzentrierte sich auf den Planeten unter ihnen.

Während er und die gesamte Brückencrew auf Kiras Bericht warteten, erschien auf einem der Monitore eine graphische Darstellung der Relaisstation.

»Unserer Sensoruntersuchung zufolge«, sagte sie schließlich, »scheint Ornithar die Wahrheit gesagt zu haben, als er behauptet hat, daß die Relaisstation unbemannt ist. Dort scheint es auch nur sehr wenig Sicherheitsvorkehrungen zu geben.«

Sisko sah dies als gutes Zeichen an. Er drehte sich zu Dax und O'Brien um, die, mit Phasern und Tricordern ausgerüstet, im hinteren Teil der Brücke standen.

»Keine unnötigen Risiken«, sagte er zu ihnen. »Gehen Sie rein, bringen Sie in Erfahrung, was wir wissen müssen, und kommen Sie wieder raus.«

»Verstanden«, sagte Dax.

»Dann los.«

Als sie von der Brücke eilten, drehte er sich zu T'Rul um. »Der Transporter benötigt drei Sekunden, um sie hinabzubeamen. Ich möchte, daß wir uns *genau* drei Sekunden lang enttarnen.«

Sie nickte mit gerade so viel Nachdruck, um ihm in Erinnerung zu rufen, daß sie keine Vulkanierin war, und legte eine Hand auf die Kontrollen. Anhand dieser spärlichen Reaktion konnte er nicht abschätzen, ob sie davon überzeugt war, daß es ihr gelingen würde, oder nur entschlossen, es zu versuchen.

Doch gleichgültig, was er sagte, ihre Fähigkeiten konnte er damit nicht beeinflussen. Wenn das Romulanische Reich der Ansicht war, Starfleet sei auf Betrug aus, und es müsse seiner geheimen Vorrichtung einen Babysitter mitgeben, konnte er nichts daran ändern. Die Bedienung der Tarnvorrichtung war T'Ruls Problem.

Er hatte andere.

»Dax an Brücke. Wir sind bereit, Benjamin.«

»Verstanden. T'Rul, Tarnvorrichtung deaktivieren.« Dann wandte er sich an Kira. »Energie.«

T'Rul arbeitete genauso konzentriert an ihren Instrumenten, wie Kira an den ihren. Die Brückenbeleuchtung flackerte und flammte dann wieder auf, als die Tarnvorrichtung ausgeschaltet wurde.

»Sie sind auf der Oberfläche«, sagte Kira.

Sisko warf einen Blick auf T'Rul, aber sie war bereits an der Arbeit. Als die Tarnvorrichtung wieder aktiviert wurde, legte sich erneut Dunkelheit um sie.

Auf dem Gesicht der Romulanerin war deutlich Erleichterung auszumachen.

Irgend etwas an der Veränderung ihrer Gesichtszüge störte ihn. Ja, Romulaner waren feindselig und gefühlsbetont, aber in Aussehen und Verhalten ihren Vorfahren gefährlich ähnlich. Dieses strenge, dunkle, glänzende Haar, das wie ein Helm geschnitten war, diese dämonischen Augen und spitz zulaufenden Ohren. Sie konnten stoisch und geheimnisvoll sein, jeder Frage ausweichen… und ihr größter Vorteil war, daß sie oberflächlich den Vulkaniern so ähnlich waren, daß die Völker der Föderation versucht sein konnten, sie beim Wort zu nehmen.

Sisko war entschlossen, dies nicht zu tun. Noch nicht, jedenfalls.

»Wurden wir während des Transports sondiert?« fragte er.

»Ich glaube nicht«, sagte Kira. »Es hat den Anschein,

als handelte es sich bei dieser Anlage einfach nur um eine automatische Relaisstation. Sehr wenig Sicherheitsmaßnahmen.«

»Halten Sie Dax' und O'Briens Transportersignale trotzdem ständig erfaßt. Nur für den Fall, daß wir sie schnell dort herausholen müssen.«

Kira sah ihn an. Sisko wurde klar, daß er ihr gerade verraten hatte, wie groß seine Anspannung war, indem er ihr einen ganz ähnlichen Befehl erteilt hatte wie kurz zuvor Dax.

»Aye, Sir«, war jedoch alles, was sie sagte.

»Dax an *Defiant*.«

»Ich höre, Dax«, sagte er.

»Wir scheinen uns in dem Raum zu befinden, in dem der Zentralcomputer untergebracht ist. Das Interface ist etwas ungewöhnlich, doch ich vermute, daß wir einen Zugang finden.«

»Halten Sie uns auf dem laufenden.«

»Ich bin im Hauptverzeichnis«, sagte O'Brien im Hintergrund des Raums.

»Das ging aber schnell«, sagte Dax.

»Ja, allerdings. Etwas zu schnell, wenn Sie mich fragen.«

»Irgendein Anzeichen dafür, daß wir über einen Alarmauslöser gestolpert sind?« fragte Dax.

Sisko hätte sie fast unterbrochen, konnte sich aber gerade noch zurückhalten. Ein paar Sekunden später erklang O'Briens Stimme durch den offenen Kanal. »Nein. Ich habe noch immer Zugriff auf alles.«

»Dann verschaffen wir uns die Informationen und verschwinden von hier.«

»Ganz meine Meinung.«

Die beiden verstummten, und auf der Brücke versuchten alle, ihre Nervosität zu überspielen, indem sie sich ihren jeweiligen Aufgaben widmeten.

Bashir erschien mit einer Tasse Kaffee neben Sisko, einer winzigen Pfütze der Zivilisation im endlosen

Nebel. Einer geschichtsträchtigen Tasse, die genauso zum menschlichen Erbe gehörte wie die Artefakte, die Sisko und Jake ausgepackt hatten.

Ach, Kaffee. Der Triumph der Lebenskraft. Von Konstantinopel bis zu Camus II, von Paris bis zur Kolonie New Paris hatten Kaffeehäuser Dichter und Verschwörungen, Gefälligkeiten und Listen hervorgebracht. Die von der Erde stammende Substanz war in der besiedelten Galaxis noch immer populärer als alles andere, was Quark anbieten konnte. Man hatte Petitionen dagegen eingebracht, verschiedene Rassen hatten ihn verboten, politischer Streit war durch ihn ausgelöst worden, Korruption war ihm gefolgt, und Spiele waren erfunden worden, die sich um dieses Getränk drehten.

Und nun trank er hier eine Tasse Kaffee. Die Bohnen hatten siebzigtausend Lichtjahre zurückgelegt. Sisko mußte unwillkürlich an die Myriaden von Gegenständen und Gebräuchen und auch Krankheiten denken, die auf Schiffen wie diesem über Ozeane und durch den Weltraum befördert wurden und die so alltäglich waren, daß niemand sie eines zweiten Blickes würdigte, wenn ein größeres Ziel auf dem Spiel stand.

Im Rosengarten der Thomas Jefferson-Gedenkstätte hatte jemand ihm mal eine gelbe und rosa Rose gezeigt, die sich auf ein Päckchen mit Samen zurückführen ließ, das mit dem letzten Transport vor der Besatzung durch die Nazis aus Frankreich geschmuggelt worden war.

Und er war sich ziemlich sicher, daß unter diesen Umständen niemand an Rosen gedacht hatte.

Die Blume trug die Bezeichnung ›Frieden‹.

Vielleicht hätte ich die Rose statt Kaffee mitbringen sollen, dachte Sisko und schaute in die Tasse mit dem dampfenden Inhalt.

Nun ja – ein Hoch auf die kleinen, feinen Dinge.

Er hob den Rand der Tasse an die Lippen, trank einen Schluck und hätte sich fast übergeben.

Sein Gesicht verzog sich, während er sich überlegte, ob er die Flüssigkeit ausspucken sollte.

Wie würde das aussehen? Also schluckte er sie. Dies war keinesfalls echter Kaffee von der Erde.

»Ich hätte Quarks Angebot annehmen sollen, uns einen neuen Replikator zur Verfügung zu stellen ...«

Bashir schaute wieder zu ihm. »Sir?«

»Nichts.« Er gab dem Arzt die Tasse mit der Brühe und trat neben Kira ans Kommandopult.

»Nutzen wir die Zeit lieber, Major«, sagte er. »Beginnen Sie mit einer Ebene-Drei-Diagnose der ...«

»Dax an *Defiant*. Ich glaube, wir haben etwas gefunden, Benjamin. Ein Verzeichnis der in letzter Zeit ausgestrahlten Sendungen.«

Bevor Sisko antworten konnte, fügte O'Brien hinzu: »Wie ich es verstehe, Sir, sind achtzig Prozent der ausgehenden Funksprüche an ein und dasselbe Ziel abgestrahlt worden. Ich vermute, es handelt sich entweder um eine weitere Relaisstation oder um ein Kommandozentrum.«

»Haben Sie die betreffenden Koordinaten?« fragte Sisko.

Das Zirpen von Dax' Tricorder kam über den geöffneten Kanal. »Ich schicke sie Ihnen bereits.«

Kira trat an eine andere Konsole. »Ich empfange die Koordinaten. Augenblick mal ... ich habe den Kontakt mit dem Außenteam verloren! Ich bekomme neue Meßwerte ... auf der Oberfläche wurde eine Energiequelle aktiviert!«

Durch den offenen Kanal gellten Alarmsirenen, die unten auf dem Planeten ausgelöst worden waren.

»Holen Sie sie da raus!« rief Sisko.

»Kann ich nicht.« Kira nahm an ihrer Konsole Justierungen vor. »Soeben wurde irgendein Schild um den Vorposten errichtet. Ich komme nicht durch!«

An der taktischen Konsole erklang ein weiterer, andersartiger Alarmton. Bashir lief zu der Station und schaute plötzlich entsetzt drein.

»Wir erfassen drei Schiffe der Jem'Hadar, Commander! Sie haben Kurs auf den Vorposten genommen!«

Kira sah anscheinend dasselbe wie Bashir und bestätigte die Ortung. »Dax und O'Brien müssen irgendeinen Alarm ausgelöst haben.«

Sisko lief zu ihr, um sie an den Kontrollen zu unterstützen. »Können wir den Schild mit unseren Phasern durchdringen, bevor diese Schiffe hier eintreffen?«

»Ich bin mir nicht sicher ... So ein Energiefeld habe ich noch nie gesehen.«

»Wenn wir die Phaser benutzen wollen, müssen wir die Tarnvorrichtung ausschalten«, warnte T'Rul. »Das heißt, die Jem'Hadar werden uns orten können.«

Bashir drehte sich zu Sisko um. »Wir müssen etwas tun! Wir können sie doch nicht einfach da unten zurücklassen!«

»Genau das sollten wir tun, Doktor«, sagte T'Rul. »Sie zurücklassen. Wir sind hierhergekommen, um die Gründer zu finden, und nicht, um wegen zwei entbehrlicher Besatzungsmitglieder mit den Jem'Hadar zu kämpfen.«

Ein ungewöhnlicher Zorn flammte in Bashirs Augen auf. »Niemand ist entbehrlich.«

»Die Schiffe der Jem'Hadar sind in das System eingedrungen«, meldete Kira. »Sie werden in dreißig Sekunden in der Umlaufbahn sein.«

Alle beobachteten Sisko. Er hatte das Gefühl, ein Korsett schnüre ihm den Leib zu. Sein Gesicht war steif, der Hals so eng, daß er sich fragte, ob er überhaupt sprechen konnte.

»Verlassen Sie den Orbit«, sagte er. »Berechnen Sie den Kurs zu den Koordinaten, die Dax uns geschickt hat.«

Er bemerkte, wie Kira und Bashir ihn ansahen, und erwiderte ihre Blicke absichtlich nicht.

Schließlich ging Kira zum Steuerpult und nahm die Kursberechnung vor.

»Commander«, sagte Bashir.

»Das ist alles, Doktor.«

Kira schaute nicht auf. »Kurs eingegeben.«

»Warp Sieben«, sagte Sisko. »Energie.«

# 6

Wir haben die Sensorenreichweite der Jem'Hadar verlassen ... Ich kann kein Anzeichen einer Verfolgung ausmachen, Commander.«

Es lag keine Befriedigung in Kiras Stimme. Wenn überhaupt, dann der Anflug von unverblümter Enttäuschung.

»Sehr gut.« Sisko wußte, daß Kira hoffte, die Jem'Hadar würden das Schiff verfolgen, statt den Planeten zu untersuchen.

Ein kleiner Teil von ihm hatte ebenfalls gehofft, daß sie so verfahren würden, und er empfand kaum Erleichterung aufgrund der Tatsache, daß es den Jem'Hadar nicht gelungen war, die Raumverzerrung zu bemerken, die die Anwesenheit eines getarnten Schiffes verraten hätte. Sie hatten gerade ihre Mannschaftskameraden auf diesem Planeten zurückgelassen.

Er konnte sich einfach umdrehen und T'Rul befehlen, das Schiff zu enttarnen. Dann würden sie ins Callinon-System zurückkehren und kämpfen. Dax und O'Brien wußten mittlerweile bestimmt, daß sie im Stich gelassen worden waren. Was würde Dax denken?

Die Tarnung aufgeben, wenden und dieses Schiff in einem echten Kampf testen ... Ihn gierte nach einem Fetzen Logik, der ihm zum jetzigen Zeitpunkt diese Empfehlung geben würde.

Zwei Leben gegen die von Millionen auf Bajor, Milliarden in der Föderation – Sisko schüttelte die Schuldgefühle ab, die er verspürte, weil er diese beiden zurückgelassen hatte, und forderte von sich, bei dieser Mission keinen Krieg anzufangen, wenn er es verhindern konnte.

*Falls* er es verhindern konnte.

Bashir stand an der technischen Station und kochte vor Wut. »Commander, Sie sind von den Jem'Hadar gefangengenommen worden. Was glauben Sie, was mit Dax und O'Brien geschehen wird.«

»Man wird sie wahrscheinlich zu einem Verhör abführen. Wie ich Dax kenne, wird Sie die Mission fortsetzen und die Gelegenheit nutzen, um in Kontakt mit den Gründern zu kommen. Ich habe vor, das gleiche zu tun.« Er beruhigte sich und berührte seinen Kommunikator. »Sisko an Odo. Bitte melden Sie sich auf der Brücke, Constable. Ich möchte die Sicherheitsvorkehrungen für unsere Ankunft besprechen.«

Ein paar Sekunden lang erfolgte keine Antwort. Er fragte sich, ob Odo ihn hören konnte, wenn er sich in seinem flüssigen Zustand befand. Er hatte noch nie so richtig über die Bedingungen von Odos natürlichem Zustand nachgedacht. Brauchte Odo humanoide Ohren, um den Kommunikator zu hören? Natürlich benötigte er einen humanoiden Mund, um antworten zu können...

»Ich bin im Augenblick ... indisponiert, Commander. Bitte übertragen Sie diese Aufgabe einem anderen.«

Sisko schaute seine Offiziere an, nahm dann die Hand vom Kommunikator und deaktivierte ihn dadurch.

»Das klingt gar nicht nach Odo«, stellte Bashir fest.

»Nein, allerdings nicht«, pflichtete Sisko ihm bei. »Wir unterhalten uns lieber mal mit ihm.«

Er wurde sich des kalten Mitleids in seiner Stimme bewußt und verspürte plötzlich nicht mehr den Wunsch, mit Odo zu sprechen. Er wollte weder sich selbst noch Odo den kritischen Fakten aussetzen – daß diese Mission zu wichtig für Selbstmitleid war. Odos Verhalten konnte sich negativ auf ihre Leistungsfähigkeit auswirken. Odo würde seine Gefühle zurückstellen müssen, genau wie Sisko zurückstellen mußte, was er empfand, weil er Dax und O'Brien wahrscheinlich nie wiedersehen würde, und was sie dachten, wenn ihnen klar wurde, daß er sie den Wölfen zum Fraß vorgeworfen hatte.

Er wollte sich aus dem Sessel des Kommandanten erheben, doch plötzlich stand Kira neben ihm und hielt ihn zurück.

»Lassen Sie mich das übernehmen, Sir«, bot sie sich an. »Ich glaube, ich kann mit ihm sprechen.«

Irgendwie war er der Ansicht, er solle es selbst übernehmen und nicht auf eine Freiwillige abwälzen, doch da die Jem'Hadar ihm auf den Fersen waren, eine Romulanerin sich auf der Brücke aufhielt und zwei seiner Offiziere vermißt wurden, war er froh, einfach nur nicken und sich diese Bürde von den Schultern nehmen lassen zu können.

Aber deutete seine Entscheidung nicht auch auf etwas anderes hin? Hatte er Odo in den letzten Monaten im Stich gelassen? Sollte er nicht doch selbst mit ihm sprechen?

Kira war bereits gegangen. Es wäre ein Fehler, sie nun zurückzurufen und ihren Platz einzunehmen.

»Drei Schiffe der Jem'Hadar sind gerade in Sensorenreichweite gekommen. Koordinaten Null Drei Sieben Komma Zwei Eins Fünf.«

Er richtete seine Aufmerksamkeit auf den Bildschirm.

»Irgendein Anzeichen, daß sie uns entdeckt haben?«

»Negativ«, sagte T'Rul energisch.

»Beenden Sie den Warpflug und schalten Sie die Hauptenergie ab. Wir warten hier, bis sie vorbeigeflogen sind.«

Als Kira sich dem Quartier näherte, das Odo sich zuvor mit Quark geteilt hatte und nun allein bewohnte, wappnete sie sich mit einem Dutzend Anekdoten und Zwischenfällen, die ihr geholfen hatten, ihre schwierige Vergangenheit zu überstehen. Sie machte sich nicht mal die Mühe, das Türsignal zu betätigen. Sollte sie ihn kompromittieren, hatte er eben Pech gehabt.

Sie mußte an der geöffneten Tür innehalten, damit ihre Augen sich an das Halbdunkel gewöhnen konnten. Einen Moment lang konnte sie in der Dunkelheit lediglich den Bildschirm des kleinen Computers auf dem Schreibtisch ausmachen. Er warf einen wächsernen Glanz auf Odos Gesicht, und sowohl dieses Antlitz als auch sein Körper wirkten leblos.

Seine Aufmerksamkeit war auf den leuchtenden Schirm gerichtet. Er zeigte die Sternenkarte, die Ornithar aus seinem Büro überspielt hatte. Odo betrachtete sie, als wäre er völlig benommen.

»Odo«, begann Kira, »wir müssen uns unterhalten.«

»Ich gehe nicht auf die Brücke. Verschwenden Sie also nicht Ihre Energie. Und ich würde es zu schätzen wissen, in Ruhe gelassen zu werden.«

»Ich habe Sie schon zu lange in Ruhe gelassen.« Sie trat in den winzigen Raum. »Und das hat niemandem geholfen. Vielleicht ist es also an der Zeit, daß Sie aufhören, vor sich hin zu brüten, und sich endlich mit jemandem unterhalten.«

Aufhören, unterhalten ... das alles sagte sie, ohne die geringste Ahnung zu haben, worüber er sich unterhalten mußte. Sie hoffte, ihm würde nicht auffallen, daß sie einfach nur versuchte, ihre eigene Unkenntnis zu überspielen.

Er drehte sich um und bedachte sie mit einem verbitterten Blick. »Sind Sie jetzt die Counselor dieses Schiffes?«

Sie ging zur Wand, lehnte sich dagegen und schaute zu ihm hinab. »Nein. Ich bin Ihre Freundin. Sie wissen schon – die Person, die sich normalerweise an Sie wendet, wenn sie Hilfe braucht. Ich bin lediglich hier, um diesen Gefallen zu erwidern.«

»Sie können den Gefallen erwidern, indem Sie mir ein Shuttle geben und mich fliegen lassen.«

Die so unverblümt ausgesprochene Bitte erwischte sie völlig unvorbereitet. Ein Shuttle? Er wollte hier weg?

»Fliegen?« wiederholte sie. »Wohin? Wir sind mitten im Machtbereich des Dominion. Verdammt noch mal, wohin wollen Sie denn?«

Er deutete auf den kleinen Schirm. »Zum Omarion-Nebel.«

Sie runzelte die Stirn. »Warum?«

»Das weiß ich nicht genau. Aber ich muß dorthin. Das ist alles, was ich weiß.«

Fast hätte sie gegrinst. Sie verschränkte die Arme vor der Brust. »Mit dieser Erklärung gebe ich mich nicht zufrieden. Da müssen Sie mir schon eine viel bessere bieten.«

Seine Stimme klang rauh, als er antwortete.

»Seitdem wir in den Gamma-Quadranten gekommen sind, habe ich das Gefühl, von irgend etwas angezogen zu werden... irgendein Instinkt treibt mich zu einem ganz bestimmtem Ort. Ich glaube, dabei handelt es sich um den... Omarion-Nebel.«

Innerhalb der Plastikmaske eines unfertigen menschlichen Gesichts waren Odos klare und stechende Augen von Verwirrung getrübt. Sie zeigten weder die Leidenschaft noch den Drang, sich dorthin zu begeben, sondern eine ungebetene Anziehungskraft.

»Warum dorthin?« fragte sie.

»Ich weiß es nicht.«

»Worauf basiert der Drang?«

»Auf einem Gefühl... dem überwältigenden Gefühl, daß ich dort die Antworten finden werde, nach denen ich schon mein ganzes Leben lang suche.«

Verschwommen, sehr verschwommen.

Kira runzelte die Stirn. Sie war hierhergekommen,

um ein ruhiges Gespräch über Freundschaft zu führen, sich und ihm etwas Klarheit zu verschaffen, und war in einer beunruhigenden Grauzone gelandet. Was konnte sie tun? Ihn bitten, ihr Einzelheiten mitzuteilen? Doch offensichtlich konnte er ihr keine klaren Antwort geben.

Sie wußte, daß Odo nie etwas für Mystik übriggehabt hatte. Er tolerierte kaum, daß die Religion Bajors auf seinen Zuständigkeitsbereich übergriff. Er glaubte an das Greifbare. Das machte ihn so gut in seinem Job.

Seinem ehemaligen Job.

»Na schön«, sagte sie entmutigt. »Sobald wir Kontakt mit den Gründern aufgenommen haben, wird Commander Sisko bestimmt...«

»Nein! Nicht, nachdem wir Kontakt mit den Gründern aufgenommen haben. *Jetzt* – ich muß *jetzt* aufbrechen.«

»Hören Sie«, wandte sie ein, »ich weiß, wieviel Ihnen das bedeutet, aber wir müssen eine Mission erfüllen.«

Er drehte sich zu ihr um, und Zorn lag in seinen Augen; seine Körperhaltung verlieh einer Raserei Ausdruck, die sie bei ihm noch nie gesehen hatte – so jedenfalls nicht.

Sie wich vor seiner Verzweiflung zurück, schuf Platz für seinen aufbrandenden Schmerz und verriet ihm auf diese Weise, daß sie ihn nicht von seinen Bedürfnissen fernhalten wollte.

Der Raum – das gesamte Schiff – kippte scharf auf eine Seite. Kira taumelte und wäre fast gestürzt. In ihrem Verstand überschlugen sich die Vermutungen, was geschehen war. Waren sie auf etwas geprallt? War der Antrieb ausgefallen? Was würden sie ohne O'Brien an Bord mit dem Antrieb anfangen?

Keinen halben Meter von ihr entfernt prallte Odo gegen den Schreibtisch und streckte die langen Arme aus, um nicht das Gleichgewicht zu verlieren.

Bevor sie die Zeit für einen zweiten Atemzug bekam, drückte eine Mischung aus Wind und Energie die Wand ein. Metall, das Teil des Schiffes gewesen war, wurde in Fetzen gerissen und durch den kleinen Raum geweht, wie zuvor das Licht aus dem Korridor hereingeflutet war. Kira bemühte sich, das Gesicht nach oben zu drehen, festzustellen, was geschah, sah jedoch nur, daß die zerfetzten strukturellen Bestandteile der Wand auf sie beide hinabstürzten.

»Direkter Treffer in der Backbord-Antriebsgondel«, meldete T'Rul und hob ihre Stimme dabei über das Dröhnen, das während des feindlichen Beschusses durch die *Defiant* hallte.

Drei Schiffe der Jem'Hadar waren vor dem Bug der *Defiant* aufgetaucht. Handelte es sich dabei um dieselben drei, vor denen sie erst vor ein paar Minuten geflohen waren, oder war es eine taktische Gewohnheit, daß sie immer zu dritt flogen?

Sisko suchte verzweifelt nach Antworten. Als die drei Schiffe nicht erkennen ließen, daß sie sie entdeckt hatten, hatte er den Kurs beibehalten.

Jetzt war plötzlich alles ganz anders.

»Wie haben sie uns trotz der Tarnvorrichtung entdecken können?« platzte Bashir heraus.

Sisko starrte auf die Bildschirme und suchte nach den wildesten Erklärungen. »Ist es möglich, daß sie die Tarnvorrichtung schon immer durchschauen konnten? Daß sie nur auf den richtigen Augenblick gewartet haben?«

Der Arzt starrte ihn an. »Sie meinen, es war eine Falle?«

Sisko warf einen wütenden Blick auf T'Rul und bekam die Antwort, die er erwartet hatte. Es *war* möglich, daß die Jem'Hadar über ihre Tarnvorrichtung lachten und die *Defiant* für ein Kind hielten, das die Hände vor die Augen legte und sagte: »Ihr könnt mich nicht sehen.«

Denn plötzlich schaute die Romulanerin gar nicht mehr arrogant drein. Das bedeutete, daß er recht haben könnte.

»Vielleicht haben sie die Informationen der Untersuchung mit dem Antiprotonen-Sensor analysiert«, sagte sie, »und eine Möglichkeit gefunden, die Tarnvorrichtung zu durchdringen.«

Sisko riß sich zusammen und mahnte auch die anderen zur Konzentration, indem er sagte: »Spekulationen müssen wir uns für später aufsparen. Tarnvorrichtung deaktivieren, Schilde heben, das Feuer auf meinen Befehl eröffnen.«

Die Beleuchtung auf der Brücke veränderte sich, als die Energie umgeleitet wurde und das mächtige Kriegsschiff sich in der weiten Arena des Weltraums zeigte.

Nun bekam die *USS Defiant* ihre erste Gelegenheit, ihre Krallen zu zeigen und zu tun, wozu sie konstruiert worden war. Sie sichtete ihre Feinde und bereitete sich darauf vor, den drei bösartig wirkenden Raumschiffen der Jem'Hadar entgegenzutreten.

»T'Rul, übernehmen Sie die technische Station«, befahl Sisko. »Doktor, Sie gehen an die Steuerung. Ich übernehme die taktische ...«

Das Schiff neigte sich nach Steuerbord, als ein funkelnder Schlag seine Seite traf.

»Geringe Schäden auf Deck Drei«, meldete T'Rul. »Die Kommunikation und die Fernsensoren sind ausgefallen.«

Die brauchten sie im Augenblick nicht. Sisko arbeitete an seiner Konsole, als hätte er drei Hände. »Ich erfasse das vorderste Schiff mit dem Feuerleitsystem.«

Sisko sah zum Bildschirm und richtete den Blick auf die beiden Schiffe, deren Manöver er noch in ihrem Umkreis beobachten konnte.

»Feuer.«

»Ich habe den Kontakt verloren.«

»Ich ebenfalls. Können Sie mit Ihrem Tricorder irgend etwas erfassen?«

»Aus dem Weltraum? Danke für das Kompliment, Lieutenant, aber leider nicht.«

»Gern geschehen. Aber ich meinte örtlich. Irgendwelche Veränderungen?«

»Nein, und ich habe es auf jede erdenkliche Weise versucht. Ich würde diesen verdammten Alarm gern ausschalten. Lassen Sie es mich mal auf der anderen Seite des Raum versuchen. Meine Ohren haben noch nie so gedröhnt...«

»Diese Monitore sind tot.«

»Was haben Sie gesagt?«

»Ich habe gesagt, die Monitore sind tot.«

»Sie verfügen über irgendeine automatische Stilllegung. Ich versuche sie aufzuspüren. Sieht so aus, als wäre sie da drüben.«

»Ich glaube... sollten... nicht anrühren.«

»Was?« Der Lärm war ohrenbetäubend.

Miles O'Brien schaute sich in der Zentrale des technischen Vorpostens um, den sie entdeckt und friedlich erkundet hatten, als auf einmal alles schiefgegangen war. Dann kroch er unter eine der Konsolen. Dax trat neben ihn, beugte sich zu ihm hinunter und tippte ihm aufs Knie.

»Was ist?« fragte er.

»Falls wir diesen Alarm ausgelöst haben«, sagte sie, »stecken wir bereits in Schwierigkeiten. Wenn nicht, sollten wir lieber nicht...«

Das Pfeifen verstummte. Die Echos hallten durch ihre Köpfe und wurden dann ebenfalls von der Stille ertränkt.

Dax seufzte. »Das gefällt mir nicht...«

Neben ihr schüttelte O'Brien den Kopf, um das Hämmern aus seinem Schädel zu vertreiben. »Haben Sie den kompletten Koordinatensatz über den Zielpunkt der Funksprüche an die *Defiant* geschickt?« fragte er.

»Ich weiß es nicht«, erwiderte sie. »Aber ich hoffe es, denn ich befürchte, sie wurden zum Abdrehen gezwungen. Ansonsten hätten sie uns schon längst raufgebeamt. Da sie das nicht getan haben, nehme ich an, sie wurden gezwungen, sich zu tarnen.«

Er spürte, daß seine rötlichen Wangen blaß wurden. »Sie glauben, sie haben uns zurückgelassen?«

»Oder sie versuchen, eine Ablenkung zu erzeugen.«

»Ich weiß, was Sie sagen wollen.« Er nickte verkrampft. »Die Mission ist wichtiger, als wir es sind.«

»Wir müssen uns hier unten verschanzen«, sagte sie. »Und darauf warten, daß sie uns später abholen.«

O'Brien drängte die Panik einen Augenblick lang zurück und beobachtete die geschmeidige, dunkelhaarige Frau, die den Raum nach Möglichkeiten absuchte. Jadzia Dax blieb für ihn ein Geheimnis.

Wie irische Gedichte, dachte er. Wie dieses Zeug, das seine Mom ihm nahezubringen versucht hatte.

*Was hätte sie friedlich machen können mit einem Geist … den Edelmut so schlicht wie ein Feuer schuf … Mit der Schönheit eines schmalen Bugs, wie er in einem Zeitalter wie diesem nicht natürlich ist … hoch und einsam und überaus streng? Warum, was hätte sie tun können, ist sie doch das, was sie ist … Gab es ein anderes Troja für sie, das sie in Schutt und Asche legen konnte?*

Er hatte nie die geringste Ahnung gehabt, was das bedeuten sollte, denn er hatte fast genausowenig für Geschichte wie für Dichtung übrig gehabt. Aber er mußte daran denken, als er Dax' Profil beobachtete, während sie vorsichtig eine Konsole berührte. Er erinnerte sich an die Stimme seiner Mutter, und daran, wie sie immer die Augen verdreht hatte, als sie ihm die Bedeutung dessen klarzumachen versuchte, was er einfach nicht in seinen jungen Schädel bekommen wollte.

Sie hatte gewollt, daß er *irisch* wurde. Und er hatte immer nur versucht, in der Dunkelheit Lichter angehen zu lassen und Maschinen zu reparieren, die nicht mehr funktionierten.

Na ja. Gedichte waren eben nichts für jeden.

Abgesehen von Jadzia. Sie war ein Gedicht, eins jener seltsamen mit einem Geheimnis.

Wie dieser Wurm, der in ihr lebte und praktisch ihr Gehirn war.

Er konnte sich nicht vorstellen, einen Wurm in sich zu haben, der eine Erfahrung von dreihundert Jahren hatte. Er konnte es sich einfach nicht ausmalen. Während seines Dienstes bei Starfleet war er allen möglichen Außerirdischen begegnet, und er war auch mit den seltsamsten von ihnen zurechtgekommen, aber die Trills hatten etwas so Parasitäres an sich. Allein die Vorstellung, irgendein Tier in sich zu tragen … Falls jemand sich in Jadzia Dax verliebte, wen würde er in Wirklichkeit lieben?

O'Brien schüttelte den Kopf, um das unangenehme Gefühl zu vertreiben. Er wollte einfach nur zu seiner Frau und Tochter nach Hause zurück. Manchmal brauchte er einfach nur die grundlegenden Freuden des Lebens. Mann, Frau, jede Menge Kinder. Und vielleicht würde er seine Eltern anrufen.

Neben ihm pfiff eine an der Wand angebrachte Konsole. Er lief hinüber und versuchte, die unvertrauten Instrumente zu deuten.

»Ich glaube, gerade wurden Energiefelder errichtet«, sagte er. »Aber Gott allein weiß, wo.«

»Um uns zu schützen oder gefangenzusetzen?« Dax kam zu ihm hinüber.

»Keine Ahnung. Oha … das hier ist eine systemweite Ablesung. Schiffe nähern sich!«

Er sah sie an.

»Wie viele?« fragte sie so unerschütterlich wie stets.

»Steht hier nicht.«

»Wir müssen hier raus.«

O'Brien drehte sich zu ihr um. »Und wohin? Dieser Planet ist ein kahler Felsen. Wir haben keine Überlebensausrüstung dabei – und ich bin mir nicht mal sicher, ob die Atmosphäre atembar ist.«

»Nein, wir müssen in diesem Komplex bleiben. Auf dieser Welt gibt es kein tierisches Leben. Im Freien würden sie uns sofort mit den Sensoren entdecken. Wie groß ist diese Station?«

»Den Informationen zufolge, die ich auf der *Defiant* aufgeschnappt habe, etwa zwei Quadratkilometer... Verdammt! Jemand beamt runter!« Er deutete auf die Sensoren seines Tricorders.

Schnell sammelte Dax ihren Tricorder und die anderen Geräte ein. »Haben Sie als Kind mal Verstecken gespielt?«

Mit einem unterdrückten Schaudern raffte O'Brien seine eigene Ausrüstung zusammen. »Ich habe da so gewisse Vorstellungen. Wir wollen es ihnen nicht allzu leicht machen.«

Als das Surren von Transporterenergie die Luft hinter ihnen ausfüllte, liefen sie zum nächsten Ausgang.

»Das war nicht nur ein Transport«, sagte er. »Es müssen ein paar Dutzend gewesen sein.«

»Das erkennen Sie anhand des Geräusches?«

»Ich *vermute* es«, gestand er ein.

Anscheinend genügte ihr das. Sie bewegte sich etwas schneller.

Sie lief vor ihm in einen schmalen Korridor – einen sehr schmalen, gerade breit genug für sie beide oder einen Jem'Hadar. O'Brien rutschte um die Ecke, hielt dann an und sah sich um.

Dort, wo sie vor einem Augenblick noch gestanden hatten, befanden sich nun ein paar Dutzend Soldaten der Jem'Hadar.

»Weiter, weiter«, flüsterte er und stieß sie voran. Er

hatte keine Ahnung, was für Ortungsinstrumente diese Geschöpfe besaßen.

Dax ging durch die sehr dunklen Korridore voran, die allesamt mit den unterschiedlichsten Geräten vollgepackt waren. Sie waren sogar an der Decke über ihren Köpfen befestigt.

»Warten Sie!« O'Brien blieb plötzlich stehen und untersuchte sofort einige der elektronischen Apparate in seiner unmittelbaren Umgebung.

Dax wartete mit gezogenem Phaser an der nächsten Ecke auf ihn.

Er lief weiter. »Schalten Sie in den nächsten drei Minuten jedes Gerät ein, das Sie sehen«, sagte er, als er sie erreicht hatte. »Prozessoren und Wartungsmaschinen, einfach alles, worauf wir stoßen. Dann schlagen wir uns in eine andere Richtung. Hoffen wir, daß sie Schwierigkeiten haben werden, uns danach aufzuspüren. Damit müßten wir ihre Sensoren blenden. Zumindest *vermute* ich das.«

»Was hält sie davon ab, die Geräte einfach wieder auszuschalten?«

»Das hier.« Er hatte gehofft, daß sie diese Frage stellen würde. Er richtete seinen Phaser auf die Kontrollen und brannte die Initialen seiner Tochter in den Mechanismus. Funken hüllten sie ein, und das Kontrollpult schmolz.

Dax erhellte den Korridor mit ihrem Lächeln. »Mir gefällt, wie Sie denken.«

Er nickte steif, konnte sich aber nicht überwinden, das Lächeln zu erwidern, was ihm zehn Sekunden später allerdings bereits leid tat. Doch da befand sie sich schon tief im nächsten Gang.

»Es muß eine graphische Darstellung dieser Anlage geben«, sagte sie. »Wir sollten sie verlassen.«

»Und wohin wollen wir?«

»Eine Subraum-Relaisstation ist nicht gerade ein Funkgerät auf einem Podest, Chief. Das ist eine komplexe Anlage. Wenn wir ins Innere dieser Installation eindringen könnten, verdoppeln wir unsere Chance, unentdeckt zu bleiben.«

»Ganz meine Meinung«, erwiderte O'Brien. »Aber vergessen Sie nicht, wie dann Commander Siskos Chancen aussehen, uns zu finden, falls er hierher zurückkommt?«

»Oh, ich habe nicht vor, darauf zu warten«, sagte Dax, während sie eine Vertäfelung von der Wand stemmte.

»Die nicht«, sagte O'Brien. »Das ist nur ein oberflächlicher Zugang. Versuchen wir es mit der da drüben, die ist größer. Was haben Sie vor?«

»Wir haben einen Auftrag«, erinnerte sie ihn. »Und wir sollten versuchen, ihn auszuführen.«

Erstaunt sah er sie an, während er mit dem Griff seines Phasers eine Schweißnaht in der Wand aufhämmerte. »Das ist verrückt! Inmitten dieses Hummelschwarms? Sie werden uns töten, sobald sie uns sehen.«

»Nicht, falls wir sie zuerst sehen.«

Sie schien unermüdlich zu sein. Er wußte ganz genau, daß sie hektisch nachdachte, einen Plan ausarbeitete, während sie ihm half, die Platte zu demontieren.

»Verbiegen Sie sie nicht«, sagte er, als er die ausgebaute Platte ergriff und auf den Boden stellte. »Wir müssen sie wieder einsetzen, oder sie werden wissen, wohin wir geflohen sind. – Hören Sie, Sie sprechen davon, in die Offensive zu gehen. Das ist Ihnen doch klar, oder?«

»Ja. Sie haben gerade etwas gesagt, und das hat mich auf eine Idee gebracht.«

»Ach, wirklich? Warten Sie, ich helfe Ihnen zuerst hinein. Dann ziehe ich die Platte wieder hoch.«

Als sie ihre langen Beine und den Torso in die Öffnung in der Wand schwang, bemühte er sich, seine Blicke dorthin zu richten, wohin sie gehörten.

»Beeilen Sie sich«, sagte er. »Sie kommen. Ich höre sie schon.«

»Was Sie über die Hummeln gesagt haben.« Ihre Stimme wurde von der Wandisolation gedämpft. »Wir müssen einen Jem'Hadar gefangennehmen.«

O'Brien folgte ihr hinein, dann drehte er sich und zog die Vertäfelung hoch. Er bekam sie jedoch nicht wieder in die Öffnung.

»Wofür wollen Sie einen? Für eine Autopsie, hoffe ich.«

Dax war schon weit in das Innere der Maschine eingedrungen. Ihre Stimme klang ganz schwach. »Nein, nein. Ich will ihn lebend haben. Ihn lange genug in ein Netz wickeln, daß ich mich mit ihm unterhalten kann.«

»Wir könnten ihn betäuben ...« O'Brien biß sich auf die Zunge, als die Wandvertäfelung durch seine Finger glitt und mit einer Ecke auf den Boden prallte.

Die Ecke verbog sich dabei. Würde die Vertäfelung jetzt noch hineinpassen? Er probierte es erneut, versuchte mit seinen dicken Fingern zu bewerkstelligen, wozu eigentlich Zangen und Magneten erforderlich waren.

Scharrende Geräusche und Stimmen im Korridor erzeugten Panik in ihm. Er kämpfte um seine Beherrschung, hob die Wandvertäfelung langsam hoch und paßte sie ein.

»Wir könnten einen betäuben«, wiederholte er leise.

Sie antwortete nicht. Wahrscheinlich wollte sie die Stimme nicht heben.

Diesmal paßte die obere Hälfte der Platte wie geschmiert hinein, doch er hielt die Unterkante noch immer mit zwei Fingern. Wenn er diese beiden Finger jetzt einfach zurückziehen könnte, wäre alles in Ordnung.

»Hier.« Dax' Stimme erklang direkt über seiner Schulter.

Er atmete tief ein. »Haben Sie mir einen Schrecken eingejagt!«

»Psst. Hier.« In ihrer Hand lag eins der Dinger, mit denen sie ihr langes Haar zurückband und zwischen den Schulterblättern befestigte. Es bestand aus einem Zierstück und einem schmalen Metallteil mit einem kleinen Haken.

»Das ist gut, hervorragend, genau das brauche ich.« Der Haken der Haarspange paßte genau dorthin, wo seine Finger gewesen waren. Er konnte damit keine große Hebelwirkung erzielen, und die Spange war auch nicht besonders stabil, hielt aber, bis er den unteren Teil der Platte fast an Ort und Stelle gezogen hatte. »Sie ist eingerastet. Ich glaube nicht ...«

»Dann wollen wir weiter.«

Der Versorgungsgang war sehr niedrig, und schon nach kurzer Zeit schmerzten ihre Knie, während sie tiefer in das Innere der Relaisstation krochen. Sie bogen mehrmals willkürlich ab und kletterten eine wacklige Leiter hinab, die, dem Rost und mehreren abgebrochenen Sprossen zufolge, seit Jahren nicht mehr benutzt worden war.

»Wir müssen einen Jem'Hadar gefangennehmen«, tat Dax ihre Absicht erneut kund. »Und zwar lange genug, um mit ihm sprechen zu können.«

»Schon allein die Vorstellung ...« O'Brien schüttelte sich.

Dax schaute zu ihm zurück, sagte aber nichts.

Der Chief konnte sich nicht vorstellen, was sie mit einem dieser kompromißlosen Wesen besprechen und wie sie es zwingen wollte, mit ihnen zu kooperieren.

»Wir können ein so großes Geschöpf höchstens zehn Minuten lang in der Station herumschleppen, dann wird es wieder erwachen«, sagte sie. »Das mit dem Betäuben funktioniert also nicht, Chief. Sie müssen sich etwas Brutaleres einfallen lassen.«

Nachdem er ein Stück Plastik abgebrochen hatte, das

in den Gang ragte, rieb er sein Ohr. »Hören Sie, ich kann so brutal wie jeder andere sein. Wäre ich nicht so ein furchtbarer Feigling, würde ich das persönlich nehmen.«

»Na schön.« Sie lächelte, kroch zu einer etwas breiteren Stelle weiter und setzte sich. Dann drehte sie sich wieder zu ihm um und zog am Riemen des Tricorders, bis das Gerät in ihrem Schoß lag. »Mal sehen, wo sie sind.«

O'Brien hockte sich nieder und versuchte, seine schmerzenden Knie zu entlasten.

Ihr Tricorder klickte leise, während er nach Lebensformen über ihnen suchte.

»Drei sind rechts von uns ... dreißig Meter entfernt ... Dann noch vier in dieser Richtung ... zweiundfünfzig Meter ... einer hinter Ihnen ... achtzig Meter ... einer hinter mir ...« Sie sprach plötzlich leise und schaute auf. »Zehn Meter!«

O'Brien richtete sich halb auf und hob seinen Phaser – nur für alle Fälle. »Das ist unser Mann!« flüsterte er.

Dax zwang sich ebenfalls in die Hocke und zog den Kopf ein, damit ihr zurückgekämmtes Haar sich nicht in den fremdartigen Geräten verfing. Es fiel ihr nicht leicht, ihren langen schlanken Körper so weit zusammenzuziehen, daß sie in diesen Gang paßte. O'Brien stellte fest, daß er genauso groß wie sie war, doch irgendwie fiel es ihm leichter als ihr, sich zusammenzufalten.

Sie folgten dem Richtungssensor des Tricorders, mußten aber zweimal umkehren, um Durchgänge zu finden, die groß genug für sie waren, und sich trotzdem dem Soldaten zu nähern, der die Anlage nach ihnen absuchte.

Dax wechselte erneut die Richtung, kroch auf beiden Knien und einer Hand weiter und hielt den Tricorder in der anderen. Plötzlich verharrte sie und drehte sich zu O'Brien um.

Sie winkte ihn zu sich und deutete fast genau nach unten auf die Bodenplatte zwischen ihnen.

Er kroch noch näher zu ihr. »Lassen Sie mich zuerst gehen«, flüsterte er. »Ich bin Ihnen um ein paar Pfund voraus.«

Sie nickte, stellte ihren Phaser ein und wich etwas zurück.

O'Brien schob seinen eigenen Phaser ins Halfter und hielt sich bereit. Das würde nicht einfach werden.

Ohne auf einen Fanfarenstoß zu warten, zielte Dax und feuerte auf den Boden, auf dem sie krochen.

Eine Pfütze roter Hitze breitete sich aus, bis sie über einen halben Meter Durchmesser hatte, und nach ein paar Sekunden befand sich ein klaffendes Loch zwischen ihnen. O'Brien nahm all seinen Mut zusammen, schob die Füße hindurch und sprang, wobei er darauf achtete, sich nicht an den heißen Rändern zu verbrennen.

Mit einem Schrei fiel er auf den Boden der Etage unter ihm, und es gelang ihm, den rechten Arm um den Hals eines verblüfften Jem'Hadar zu schlingen. Er hatte gehofft, mitten auf seinem zwei Zentner schweren Widersacher zu landen, aber man bekam eben nicht alles, was man sich wünschte. Das Glück stand ihm nur in der Hinsicht bei, daß er hinter dem Burschen und nicht genau in dessen Armen landete. Wie hätte das ausgesehen?

Der Jem'Hadar explodierte praktisch in O'Briens Griff. Es gelang dem Ingenieur mit Müh und Not, die Arme um den Hals des Soldaten zu schlingen und sich an ihm festzuklammern, während er darauf hoffte, daß Dax ihm endlich durch das Loch folgen würde.

Mittlerweile warf der Jem'Hadar sich zurück, um O'Brien gegen die Wand zu schleudern. O ja, das tat weh. Der erste Aufprall trieb ihm die Luft aus den Lungen, und schon stieß der Jem'Hadar sich ab, um das Manöver zu wiederholen.

O'Brien zwang sich, den Griff nicht zu lockern und die Knöchel in die harten Halsplatten des Jem'Hadar zu graben, um ihm die Luft abzuschnüren. Wenn er den Mistkerl nur schwächen könnte! Er hatte den Eindruck, ein Krokodil gegen seinen Körper zu drücken. Wenn er losließ, würde er wahrscheinlich gefressen werden.

Dax griff endlich ein und versetzte dem Soldaten mit dem Griff ihres Phasers einen Schlag gegen die Rippen. Von einem kurzen Zucken und einem wütenden Schrei abgesehen, erzielte der Hieb nicht die geringste Wirkung. Als der Soldat an den Händen an seinem Hals zerrte, gelang es Dax, ihm die Energiewaffe aus den Klauen zu zerren.

Der Jem'Hadar heulte vor Wut auf. Ein weiterer gezielter Schlag, und O'Brien mußte seinen Griff lockern.

Er fiel hart auf die Seite. In seinen tauben Armen prickelte es, sein Rückgrat knackte, und er rang verzweifelt nach Luft. Er zwang sich zu handeln, bevor er dazu nicht mehr fähig war, ignorierte den Schmerz und schlang beide Beine um die Knöchel des Jem'Hadar, als der große Soldat gerade Dax anspringen wollte, um sich seine Waffe zurückzuholen.

Der Jem'Hadar stürzte wie eine gefällte Eiche, hatte keine Gelegenheit mehr, sich noch abzurollen. Der gesamte Boden erzitterte.

O'Brien erhob sich auf die Knie, kroch zur anderen Seite des Ganges und versuchte keuchend, die Blutzirkulation in seinen Händen wieder in Gang zu bringen.

»Halt!« befahl Dax und richtete den Phaser und dann – nur für den Fall, daß er mit diesem nichts anzufangen wußte – seine eigene Energiewaffe auf den Jem'Hadar. Auch wenn er sie nicht verstehen sollte, war die Bedeutung ihrer Worte völlig klar. »Halt! Wir wollen mit Ihnen sprechen!«

Der Jem'Hadar hielt tatsächlich inne – gerade lang

genug, um eine Metallverstrebung von der Wand zu reißen und sie gegen O'Brien zu schwingen.

Der Ingenieur duckte sich in der letzten Sekunde und hörte noch das Zischen, mit dem die Stange an seiner Schläfe vorbeiglitt. Noch während er sich duckte, schlug er dem Jem'Hadar die Faust ins Gesicht. Der Hieb, mit dem er bei jeder Kneipenschlägerei die Entscheidung herbeigeführt hätte, trieb seinen Widersacher um etwa fünf Zentimeter zurück – genug, um sofort nachzusetzen.

Doch während er vorwärts sprang, prallte etwas auf seinen Rücken. Er glaubte, von einer Andockklammer getroffen worden zu sein. Die Luft wurde ihm aus den Lungen getrieben, und er fiel bäuchlings zu Boden, völlig hilflos und blind vor Schmerz.

»Halt, sage ich!« rief Dax ein paar Meter von ihm entfernt.

O'Brien legte beide Hände flach auf den Boden und wollte sich hochschieben. Doch seine Beine waren gefühllos und trugen sein Gewicht nicht mehr.

Dann erklang über ihm das Aufheulen von Energie. Er duckte sich und bedeckte seinen Kopf mit beiden Armen. Der Gestank von brennendem Fleisch stieg ihm in die Nase, und einen Augenblick später herrschte plötzliche Stille.

# 7

Etwas ergriff seinen Arm und zerrte ihn auf den Rücken. Er holte mit einer Faust aus.

»Nein, Chief, nicht!« Dax kniete über ihm. »Ich mußte ihn erschießen. Er hätte Sie umgebracht. Sind Sie verletzt?«

Ein gequältes Stöhnen trug dazu bei, daß er den Kopf etwas klarer bekam, während sie ihm beim Aufsetzen half. »Mir tut jeder Knochen weh«, knirschte er. »Das große Ungeheuer wollte einfach nicht aufgeben, was?«

»Nein«, sagte sie. »Kommen Sie weiter. Der Schuß hat ihre Aufmerksamkeit erregt. Sie kommen, ich kann sie bereits hören. Wir müssen von hier verschwinden.«

Sie zog ihn auf die Füße. Benommenheit legte sich über ihn, dann starker Schwindel, aber er richtete sich auf und folgte ihr, und das Geräusch stampfender Schritte trieb ihn zusätzlich an.

Irgendwie fand sie ein Versteck, in dem O'Brien sich ein paar Sekunden lang ausruhen konnte. Sie verkrochen sich hinter einem ... na ja, er konnte einfach nicht sagen, worum es sich handelte. Es war groß und schwarz und bestand aus Metall. Und bot ihnen Schutz.

»Setzen Sie sich«, sagte Dax zu ihm. Sie drängte ihn in eine Ecke und bezog dann mit gezogenem Phaser Posten, während zahlreiche Jem'Hadar sich ihnen näherten und dann vorbeizogen.

O'Brien schwitzte wie ein Ackerpferd. Er schlang

eine Hand um seine Brust. So unvernünftig die Vorstellung auch sein mochte, er befürchtete, das Hämmern seines Herzens würde die Feinde zu ihnen locken.

Nach einem Augenblick huschte Dax zurück und kauerte sich neben ihm nieder. »So viel zu dem Versuch, einen lebend zu kriegen.«

»Ach«, stöhnte O'Brien, »geben Sie noch nicht auf ... sie sind zwar groß, aber auch dumm. Es gibt eine Möglichkeit, einen in die Enge zu treiben.«

»Welche?«

»He ... lassen Sie mich erst mal wieder zu ... zu Atem kommen, und ich sag's Ihnen.«

Irgendwie brachte sie schon wieder dieses Lächeln zustande. »Na schön. Ruhen Sie sich aus.«

Wie schaffte sie das nur? Mitten in dieser gefährlichen Situation zu lächeln? Ohne auch nur zu wissen, was aus dem Commander und dem Schiff geworden war?

O'Brien kam Dax' Beständigkeit ermutigend vor, aber irgendwie stellte sie auch ein weiteres der Geheimnisse dar, die sie umgaben. Irgendwie hatte sie in diesen dreihundert Jahren ihres Lebens genug Erfahrung gesammelt, um zu wissen, daß nichts vorbei ist, bis es endgültig vorbei ist, und daß man stets eine weitere Verrücktheit versuchen konnte, bevor man in Flammen unterging, und daß eine treue Seele selbst dann noch ins Feuer spucken konnte.

»Gleich werden sie sich wieder trennen«, sagte sie leise, hielt den Kopf schief und lauschte den dumpfen Stiefelschritten, die durch den Komplex hallten.

Nun, da sein Kopf wieder klar war und er wieder atmen konnte, schüttelte O'Brien seine Faszination über ihrer Gelassenheit ab und fing an, nach Strohhalmen zu greifen. Wie konnte man einen Wasserbüffel in einer Falle fangen?

»Ich weiß es!« sagte er plötzlich. »Energie.«

Sie sah ihn an. »Was?«

»Dieser Komplex ist voller Energie. Wir müssen sie nutzen. Wir können irgendein Kraft- oder Betäubungsfeld erzeugen. Nicht wie ein Schuß mit einem Phaser. Etwas, das unseren Gefangenen unbeweglich macht, ihn aber bei Bewußtsein hält.«

»Sagen Sie mir, was Sie brauchen.«

»Ich brauche synthetisches Material oder Gummi, um mich zu isolieren... und... hm, lassen Sie mich mal kurz auf die Pirsch gehen, ja? Und erkunden Sie so lange die Umgebung.«

»Ja, werde ich.«

Sie gingen in unterschiedliche Richtungen davon. Ihre Absichten waren unterschiedlich, ihr Ziel aber identisch.

»Fertig?«

»Fertig.«

»Da kommt er.«

Zum zweitenmal innerhalb einer Stunde hatten sie einen Jem'Hadar-Soldaten aufgespürt, der allein durch die Anlage ging. Indem sie mit den Phasern und Fäusten gegen die Wand schlugen, hatten sie ihn von den anderen weggelockt, die den Komplex durchsuchten.

Nun stand O'Brien neben seinem improvisierten Betäubungsfeld, einer monströsen Anordnung elektronischer Einzelteile, die er den Konsolen und Instrumenten entrissen hatte. Von seiner Nase und den Zehen mal abgesehen, hätte er sich hinter dem Ding verstecken können. Sein rechter Oberarm wurde von einer Gummidichtung umschlungen und schwebte über der behelfsmäßigen Energieleitung, die er gebastelt hatte.

Dax stand, deutlich sichtbar, mitten im Gang und hämmerte mit ihrem Phaser gegen die Wand. Sie erzeugte ein hohles, dumpfes Geräusch.

Ein gutturaler Schrei, der aus einem anderen Korridor drang, erzeugte in O'Brien gleichzeitig Entsetzen und Hoffnung. Sie hatten einen weiteren Jem'Hadar angelockt. Es ging los.

Dax wartete, bis er sie gesehen hatte, und drehte sich dann zu O'Brien um und lief los. Selbst unter diesen Umständen mußte der Ingenieur ein paar Sekunden lang unwillkürlich an eine Gazelle denken.

Dieser neue Jem'Hadar kam um die Ecke geschossen und heulte vor Zorn, aber wohl auch vor Freude auf, sie gefunden zu haben.

O'Brien hielt sich bereit, als Dax an ihm und seiner Maschine vorbeiflog. Er hoffte, daß sie funktionieren würde. Gelegenheit zu einem Probelauf hatten sie leider nicht gehabt.

Als er den schweren Atem des Jem'Hadar hörte und dessen stechender, animalischer Geruch ihm in die Nase drang, betätigte er den Schalter an seinem Tricorder.

Das über die Leitung mit dem Ding neben ihm verbundene Gerät summte dröhnend, als wolle es jeden Augenblick explodieren, und ein grelles, elektrisch grün flimmerndes Feld wurde aufgebaut.

Der Jem'Hadar schnaubte und schrie, konnte aber keinen Schritt mehr tun. Ein Netzwerk aus Energie hatte sich um seinen Leib gelegt und zerrte ihn unbarmherzig zu O'Briens Durcheinander von knisternden Geräten. Alle paar Sekunden setzte es aus und dann sofort wieder ein, aber nie lange genug, daß dem Jem'Hadar die Flucht gelang.

»Dax! Ich habe ihn!«

Der Jem'Hadar kämpfte elendig, warf sich zur einen und dann zur anderen Seite und rammte immer wieder den Hinterkopf gegen die Maschinen.

Dax lief hinüber, trat neben O'Brien und richtete, nur für alle Fälle, sowohl ihren Phaser als auch die erbeutete Energiewaffe auf den Gefangenen.

»Hören Sie auf, sich zu wehren!« rief O'Brien dem

tobenden Jem'Hadar zu und mußte sich dabei anstrengen, das Knistern und Dröhnen des elektrischen Netzes zu übertönen. »Kämpfen Sie nicht dagegen an! Ich weiß nicht, wieviel Energie Sie durchfließt! Tun Sie sich selbst einen Gefallen, Mann! Bleiben Sie ruhig stehen!«

Er ging nicht davon aus, daß seine Worte irgendeine Wirkung zeigen würden, und war überrascht, als das Gegenteil eintrat. Der Gefangene verlangsamte seine Bewegungen, als wolle er feststellen, was nun geschehen würde. Das Energienetz wurde merklich schwächer, verlor zu O'Briens Erleichterung seine Wirkung aber nicht völlig. Es summte weiterhin um den Gefangenen, hauptsächlich um dessen Brust und Hals.

Der Jem'Hadar hörte endgültig auf, sich zu wehren, blieb ganz ruhig stehen und atmete tief durch. Offensichtlich hoffte er, der Mangel an Bewegung würde das Netz verschwinden lassen.

Das war keineswegs ausgeschlossen.

Dax warf einen Blick auf O'Brien und trat dann vor. Vielleicht blieb ihnen nicht viel Zeit.

»Ich bin Lieutenant Jadzia Dax von der Föderations-Station Deep Space Nine, direkt auf der anderen Seite des Wurmlochs. Verstehen Sie, was ich sage?«

Der Jem'Hadar knirschte mit den Zähnen. Fängen. Was auch immer.

»M'rak!« sagte er.

O'Brien runzelte die Stirn und sah Dax an. »Was soll dieses Kauderwelsch denn bedeuten?«

Der Jem'Hadar legte sich ins Geschirr und arbeitete sich ein paar Schritte auf ihn zu. Dann zischte das Energienetz auf und hielt ihn wieder zurück. »Das ist mein Name!« dröhnte er.

»Oh. Entschuldigung.«

Dax trat näher an ihn heran. »Wir möchten, daß Sie uns zu den Gründern bringen.«

»Ich werde Sie töten! Oder die anderen werden es tun! Sie werden die Gründer nie finden!«

Dax hob die Energiewaffe vor das Gesicht ihres Gefangenen. »Wenn Sie nicht tun, was wir sagen, werden wir *Sie* töten!« drohte sie.

Er funkelte sie wütend an. »Töten Sie mich. Ich habe geschworen, die Gründer zu beschützen. Ich *werde* sie beschützen!«

Das Feld zischte erneut und zwang Dax, einen Schritt zurückzutreten.

O'Brien seufzte. »Das läuft ja hervorragend ...«

»Warum?« beharrte Dax. »Warum haben die Gründer solche Angst?«

»Die Gründer haben keine Angst. Sie wollen Sie lediglich nicht sehen und nicht mit Ihnen sprechen.«

»Na schön«, sagte sie ruhig. »Dann werde ich mit Ihnen sprechen, und Sie werden mir zuhören, oder wir werden Sie töten.«

»Töten Sie mich.«

»Nein, zuerst hören Sie zu. Es ist also Ihre Pflicht, die Gründer zu beschützen?«

»Ja. Töten Sie mich.«

»Hören Sie doch endlich mal auf damit, Mann!« protestierte O'Brien und bastelte an seiner Frankenstein-Maschine herum, damit die Energie nicht doch noch ausfiel. Dabei schaute er immer wieder den Korridor entlang. Er hoffte, daß so bald keine weiteren Jem'Hadar auftauchen würden.

Dax trat so weit vor, wie sie es wagte, so nah an das Netzwerk, daß O'Brien sah, wie die feinen dunklen Härchen auf ihrem Gesicht sich aufrichteten.

»Wir sind hier auf einer Mission, die Commander Benjamin Sisko von Deep Space Nine in die Wege geleitet hat. Commander Sisko ist der Ansicht, daß die Jem'Hadar und die Gründer Gelegenheit bekommen sollten, Frieden mit der Föderation zu schließen, bevor Sie uns zwingen, Sie zu vernichten. Wir haben in vielen Kriegen gekämpft und nie verloren. Wir sind der Ansicht, daß die Gründer nicht wissen, was hier vor sich geht. Hören Sie mir zu... Auf der anderen Seite des Wurmlochs wird eine Flotte zusammengezogen, die unsere Nachricht erwartet. Eintausend Schiffe wie die *USS Odyssey*. Um die zu zerstören, benötigten Sie drei Schiffe. Haben *Sie* dreitausend Schiffe?«

Als sie innehielt und M'rak ins Gesicht sah, wich der Gefangene gerade so weit zurück, daß man ihm seinen Schock anmerkte. Er schien kaum imstande zu sein, Zahlen dieser Größenordnung zu verarbeiten.

»Wir haben Waffen, die mit einem einzigen Schuß ganze Sonnensysteme vernichten können«, fuhr Dax fort.

M'rak gab ein schnalzendes Geräusch von sich. »Sie lügen«, sagte er.

Die wunderschöne Frau funkelte ihn zornig an. »Sollten das nicht die Gründer entscheiden?« fauchte sie.

O'Brien erschauderte angesichts der reinen Bosheit in ihren Worten und hätte fast gegrinst, sich zu Dax vorgebeugt und ihr gesagt, wie hervorragend sie sei, hielt sich jedoch in der letzten Sekunde zurück.

»Vielleicht können Sie den Sieg davontragen, vielleicht aber auch nicht«, sagte Dax. »Doch sind Sie nicht der Ansicht, die Gründer sollten diese Wahl treffen können?«

Sie verstummte und sah in M'raks erstauntes Gesicht. Dieser starre Blick war eine verteufelt gute Taktik, und sie machte damit weiter, bis O'Brien glaubte, er würde platzen.

»Wenn die Gründer einen Krieg mit dem Alpha-Quadranten beginnen«, fuhr sie ruhig fort, »werden sie vernichtet werden. Das ist unsere Botschaft. Meinen Sie nicht, die Gründer sollten sie hören?«

M'rak sah O'Brien und dann wieder Dax an. »Die Gründer wissen alles«, protestierte er. »Wir werden die Gründer schützen. Wir werden euch vernichten.«

»Wir werden die Jem'Hadar vernichten«, erwiderte

Dax gelassen. »Von euch wird keiner übrigbleiben, der die Gründer schützen könnte. Und das alles wird M'raks Schuld sein. *Ihre* Schuld.«

Diesmal sagte M'rak nichts, doch sein Gesicht wurde plötzlich starr, als hätte ihre Mitteilung endlich seine dicke Haut durchdrungen.

Dax schlug erneut in diese Kerbe. »Ich kann beweisen, was ich sage. Und Sie werden die Gründer schützen, indem Sie uns zu ihnen bringen.«

M'rak kniff seine schlangenähnlichen Augen zusammen. »Beweisen Sie es.«

»Na schön.« Dax trat zwei, drei Schritte zurück und steckte ihren Phaser ein. »Ich werde Ihnen jetzt Ihre Waffe zurückgeben. Chief… schalten Sie das Feld aus.«

O'Brien fühlte, wie sein Blut in seine Füße sackte, und wäre fast ohnmächtig geworden. Er starrte sie an, wartete auf die Pointe, aber sie würdigte ihn keines Blickes.

Sie sah weiterhin M'rak fest an und verdeutlichte damit, daß sie es ernst meinte.

O'Brien trauerte um das Gerät, das er so schnell zusammengebaut hatte, von seinem Leben, das nicht mehr lange währen würde, ganz zu schweigen, hielt den Atem an und schaltete das Energienetz aus.

Das Feld knisterte, versetzte M'rak wenigstens noch einen letzten Schlag und erlosch dann.

Dax hielt dem Jem'Hadar die Energiewaffe mit dem Lauf nach vorn hin.

»Ich gebe Ihnen diese Waffe.« Sie setzte alles auf eine Karte. »Töten Sie uns, wenn Sie meinen, Sie müßten es unbedingt tun. Aber vergessen Sie nicht, welche Folgen unser Schweigen haben wird.«

M'rak schaute blinzelnd auf seine Hände hinab, als Dax die häßliche Waffe in seine geöffneten Pranken drückte. Die Botschaft war noch deutlicher, als ihre äußerst deutlichen Worte es gewesen waren. *Töten Sie uns, und Sie töten die Gründer.*

Der Jem'Hadar-Soldat sah wie ein großes Kind aus, das einen Feuerwerkskörper in der Hand hielt, aber nicht wußte, wie er ihn anzünden sollte. Offensichtlich hatte Dax ihn – zumindest zum Teil – überzeugt, daß er die Zukunft der Gründer in den Händen hielt.

O'Brien hielt M'raks Blick mühsam stand und zuckte einfach mit den Achseln. »Sie können uns später doch noch immer töten«, sagte er.

»Bringen Sie uns zu den Gründern«, spornte Dax ihn an.

M'rak stand kerzengerade da – erst jetzt fiel O'Brien auf, daß der Jem'Hadar gut zwei Meter und zehn groß war – und spähte zu ihnen hinab, als wären sie exotische Tiere in einem Zoo. Er schaute O'Brien an, dann Dax, dann wieder O'Brien und schließlich erneut Dax. Dann sah er zu der Waffe in seinen Händen.

*Vergessen Sie nicht, welche Folgen unser Schweigen haben wird.*

M'rak trat zur Seite, blieb mitten im Gang stehen und starrte sie an.

O'Brien hätte fast seinen Phaser gezogen, zwang sich aber, auf einen Wink von Dax zu warten.

Plötzlich atmete M'rak tief ein und winkte dann mit seiner Waffe wie mit einer Flagge. Seine Augen brannten vor fanatischer Entschlossenheit.

»Ich werde Sie zu ihnen bringen!«

Er lief davon und bedeutete ihnen mit seiner Dringlichkeit, ihm zu folgen.

Dax wandte sich mit einem vorsichtigen Gefühl des Sieges an O'Brien. »Worauf warten wir, Chief?«

O'Brien eilte neben sie. Seine Hand lag noch auf dem Phaser. »Das haben Sie gut gemacht!« sagte er anerkennend. »Als Sie ihm seine Waffe zurückgegeben haben, hätte ich mich fast übergeben müssen.«

»Ich auch«, sagte sie und beschleunigte ihre Schritte. »Und es ist wirklich kein schönes Bild, wenn eine Trill kotzen muß.«

M'rak lief jetzt, so schnell er konnte, mit tödlicher Verzweiflung, um diese Nachricht an die Gründer weiterzugeben, damit nicht ausgerechnet er es war, der sie ihnen vorenthielt. Eine schlichte Botschaft, die auf schlichte Art und Weise überbracht wurde.

Für M'rak war sie die reine Wahrheit, und offensichtlich hatte sie ihn in fürchterliche Angst versetzt. Er lief fast zu schnell, als daß sie ihm folgen konnten.

*Was für einen Anblick wir bieten müssen,* dachte O'Brien, während er Dax mit solcher Geschwindigkeit folgte, daß sie fast gegen die Wand prallten, als der Gang eine Kurve vollzog. Er stieß gegen eine hervortretende Metallverstrebung und hätte sich an der spitzen Kante fast ein Auge ausgestochen. Dieser Ort war einfach nicht dafür konstruiert, daß jemand schnell hindurchlief. Zumindest niemand von der Größe eines Menschen, und ganz bestimmt niemand von der Größe eines Jem'Hadar.

Der Schmerz in seiner Brust meldete sich wieder, als er sich bemühte, mit den beiden mitzuhalten. Sein Blickfeld wurde enger und an den Rändern schwarz, und er befürchtete schon, sich nicht mehr auf den Füßen halten zu können. Sein Rücken pochte und knarrte aufgrund des harten Schlags, den er hatte einstecken müssen, und auch sonst tat ihm fast jeder Knochen weh, bis hinab zu den Knöcheln. Er wollte aber nicht stolpern – das würde dumm aussehen und den Effekt verderben, den Dax erzielt hatte.

Plötzlich herrschte vor ihm das reinste Durcheinander. Er prallte gegen Dax, und im nächsten Augenblick wurde sie vorwärts gerissen und er zur Seite gestoßen. Er fiel auf ein Knie und schaute auf.

Zwei weitere Jem'Hadar!

M'rak hatte sie einfach beiseite gedrückt, anscheinend ohne sie zu bemerken, bis einer von ihnen den Arm ausgestreckt und O'Brien einen derben Schlag verpaßt hatte.

Der Ingenieur stolperte auf die Füße, aber einer der Soldaten ergriff ihn von hinten mit beiden Armen.

»Laufen Sie, Dax!« O'Brien stieß sich mit den Fersen ab und warf sich rückwärts gegen die Brust des Jem'Hadar. Einen Augenblick lang schien er den Soldaten aus dem Gleichgewicht bringen zu können, aber der Druck der Arme ließ nicht nach. »Nun laufen Sie schon!«

Jadzia drückte durch ihre Körperhaltung Unterwerfung aus. Sie verdeutlichte den Soldaten der Jem'Hadar, daß sie aufgab und den Kampf nicht fortsetzen würde.

»Ist schon in Ordnung, Miles«, sagte sie.

Er wußte nicht, ob das zu dem Plan gehörte, den sie ausgearbeitet hatte, oder ob sie improvisierte, aber offensichtlich wollte sie ihn nicht zurücklassen.

M'rak kam zurückgestürmt, als der erste Soldat seine Waffe auf Dax richtete.

»Nein!« rief er. Und redete dann in seiner Sprache hektisch auf die beiden anderen ein.

O'Brien konnte seinem Knurren nicht den geringsten Sinn entnehmen. Er erkannte keinen einzigen Ton, keine Modulation. Er war ganz gut darin, den einen oder anderen klingonischen Ausdruck aufzuschnappen, manchmal sogar einen Brocken Cardassianisch, aber diese Sprache war einfach zu neu und grollend für ihn, als daß er etwas verstehen konnte.

M'rak vertrat seine Auffassung unstet, fanatisch und schrecklich laut. Die beiden anderen Jem'Hadar starrten ihn an. Derjenige, der O'Brien festhielt, ließ nicht los.

Abrupt fing auch der andere Jem'Hadar, der zwischen Dax und M'rak stand, laut zu schreien an. Er wedelte mit den Armen und schwenkte wütend seine Waffe.

Dann, plötzlich und ohne Warnung, richtete M'rak seine Waffe auf den Soldaten, der ihn anschrie, und schoß ihm mitten in den Leib. Der Soldat würgte, taumelte zurück und fiel mit einem Schwall seiner eigenen Eingeweide zu Boden.

M'rak drehte sich zu dem Soldaten um, der O'Brien festhielt, und richtete seine Waffe auf ihn.

»Runter, Miles!« schrie Dax.

O'Brien ließ seinen Körper erschlaffen und überraschte den Jem'Hadar damit dermaßen, daß dieser ihn losließ, um sich gegen M'rak verteidigen zu können. Energiestrahlen dröhnten durch den Korridor, während die beiden es buchstäblich über O'Briens Kopf untereinander ausmachten, bis schließlich ein schwerer Körper neben ihm zu Boden stürzte und eins seiner Beine zu zerquetschen drohte. Er keuchte vor Schmerz auf.

»Chief!« Dax war schon bei ihm und schob die schreckliche Leiche beiseite.

Der Gang füllte sich mit dem Gestank des Bluts und der Eingeweide der Jem'Hadar. In der Ecke stand M'rak wie ein Koloß, mitgerissen von der Panik, die sein Auftrag in ihm ausgelöst hatte.

»Ich werde Sie zu ihnen bringen!« bellte er. »Ich bringe Sie zu ihnen!«

Er schwenkte seine Waffe in einem großen, lockenden Bogen, drehte sich um und stampfte wieder den Gang entlang, entschlossen, einen anderen Jem'Hadar zu finden, der ihm glauben würde, daß er eine wichtige Botschaft zu überbringen hatte.

»Mein Gott«, keuchte O'Brien. »Will dieser Irre auch seine anderen Kameraden erledigen? Das schaffen wir nie! Sie werden uns in Stücke reißen.«

Dax zog seinen Arm über ihre Schultern und stützte ihn, so gut sie konnte.

»Ich habe ein Ungeheuer erschaffen«, sagte sie.

Schweißdurchnäßt zwang O'Brien sein verletztes Bein, sein Gewicht zu tragen.

Er bedachte sie mit dem ermunterndsten Blick, den

er aufbringen konnte, streckte seinen schmerzenden Rücken, riß sich zusammen und krächzte: »Ja, Meister – und jetzt gehen wir weiter.«

Dic Phaser der *Defiant* waren dickstrahlige Fliegenwedel, schwer vor Energie und unglaublich hell. Und sie nahmen wütend und genau Ziel – ein Schiff der Jem'Hadar löste sich nach dem ersten Schuß in Funken auf.

Ein überraschtes Triumphgefühl machte sich auf der Brücke breit, wurde jedoch sofort wieder von Bashirs leiser Stimme gedämpft.

»Die beiden anderen Schiffe verlassen unsere Phaserreichweite.«

»Wir haben ihnen gerade etwas zum Nachdenken gegeben«, sagte Sisko mit einem Anflug von Rechtfertigung und mehr Überzeugung in der Stimme, als er innerlich verspürte. »Wie ist der Zustand des Warpantriebs?«

T'Rul schaute mit kurzer Verzögerung auf. Vielleicht hatte sie erwartet, daß O'Brien die in seinen Zuständigkeitsbereich fallende Frage beantwortete, bis ihr dann wieder einfiel, daß er nicht mehr an Bord und sie diejenige war, die in dieser Notmannschaft einem Ingenieur am nächsten kam. »Die Steuerbord-Energiekupplung wurde völlig zerstört. Ich versuche, die Hauptenergie umzuleiten.«

Sisko sah sie an. Sie hatte ihm gerade mitgeteilt, daß der Himmel eingestürzt war.

Der erste Schuß der *Defiant* hatte bewiesen, daß dieses Schiff seiner monumentalen Aufgabe gewachsen war, bis zum Sieg kämpfen, einen Frieden erzwingen oder so viele Schiffe der Jem'Hadar ausschalten konnte, daß *sie* sich darüber Sorgen machen mußten, wie sie das Wurmloch bewachen sollten.

Doch statt dessen hatte eins dieser Schiffe einen Glückstreffer gelandet, wie er bei tausend Schüssen nur einmal vorkam, und die Energiekupplung in die Luft gejagt. Verdammt!

Na schön, sie würden sterben. Aber nicht kampflos.

»Sie greifen erneut an«, sagte Bashir, »aber diesmal bewegen sie sich etwas langsamer.«

»Diesmal werden sie vorsichtiger sein«, vermutete Sisko und hoffte, der Feind würde vorerst nicht erkennen, wie stark die *Defiant* beschädigt war. »Doktor, Ausweichmanöver Delta-Fünf. Wir müssen sie von uns fernhalten, bis wir wieder über Warpenergie verfügen.«

»Aye, Sir«, erwiderte Bashir, den Blick auf den Bildschirm gerichtet.

Eines der Jem'Hadar-Schiffe kam auf dem Rand des Bildschirms in Sicht, richtete einen Ortungsmast auf sie und näherte sich ihnen dann in einem offensichtlichen Angriffsmanöver, die Waffen auf den Bug der *Defiant* gerichtet.

»Torpedos!« befahl Sisko in dieser Sekunde.

Um sie herum erzitterte das Schiff, erbebte in der nächsten Sekunde geradezu. Auf der Brücke explodierte eine der Konsolen. Funken sprühten, und scheußlicher Ozongestank breitete sich aus.

T'Rul griff nach einer Konsole, die eine volle Körperlänge von ihr entfernt war. »Torpedos bereit.«

»Jetzt!« rief Sisko.

Die *Defiant* feuerte eine Salve Quanten-Torpedos ab, die genauso wirksam und unbekannt wie die Waffen der Jem'Hadar waren. Die Torpedos flogen in Formation und näherten sich dem nächsten Schiff der Jem'Hadar. Statt sich auszubreiten, schlossen sie sich zu einer Speerspitze und schlugen gleichzeitig zu. Wäre etwas in ihrem Weg gewesen, hätten sie sich aufgeteilt und zwei Ziele angegriffen, doch diesmal befand sich nur dieses eine Jem'Hadar-Schiff in der Reichweite ihrer Ortung und mußte die volle Wirkung der Salve verkraften.

An dem feindlichen Schiff entstanden schwere Schäden. Es gab die Flugbahn und damit auch den Angriff auf.

»T'Rul, wo bleibt meine Warpenergie?«

Die Romulanerin mußte gegen den Rauch ankämpfen, der noch immer aus der explodierten Konsole quoll. »Ich wünschte, die Triebwerke würden so gut funktionieren wie die Waffen. Ich kann die Phaserinduktoren nicht vernünftig mit der ODN-Matrix in den...«

»Commander!« unterbrach Bashir sie. »Drei weitere Jem'Hadar-Schiffe nähern sich von Backbord!«

»Volle Impulskraft«, sagte Sisko sofort. »Versuchen Sie, uns hier rauszubringen!«

# 8

Losgelöst von ihrem Körper, glitt Kira Nerys durch ihre Gedanken, die so gemächlich wie Schneeflocken trieben, und atmete gleichmäßig ein.

Das Bewußtsein kehrte mit der Ausdehnung ihrer Lungen zurück. Einen Augenblick lang konnte sie lediglich an ein gutes Frühstück denken, und vielleicht an einen Beutel mit Eiswürfeln, die ihre Kopfschmerzen lindern mochten.

Atmen ... noch einmal ... und noch einmal.

Staub. Streifen aus Isoliermaterial. Sie hustete. Das rüttelte sie schließlich auf. Sie versuchte, den Kopf zu heben.

Sie hatten noch Luft. Kein Hüllenbruch ... zumindest nicht in dieser Sektion. Kein Pfeifen entweichender Luft.

Trümmerstücke umgaben sie auf beiden Seiten. Irgend etwas mußte noch immer auseinanderfallen – sie hörte das Reiben von Metall gegen Metall, das Knirschen und Abschnitte der Wände.

Plötzlich fuhr ein Krampf durch ihre Beine und Schenkel, und ihre Füße prickelten auf einmal so heftig, daß es fast schmerzte. Die Blutzirkulation war unterbrochen worden. Jetzt kehrte sie zurück.

Sie hatte sich getäuscht. Der Lärm rührte von keinen weiteren Zerstörungen her, sondern von Odo, der eine Wandplatte von ihr zog.

»Sind Sie in Ordnung?« Er beugte sich über sie und schob seine langen Hände unter ihre Arme. Dann half er ihr auf die Füße.

Sie schwankte, ignorierte aber das schmerzhafte Prickeln in ihren Füßen. Ihr gelang es, auf den Beinen zu bleiben und ihren Kommunikator zu berühren. »Nur ein paar Prellungen ... Kira an Brücke.«

Nichts passierte. Sie versuchte es erneut. »Kira an Br...«

Das Schiff schwankte schon wieder, und der Boden kippte unter ihnen brutal nach Backbord. Fast wären sie wieder gestürzt. Odo ergriff Kiras Arm und hielt sie fest; er selbst konnte das Gleichgewicht bewahren, indem er einen freiliegenden Tragbalken ergriff, der aus der Öffnung zwischen der Kabine und dem Korridor hervorragte. Sie befürchtete, daß er sich die Hand an dem scharfkantigen Metall verletzte, und hätte ihn fast zurückgezogen. Erst, als das Schiff sich wieder beruhigte, kam ihr in den Sinn, daß er sich ja gar nicht schneiden *konnte*. Wäre ihm die Hand abgetrennt worden, wäre sie wahrscheinlich einfach wieder hochgesprungen und erneut mit dem Arm verschmolzen.

Sie schüttelte diesen Gedankengang ab. »Irgend jemand greift das Schiff an«, sagte sie. »Wir müssen auf die Brücke.«

Er antwortete nicht, zerrte lediglich die Trümmerstücke aus dem Loch in der Wand, damit sie beide hindurchkamen.

Der Korridor war nicht wiederzuerkennen. Trümmer blockierten den Weg zur Brücke. Sie versuchten gerade, zusammengestürzte Wandteile und schwere Isolierungen beiseite zu räumen, als das Schiff erneut getroffen wurde. Es gelang ihnen zwar, auf den Füßen zu bleiben, doch das Licht erlosch vollständig, und plötzlich kamen sie sich wie in einer eingestürzten Höhle vor.

Kira hatte das Gefühl, auf ihren Schultern laste ein unerträgliches Gewicht. Wurde die Luft dünner? Strömte irgend etwas in die Gänge und brachte sie zum Schwitzen?

Sie mußten auf die Brücke hinauf! Dort würde sie irgend einen Zauber entdecken, der sie vom Schiff bringen, sie von diesem erdrückenden Alptraum befreien würde. Wie oft hatte sie in die Gesichter von Feinden gestarrt, die sie tot sehen wollten? Sie hatte immer kämpfen oder zumindest fliehen können, weit, weit weg. Doch die Vorstellung, daß dieses Schiff schwer beschädigt werden könnte und sie und Odo erstickten oder man sie für tot hielt und einfach zurückließ, ohne Energie, bis sie schließlich erfroren... nein, das war keine Art zu sterben!

Die Station war für eine Frau, die an die weiten Flächen eines Planeten gewohnt war, schon beklemmend genug gewesen, doch zumindest konnte sie dort hinausschauen und die offene Weite sehen, die sie und ihre Rebellengefährten in all den Jahren ihrer Kindheit und Jugend geschützt hatte. Das war nicht vernunftgemäß, aber real.

Mühsam und zögernd flackerte in der Ferne des Korridors die Notbeleuchtung auf und verbreitete gerade so viel trübes Licht, daß sie ihre Umrisse und die des Trümmerhaufens ausmachen konnten, den sie aus dem Weg räumen mußten.

»Wir haben die Hauptenergie verloren«, sagte Kira. Sie konnte noch immer nicht ihre Hände sehen. Aber es half schon, die eigene Stimme zu hören.

Odo trat mit fast hektischer Entschlossenheit neben sie. »Wir müssen zu einem der Shuttles.«

»Unsere Pflicht ist es«, erinnerte sie ihn, wobei sie ihren Tonfall sorgsam im Zaum hielt, »auf die Brücke zu gelangen und dabei zu helfen, dieses Schiff zu verteidigen.«

»Kira«, sagte er, »wenn die Hauptenergie ausgefallen ist, sind auch die Schilde ausgefallen. Wir können nichts mehr tun.«

Gemeinsam schoben sie einen schweren Träger aus dem Weg.

Kira unterdrückte ein Schaudern. Vielleicht hatte er recht. Vielleicht auch nicht. Vielleicht war er froh darüber, einen Grund zu haben, sich nicht auf die Brücke begeben zu müssen; vielleicht suchte er nach einer Entschuldigung, seinem Drang nachgehen zu können, diesen Ort zu erreichen, zu dem es ihn zog.

Und wer konnte schon sagen, daß die Jem'Hadar ein Shuttle nicht in Ionen auflösen würden?

Sie *mußten* auf die Brücke – wie konnte sie ihn nur überzeugen? Wie konnte sie zulassen, daß er ganz allein ins feindselige All flog?

Wie konnte sie ihn jetzt noch aufhalten?

Zuerst mußten sie das Ende dieses Ganges erreichen.

Vor ihnen erschienen summende Energiesäulen aus dem Nichts, verdichteten sich fast augenblicklich zu drei Jem'Hadar.

*Unternahmen diese Kaulquappen alles zu dritt?* dachte Kira, während sie sie bereits angriff. Das war das erste, was ihr in den Sinn kam. Vielleicht waren sie noch etwas benommen, nachdem sie gerade transferiert worden waren, und sie konnte das ausnutzen.

Ein paar Sekunden später war sie einem Wesen mit feuchtkalter Haut an die Kehle gesprungen, das größer und schwerer und besser bewaffnet war als sie und den Schlag, zu dem sie ausholte, vielleicht einfach so wegstecken konnte.

Dieser Schlag traf das linke Auge des Wesens, und es taumelte zurück – gerade so lange, daß Kira ihre Waffe ziehen konnte.

Phaserschüsse erhellten den Gang.

Sie drückte immer wieder ab und trieb einen der Jem'Hadar hinter die Trümmer der zusammengebrochenen Wand zurück. Als sie sich kurz umdrehte, sah sie, daß Odo einen weiteren mit einem Schlag gegen den Hals ausschaltete.

Siegessicher sprang Kira über eine Metalleindämmung und landete auf der anderen Seite der zusammengebrochenen inneren Hülle. Sie schöpfte neue Hoffnung und strebte dem offenen Korridor entgegen.

Der Strahl einer Waffe schoß auf sie zu. Einen Augenblick lang glaubte sie, sie hätte unabsichtlich ihren Phaser abgefeuert, doch als der Energieblitz sie mitten in die Brust traf, wurde ihr klar, daß sie einen Fehler gemacht hatte.

Sie war dem Feind genau in die Arme gelaufen. Wenn sie doch nur wieder auf die Füße käme, ihren Fehler wiedergutmachen, zielen und schießen könnte...

Schmerz ergoß sich durch ihre Lungen. Sie versuchte, auf den Füßen zu bleiben, wußte aber nicht mehr, wo oben und unten war. Ihre Hände flatterten durch die Luft, ihr Kopf fiel zurück, und sie hatte nicht mehr die Kraft, ihn zu heben.

Die Kampfgeräusche wurden immer leiser.

»Die Hauptenergie ist ausgefallen«, rief T'Rul über das Krachen in der verwüsteten Brücke hinweg. »Die Schilde sind zusammengebrochen.«

Bashir hustete. »Ich habe die Kontrolle... über die Steuerung verloren... die Trägheitsabsorber... versagen...«

»Bereiten Sie die Rettungskapseln vor«, sagte Sisko durch eine zusammengeschnürte Kehle. »Wir müssen das Schiff aufgeben.«

Sie wühlten sich durch ein Trümmerfeld, halfen einander durch das Chaos zum Turbolift.

Die Beleuchtung war zu neunzig Prozent erloschen, die Brücke vom Rauch brennender Konsolen verhangen. Die meisten Instrumente waren nacheinander ausgefallen. So tapfer die *Defiant* auch hatte sein wollen, sie konnte dem Angriff so vieler schwerbewaffneter Jem'Hadar-Schiffe nicht standhalten.

Sisko biß die Zähne zusammen und verfluchte sich wegen seines törichten Versuchs, mit nur einem Schiff in diesen Quadranten vorzustoßen. Wie hatte er nur glauben können, ein Schiff allein könne die Jem'Hadar aufhalten?

Er wollte Kooperation, wollte, daß das Wurmloch zu mehr benutzt wurde als nur zu ein paar Forschungen hier und da, wollte, daß die Bevölkerung Bajors wußte, daß die Mitgliedschaft in der Föderation mehr bedeutete als gelegentliche Antibiotika-Lieferungen. Er wollte in Frieden leben – selbst, wenn er dafür kämpfen mußte.

Und jetzt mußte er, kaum einen halben Tag nachdem ihre Mission angefangen hatte, ihr Schiff aufgeben, die einzige Chance, seine Wünsche zu verwirklichen.

Zwei Mannschaftsmitglieder verschollen – und wie viele waren tot? Hier auf der Brücke zumindest ein Ingenieur. Der junge Bursche, der über dem Steuerpult zusammengebrochen war, tat ihm unglaublich leid. Er konnte sich nicht mal an den Namen des Mannes erinnern. Und wie viele unter Deck?

Sein Gesicht war verzerrt. Dax und O'Brien – sie hatten für sein Versagen zahlen müssen. Er hatte alles verpfuscht. Seine Gedanken kreisten bereits um den Kampf, diese Katastrophe zu überleben, und um die darauffolgende Aufgabe, Keiko O'Brien und ihrer kleinen Tochter zu erklären, daß Miles O'Brien vermißt, wahrscheinlich tot war... und zurückgelassen im Herrschaftsbereich des Feindes.

Und zu welchem Leben würde er zurückkehren? Seine Mission war ein völliger Fehlschlag. Sie hatten ihr bestes Schiff gegen die Jem'Hadar eingesetzt und würden nun ausgelacht werden. Na kommt schon, dringt in den Föderationsraum ein, niemand kann euch daran hindern.

Plötzlich überkam ihn der überwältigende Drang, nach Hause zurückzukehren. Jake brauchte ihn. Ihre Existenz würde zu einem brutalen Kampf ums Überleben werden. Er mußte bei Jake sein.

Mehr als nur das ... Er mußte zurückkehren und eine Möglichkeit finden, diese Mistkerle daran zu hindern, die Grenze zu überschreiten.

Konnte ihm die Rückkehr in einer Rettungskapsel gelingen? Während drei, sechs, neun Schiffe der Jem'Hadar in der unmittelbaren Umgebung lauerten?

Er schob Bashir die Stufen des Kommandodecks zum Turbolift hinauf. Alle sahen mitgenommen aus. Das hatten der Rauch und die harten Treffer bewirkt. Ihre Muskeln waren völlig verkrampft.

Bevor sie es auf das obere Deck schafften, erschienen sechs grelle, flimmernde Lichtsäulen auf der Brücke – sechs Jem'Hadar materialisierten, die Waffen bereits gezogen und gehoben.

T'Rul reagierte als erste – sie war bereits bewaffnet.

Der Strahl ihres Intervallers durchschnitt den Rauch und Gestank und traf einen der Jem'Hadar aus nächster Nähe.

Als Vergeltung schlug der Soldat, der neben Bashir aufgetaucht war, den Arzt gegen die Brust und riß ihn von den Füßen, trieb ihn von Sisko zurück, und richtete dann die Waffe auf den Hilflosen, um ihm den Gnadenstoß zu versetzen.

Sisko wollte sich auf den Feind werfen, doch T'Rul sprang vom höheren Deck, prallte gegen den Jem'Hadar, riß ihn mit sich zu Boden und erledigte ihn mit zwei wütenden Schlägen gegen den Hals.

Sisko griff einen anderen Jem'Hadar an, hatte es aber plötzlich mit zweien von ihnen zu tun. Er wand sich und trat um sich, wurde aber überwältigt. Diese Geschöpfe waren gepanzert – all seine Schläge landeten auf einer glatten, gehärteten Oberfläche.

Der Turbolift öffnete sich, vier weitere Jem'Hadar sprangen heraus und verteilten sich auf der Brücke.

Sisko wollte nach den Augen des Soldaten stechen, der ihn festhielt, konnte die Arme jedoch nicht heben. Sie hielten ihn an beiden Handgelenken fest.

Also warf er sich zurück und rammte einen Ellbogen in die Brustplatten des Soldaten hinter ihm. Sie gaben etwas nach, und er grub seine Fersen in den Bodenbelag, stieß noch einmal und noch härter zu. Der Jem'Hadar schlug mit den Armen um sich und stolperte über einen umgestürzten Sessel.

Sisko nutzte die Gelegenheit, wirbelte herum und begrub seine Faust in dem Gesicht des Mistkerls, der ihn noch festhielt.

# 9

In Odos Verstand erschallte eine alles beherrschende Forderung. Kein Gesang, kein Ruf, doch sie zwang ihn trotzdem zu einer Reaktion.

Hinter ihm lag Kira wieder auf dem Boden. Diesmal hatte es sie schwer erwischt. Wahrscheinlich war sie tot. So hätte sie es auch gewollt – kämpfend sterben, ganz plötzlich.

Es war für ihn die Chance zur Flucht, die Gelegenheit, diesen Teil seines Lebens hinter sich zu bringen und sich dorthin zu begeben, wohin das Schicksal ihn rief.

Odo brachte den Jem'Hadar keine Gefühle entgegen. Nicht die geringsten. Kira hatte ihn mit ihrer Feindseligkeit mitgerissen, doch im Augenblick waren die Gegner für ihn nichts weiter als Hindernisse zwischen ihm und dem Ort, der ihn rief. Er wußte, daß das nicht richtig war. Vor ein paar Tagen hätte der Tod eines seiner Freunde ihn erzürnt. Doch heute war sein Verstand wie benebelt.

Flucht. Der Shuttle. Er konnte sich in zahlreiche Dinge verwandeln, in manche mühelos, in andere mit solcher Anstrengung, daß ihm davon schwindlig wurde. Aber er konnte sich nicht in ein Shuttle verwandeln und davonfliegen.

Als er den ersten Schritt um die Biegung im Gang machte, der zum Shuttle-Hangar führte, blieb er stehen.

*Sie ist bestimmt tot. Ich werde weitermachen und dorthin gehen, wohin ich gehen muß.*

Daher hatte er keine Erklärung dafür, weshalb er plötzlich zu dem verwüsteten Korridor zurückkehrte. Mit einiger Anstrengung konnte er sich in eine Million Einzelteile spalten und wieder zusammensetzen. Warum war es dann so schmerzlich, in zwei verschiedene Richtungen gezogen zu werden?

Er sollte doch daran gewöhnt sein. Er sollte eigentlich wie Gummi sein. Wie Öl.

Er stolperte über zerbrochene und abgerissene Teile der Wandverkleidung, verfluchte die Hindernisse und arbeitete sich durch sie vor, wurde von ihnen aufgehalten, ertrank geradezu darin.

Zwei Jem'Hadar stürmten auf ihn zu. Sie schwangen Waffen mit scharfen Klingen und brüllten laut, vielleicht aus Eitelkeit, vielleicht, um sich selbst Mut zu machen. Einer von ihnen war wie aus dem Nichts aufgetaucht – und da lag auch Kira, unter dem Schutthaufen, aus dem der Soldat hochgesprungen war. Hatte er sie getötet?

Ja, sie war tot, und es gab für ihn keinen Grund mehr, an Bord zu bleiben. Ein Geschöpf wie Odo hatte hier nichts mehr zu suchen, und es gab keine Möglichkeit für ihn, zur Brücke zu gelangen. Er suchte fieberhaft nach einer Entschuldigung, einfach zu fliehen und seines Weges zu gehen.

In ihm kämpfte der Zwang, sich zu seinem Ziel zu begeben, gegen seine Ergebenheit. Die beiden Einflüsse neutralisierten sich, wie zwei Fäuste, die in der Luft aufeinander prallten.

Der erste Jem'Hadar hatte ihn fast erreicht. Odo blieb stehen und richtete sich auf. Er hätte einfach lachen, sich umdrehen und davongehen können.

Er bückte sich, ergriff ein abgebrochenes Leitungsrohr und schlug es dem Soldaten ins Gesicht. Es schnitt seine Wange auf und grub sich in die Schläfe. Der Jem'Hadar zerrte an der Spitzen und taumelte zurück.

Der zweite Soldat hatte Odo erreicht, bevor der erste

sein gequältes Heulen ausstoßen konnte. Odo hatte keine Ahnung, warum die beiden darauf verzichteten, ihre Energiewaffen einzusetzen – vielleicht, weil sie Kira bereits ausgeschaltet hatten, von ihrem Sieg überzeugt waren und den körperlichen Kampf genossen.

Noch vor einem Tag wäre es eine Herausforderung für ihn gewesen, die Absicht eines Kriminellen zu durchkreuzen. Jetzt war das Ganze für ihn lediglich Zeitverschwendung.

Der Jem'Hadar öffnete den Mund und schnaubte freudig, als er eine schwere, gepanzerte Hand um Odos schmalen Unterarm legte und daran zerrte.

Odo gewährte dem Geschöpf einen kurzen Triumph, vielleicht aus taktischen Gründen, oder auch, weil er sich noch nicht entschieden hatte, in welche Richtung er sich werfen lassen wollte.

Dann erhaschte er einen Blick auf Kiras Haar, das von der Notbeleuchtung eisenrot erhellt wurde, und drehte sich zu dem Jem'Hadar um.

Er ließ seinen Arm im Griff des Soldaten schmelzen. Plötzlich umschloß der Jem'Hadar nur noch Flüssigkeit und verlor den Halt. Schockiert riß er den Kopf zurück und betrachtete das Ding, das er soeben noch festgehalten hatte.

Odo riß den Ellbogen des anderen Arms zurück, schob die Schulter vor und versetzte dem Feind einen Schlag gegen das vorgeschobene Kinn. Er empfand einen Augenblick lang Vergnügen, als er sah, wie der schwere Jem'Hadar gegen die Wand prallte und ihn mit erbärmlichem Erstaunen anstarrte.

Odo hielt inne und erwiderte den Blick. Der Jem'Hadar lag da wie ein Fisch auf dem Land, sah ihn an, dann seine leere Hand, dann wieder Odo.

»Wechselbalg… Wechselbalg…«, keuchte der Soldat.

Als Odo zu ihm trat, kroch der von Panik ergriffene Feind zurück, rappelte sich auf und lief den Korridor entlang. Er stolperte, warf einen Blick zurück und setzte die Flucht vor dem schrecklichen Ungeheuer dann fort.

Aus irgendeinem Grund zog Odo aus dieser entsetzten Reaktion eine verwirrte Befriedigung. Er ließ den Jem'Hadar entkommen, damit er das Virus seiner Panik verbreiten konnte. Er würde die anderen mit seiner Angst anstecken.

Außerdem würde er schon längst weg sein, bevor der Soldat sich erholen und es wagen würde, ihn erneut anzugreifen.

Odo bahnte sich den Weg durch die Trümmer. Kira lag diesmal nicht unter ihnen begraben. Sie hatte einen Treffer aus der Energiewaffe des Jem'Hadar abbekommen, und dieser Umstand hatte ihnen womöglich das Leben gerettet. Nachdem Kira zu Boden gegangen war, waren die Jem'Hadar so siegessicher gewesen, daß sie es auf einen Kampf Mann gegen Mann hatten ankommen lassen. Anscheinend fanden sie Geschmack an solchen Auseinandersetzungen, und das hatte zu ihrem Sturz geführt.

Der Gestaltwandler konnte eine weitere Erfahrung über die Arbeitsweise von Kriminellen verbuchen und zog Kira vorsichtig aus dem Schutt.

Jetzt konnte er *endlich* seinem Drang folgen, dorthin fliegen, wohin dieses innere Trommeln ihn trieb.

Kira stöhnte leise an seiner Brust, als er sie zum Shuttle-Hangar trug, doch dies war ihr einziger Protest, und den konnte er ignorieren.

In dem Hangar war es eiskalt, und der Druck fiel. Irgendwo hatte es einen Hüllenbruch gegeben. Ein Leck, durch das die Luft langsam hinausströmte und die Kälte hineinkroch. Alle Wände waren mit Feuchtigkeit überzogen, die langsam zu Eis gefror. Als er Kira in den Sitz des Kopiloten legte, machte er sich allmählich Sorgen, daß die Hangarschotte klemmen und sie hier gefangen sein würden.

»Computer«, krächzte er, als er sich in den Pilotensitz fallen ließ, »Startsequenz einleiten.«

»Bestätigt«, erwiderte die ausdruckslose Stimme. »Antrieb eingeschaltet. Lebenserhaltung aktiviert. Druckausgleich im Hangar eingeleitet.«

»Sondiere die unmittelbare Umgebung und erstatte Bericht.«

»Ich sondiere ... Ich registriere zwölf Schiffe von über jeweils einhunderttausend Tonnen, keine aufeinander abgestimmte Formation, sieben davon innerhalb der Phaserreichweite des Shuttles.«

»Schilde hoch. Phaser bereithalten. Alarmstufe Rot. Öffne die Hangarschotte.«

Vor ihm auf dem Bildschirm öffneten sich die großen, zusammengeschobenen Hangartore wie ein chinesischer Fächer. Er entspannte sich diesen Augenblick lang, in dem er sowieso nichts tun konnte, und ließ das Leben, das er bislang geführt hatte, Revue passieren. Dann klemmten die Hangartore kurz, nur ein paar Sekunden lang, doch diese Verzögerung riß ihn aus seiner Träumerei.

Hinter den Toren sah er drei ... vier ... fünf Schiffe der Jem'Hadar. Eins entfernte sich gerade, leitete aber ein Wendemanöver ein und näherte sich wieder. Andere hielten ihre Positionen, und mindestens ein Schiff schien antriebslos zu treiben.

»Notstart, Kampfmodus«, sagte er scharf, als würde das helfen.

Der Computer zwang alle Systeme zu sofortiger Höchstleistung, und der Shuttle schoß mit doppelt so hohen Beschleunigungswerten wie üblich aus dem Hangar.

Zwei Jem'Hadar-Schiffe eröffneten sofort das Feuer auf den Shuttle, konnten aber nicht schnell genug wenden, um ein Ziel zu erfassen, das aus der abgewandten Seite der beschädigten *Defiant* schoß. Aus irgendeinem Grund hatten diese Narren nicht mit dem Start von

Rettungskapseln oder Shuttles gerechnet. Entweder das, oder sie kannten die Bauweise von Föderationsschiffen einfach nicht und wußten nicht, wo der Hangar sich befand.

Konnten sie so dumm sein?

Odo warf einen Blick auf Kira, die noch schlaff im Sessel des Kopiloten lag, und wünschte sich, sie wäre wach und könnte ihm helfen, die Schwerfälligkeit der Intelligenz des Feindes abzuschätzen. Er dachte erneut daran, wie der Jem'Hadar vor ihm geflohen war, und schwelgte darin, daß die letzte Aktion des festgefahrenen Lebens, das er geführt hatte, so schlicht und einfach gewesen war. Das Leben dieser Wesen verlief in ähnlich festgefahrenen Bahnen.

Das konnte er vielleicht ausnutzen.

Ein Shuttle war kein Kampfraumschiff. Es verfügte nicht mal über die Wendigkeit eines Flitzers von DS Nine. In ein paar Sekunden würde er das Überraschungsmoment völlig verloren haben. Die beiden Jem'Hadar-Schiffe, die auf ihn geschossen und ihn verfehlt hatten, würden bereits die Nachricht weitergeben, daß ein Shuttle floh.

Er war versucht, den Computer aufzufordern, ihm die Position aller anderen Schiffe zu nennen, verzichtete dann aber darauf. Er würde sich mit den Schiffen befassen, die er sehen konnte, und versuchen, ihnen auszuweichen und sie so schnell wie möglich abzuschütteln.

Als er die fünf Schiffe – nein, jetzt schon sechs –, die er sehen konnte, genauer musterte, wurde ihm klar, daß die *Defiant* erbitterte und wohl auch erfolgreiche Gegenwehr geleistet haben mußte. Zumindest drei davon waren eindeutig beschädigt, eines sogar manövrierunfähig.

»Computer, sondiere das treibende Schiff auf Lebensformen.«

»Ich sondiere … keine Lebensformen. Das Schiff hat

einen völligen Druckverlust erlitten. Es gibt Anzeichen dafür, daß toxische Chemikalien ausströmen.«

Ein Bruch sowohl der inneren als auch der äußeren Hülle. Die Mannschaft war entweder vergiftet worden oder erstickt. Das Schicksal, das er für die *Defiant* befürchtet hatte, hatte sie ihrem Feind aufgezwungen.

Erneut wünschte er sich, Kira könnte es sehen. Wenn er irgendwann in den nächsten Stunden gezwungen war, ihr zu sagen, daß das Schiff aufgegeben worden war, es keine Anzeichen dafür gab, daß anderen Rettungskapseln die Flucht gelungen war, und sie nicht davon ausgehen konnten, daß der Commander oder einer der anderen überlebt hatte, würde sie etwas brauchen, woran sie sich festhalten konnte.

Wobei er allerdings davon ausging, daß sie die nächsten fünf Minuten überlebten.

Der Shuttle wich einem Schuß aus, und Odo mußte Kira festhalten, bevor sie aus ihrem Sessel rutschen konnte. Er sah ein, daß er sie besser auf den Boden des Shuttles gelegt hätte; dort wäre sie sicherer gewesen. Er schob sie in den Sitz zurück und übernahm dann vom Computer die Kontrolle. Obwohl es eigentlich gar nicht seinem Wesen entsprach, wollte er jetzt die Hände an Instrumenten haben, den Shuttle seinem Willen unterwerfen und wenigstens noch einen Treffer landen, bevor er sich endgültig verabschiedete.

Die Schar der Jem'Hadar-Schiffe nahm nun die Verfolgung auf, doch er konnte auf engem Raum besser manövrieren als die riesigen Kästen. Gut – die Jem'Hadar hatten nicht daran gedacht, für solch einen Notfall kleinere Schiffe auszuschleusen.

Er wollte nicht gegen sie kämpfen. Er wollte fliehen, zu diesem Läuten in seinem Kopf fliegen, und zu der Stelle auf der Sternenkarte, die das Klingeln ausgelöst hatte.

Unter ihm tauchte ein anderes Schiff auf. Sie wollten ihn in die Zange nehmen. Er wich scharf nach Steuerbord aus, und plötzlich hämmerte ein Trümmerregen gegen die Schilde des Shuttles. Odo beugte sich vor, um besser ausmachen zu können, was den Shuttle traf, und stellte fest, daß es sich um maschinell gefertigte Teile handelte. Teile eines Raumschiffs, eines völlig zerstörten Schiffes.

Die *Defiant* hatte sich noch besser geschlagen, als er bislang vermutet hatte.

Teile eines Schiffes – so gefährlich wie Asteroiden.

Er zog den Shuttle scharf herum und raste in das treibende Trümmerfeld, kämpfte sich hindurch, und zwei der ihn verfolgenden Schiffe bremsten ab. Anscheinend überlegten ihre Befehlshaber, wie sie sich nun verhalten sollten.

Das Trümmerfeld wurde dichter, gefährlicher. Der Shuttle prallte gegen viele scharfe Kanten und wich anderen Überresten aus, an denen es hätte zerschellen können.

Er hätte Kira nicht mitnehmen sollen. Sollte der Shuttle zerstört werden, würde er vielleicht überleben. Er war nicht wie sie. Er fand vielleicht eine Möglichkeit…

Aber sie war nun mal hier, und ihr Leben lag in seinen Händen. Wenn sie überleben sollte, mußte auch der Shuttle überleben.

Als er einen freien Raumbereich sah, in dem sich lediglich das schwer beschädigte Schiff der Jem'Hadar befand, in dem es kein Leben mehr gab, verließ er das Trümmerfeld und hielt direkt auf das Wrack zu. Zwei andere Jem'Hadar-Schiffe änderten den Kurs, um ihn zu verfolgen. In ein paar Sekunden würden sie in Schußweite sein.

Erneut tauchte unter ihm ein Schiff auf. Odos Hand schwebte über dem Feuerknopf. Wenn er nur noch ein paar Sekunden ausharren konnte…

Das tote Schiff wurde auf seinem Bildschirm immer größer. Er hielt weiterhin darauf zu, beschleunigte…

Energiestrahlen wallten von unten zum Bug des Shuttles empor. Das ihm am nächste Schiff hatte geschossen – und ihn verfehlt. Das würde nicht noch einmal passieren.

Näher an das verlassene Schiff heran, noch näher … Odo erfaßte den schwächsten Punkt des Wracks, eine Stelle, wo die *Defiant* bereits die Hüllenverstrebung aufgerissen hatte.

»Feuer«, sagte er laut und drückte auf den Knopf.

Die Phaserstrahlen bohrten sich in das Schiff, durchschnitten sauber den Bug und dann die Waffenluken. Das Wrack brach an der Bruchstelle auseinander, und dabei rissen auch die Energieleitungen.

Als dann die unter Druck stehenden Treibstoffbehälter aufgeschlitzt wurden, explodierten sie. Eine riesige rote Wolke blähte sich im All auf.

Der Shuttle wurde durchgeschüttelt und geriet ins Trudeln, doch da es das Schiff bereits hinter sich gelassen hatte, wurde es lediglich auf seiner ursprünglichen Flugbahn weitergeschleudert.

»Blick nach achtern«, befahl Odo und schaute auf die Monitore.

Der Jem'Hadar hinter ihm wurde von der Explosion des treibenden Schiffs erfaßt. Da er den Shuttle verfolgte hatte, hatte er direkt auf das Wrack zugehalten und nicht mehr rechtzeitig abdrehen können.

Odo beobachtete, wie funkelnde Trümmer auf das verfolgende Schiff prallten und es dann von dem herausgeschleuderten Fusionsreaktor des Wracks getroffen wurde. Die rohe Energie, die Leben in den Weltraum brachte, konnte sich auch gegen dieses Leben wenden und es vernichten.

Doch Odo hatte sich nur einen kurzen Aufschub verschafft, denn zwei andere Schiffe der Jem'Hadar näherten sich bereits und würden jeden Augenblick das Feuer eröffnen können.

Er war gezwungen, den Kurs zu ändern, sich von dem Ziel zu entfernen, zu dem es ihn trieb. Die einzige Fluchtmöglichkeit bestand darin, genau zwischen den beiden Schiffen herzufliegen, die ihn verfolgten.

Tod durch die Jem'Hadar – sein Vermächtnis. Ein Vermächtnis statt einer Bestimmung. Sein Schicksal und das von Major Kira.

Und niemand würde es je erfahren. Er hatte kein Logbuch hinterlassen, und ihm blieb keine Zeit mehr, noch eins anzulegen.

Das war ein Fehler gewesen. Untauglichkeit. Er hätte sich die Zeit dafür nehmen sollen.

Die Jem'Hadar-Schiffe waren jetzt in Schußposition. Er sah das Leuchten der sich aufbauenden Energie in ihren Waffenluken.

Er lehnte sich vor, als könne er den Shuttle damit zu schnellerer Geschwindigkeit antreiben, beschleunigte wieder und bereitete sich auf ein Spießrutenlaufen vor. Und auf den Tod.

Aus dieser Nähe wirkten die Schiffe der Jem'Hadar riesig, wie gewaltige, sich nur gemächlich bewegende Festungen im All, Gebilde mit unvorstellbarer Macht und von fremdartigem Entwurf.

Sie hatten mittlerweile fast die nötige Position eingenommen, um auf ihn schießen zu können, ohne dabei zugleich ins Kreuzfeuer des jeweils anderen zu geraten.

Eine leuchtende Waffenluke nahm ihm jede Ehrfurcht, die er für das gewaltige Bild vor ihm aufgebracht hatte.

Er beschleunigte weiterhin. Die beiden feindlichen Schiffe schienen immer größer zu werden; das eine befand sich nun seitlich von ihm, das andere über ihm. Er beließ die eine Hand auf der Konsole und griff mit der anderen zur Seite und legte sie auf Kiras Arm, als wolle er verhindern, daß sie aus ihrem Sitz rutschte, während sie starben. Was konnte er sonst tun, um ihr einen würdevollen letzten Augenblick zu verschaffen?

Menschen schlossen in solchen Momenten gern die Augen. Er hatte es einige Male beobachtet.

Er verspürte nicht den Drang, die Augen zu schließen.

Die beiden Schiffe rückten etwas näher zusammen, während sein Shuttle mit Höchstgeschwindigkeit auf den schmalen Spalt zwischen ihnen zuschoß. Hinter ihnen näherte sich ein drittes Schiff.

Plötzlich ließ er Kira los und beugte sich vor. Was hatte er gesehen?

Das Licht in ihren Waffenluken erlosch. Stellten Sie das Feuer ein?

Nein – das mußte er sich einbilden!

Warum sollten sie das tun?

Der Shuttle raste zwischen den beiden Jem'Hadar-Schiffen hindurch, auf das dritte dahinter zu und dann wunderbarerweise an ihm vorbei.

Er schaute auf den Heckmonitor, um festzustellen, ob sie eventuell auf seine Manöverdüsen schießen wollten, aber das ergab nicht den geringsten Sinn. Diese Schiffe hätten sein Shuttle mit einem Schuß vernichten können, ohne sich die Mühe zu machen, genau zu zielen.

Sie unternahmen keine Anstalten, ihn zu verfolgen. Ganz im Gegenteil, sie hielten sogar an. Er hatte sie abgehängt!

Sie hatten ihn ignoriert. Hielten ihn für unbedeutend. Wollten ihn den Tiefen des Alls überlassen. Wußten sie etwas über diesen Raumsektor, das er nicht wußte? Lachten sie sich ins Fäustchen, weil der Narr in dem Shuttle mit einem so kleinen Schiff keinen sicheren Hafen finden würde?

Odo sank in den Sitz zurück, schaute wieder nach vorn und stellte fest, daß seine Glieder zitterten.

Der Shuttle vibrierte heftig, während es seinen rasenden Flug in die Tiefen des schwarzen Alls fortsetzte, weiter vordrang, als es irgendwer aus dem Alpha-Quadranten bislang gewagt hatte.

Er war entkommen. Er hatte Kira gerettet.

Jetzt würde er sich selbst retten.

# 10

Luft ... warm und ruhig. Kein Hämmern. Kein Geruch nach verbranntem Isoliermaterial. Das unterschwellige Summen des Antriebs.

Ein Stöhnen. Ihr eigenes – und ein schwaches Brummen in ihrer Kehle. Ellbogen auf einer Polsterung ... sie drückte dagegen.

Und wäre fast aus dem Sitz gefallen.

Mit äußerster Konzentration gelang es Kira, die Augen zu öffnen.

Vor ihr ein Navigations- und Steuerpult. Ein Flitzer?

Nein. Das war ein Cockpit eines Starfleet-Shuttles.

Sie schob den Kopf vor und zwang ihre Nackenmuskeln, ihr zu gehorchen. Sie taten es, aber es schmerzte.

»Wo bin ich?«

»Sie sind in einem Shuttle. Sie wurden verletzt, also versuchen Sie, sich nicht allzu heftig zu bewegen.«

Zusammenzuckend schaute sie zur Seite. Odo steuerte den Shuttle.

Sie berührte eine schmerzende Stelle an ihrer Schläfe und versuchte abzuschätzen, wie schwer sie verletzt war.

Die Erinnerung kehrte in einer Sturzflut zurück, und sie griff nach dem Instrumentenpult, um sich daran festzuhalten. »Odo, was ist passiert? Die *Defiant* ... die Jem'Hadar ... wir wurden angegriffen!«

Odo nahm den Blick nicht von der Konsole. »Das Schiff wurde geentert, und Sie wurden bei dem Angriff verletzt. Mir gelang es, Sie zu einem Shuttle zu bringen, aber mehr weiß ich auch nicht. Als ich die *Defiant* das letzte Mal sah, trieb sie leblos im All und war von Schiffen der Jem'Hadar umgeben.«

»Sisko?« keuchte sie. »Bashir?«

»Ich weiß es nicht.«

Widerstand machte sich in Kiras schmerzendem Schädel breit. Sie ergab sich dem Schock und versuchte, sich mit den niederschmetternden Gedanken an ihren Commander und ihre Mannschaftskameraden zu befassen, ihren Freunden, die sich im Netz der Jem'Hadar verfangen hatten. Wie viele hatten sie zurückgelassen? Sie hatte nicht mal versucht, die Notbesatzung zu zählen, die sie an Bord genommen hatten. Wie viele Ingenieure waren im Maschinenraum gewesen? Nicht viele ... zwei oder drei vielleicht. Wie viele auf der Brücke? Einer?

Waren sie entkommen, oder waren sie noch auf der *Defiant* und fochten einen sinnlosen Kampf aus?

»Wo sind wir?«

»Wir nähern uns dem Omarion-Nebel.«

Sie drehte sich zu ihm um, ganz gleich, wie weh es tat. »Sie hätten zum Wurmloch zurückfliegen sollen.«

»Sie haben keinen Widerspruch erhoben.«

»Ich war bewußtlos!«

»Ihr kooperativster Zustand.«

Auf dem Hauptbildschirm lag der Omarion-Nebel wie verschüttete Farbe auf der schwarzen Leinwand des Alls. Arme des Nebels erstreckten sich bis zu dem Shuttle. Sie befanden sich bereits darin.

Widerwärtige Furcht überkam sie. Das war nicht Odo. Die anderen zurückzulassen, ohne sich über ihren Zustand zu vergewissern ... und darauf zu verzichten, lebenswichtige Informationen in den Alpha-Quadranten zu bringen, die dort vielleicht nie bekannt werden würden, wenn sie nicht überlebten? Das sah Odo ganz und gar nicht ähnlich.

Er schien sich nicht mal besondere Sorgen um sie zu machen.

Nein, dahinter mußte mehr stecken. Etwas wühlte in ihm, trieb ihn in die falsche Richtung. Seine Hände auf den Kontrollen, der starre Ausdruck auf seinem Gesicht – er sah sie nicht mal an.

»Na schön«, lenkte Kira ein. »Haben Sie etwas gefunden?«

Er antwortete nicht. Aber der Stellung seiner Hände, seiner Körperhaltung und der finsteren Unruhe in seinen Augen zufolge hatte er noch nichts entdeckt, das ihn zur Umkehr hätte bewegen können. Er stand noch immer im Bann der unbekannten Kraft, die ihn hierhergetrieben hatte.

Als sie schon dachte, er würde überhaupt nicht mehr mit ihr sprechen, nickte er langsam, ohne sie anzusehen.

Sie schaute auf seinen Monitor. »Vor uns befindet sich ein Planet der Klasse M... aber kein Sonnensystem. Ein Irrläufer?«

»Ja«, sagte er fast entzückt.

Nicht bereit, sich damit abzufinden, bedrängte Kira ihn weiter. »Glauben Sie, daß Sie nach diesem Planeten gesucht haben?«

Irgendwie schien die Grobheit ihrer Frage Odo zu überraschen. Er durchlebte einen Augenblick des Staunens, der Erregung, der Panik, und kämpfte dann eindeutig gegen diese Regungen an, um sie sich nicht anmerken zu lassen.

»Ich werde es herausfinden«, sagte er.

Eine Dunkelwelt, die durchs All zog, ohne von irgendwelchen Begleitern umkreist zu werden.

So unendlich der Weltraum sein mochte, so selten war ein Körper, der ganz allein seine Bahn zog. Dies hier war einer.

Keine Sonne erhellte die Oberfläche dieses Planeten.

Nur der schwache Schimmer ferner Sternenhaufen und der Glanz von Kometenschweifen lag wie ein mondähnlicher Flor auf der Oberfläche.

Der unruhige Flug durch die kristallklare Atmosphäre rief in Kira Übelkeit hervor. Wahrscheinlich die Kopfverletzung, dachte sie, während sie darauf wartete, daß ihre Augen sich an das hier herrschende ständige Zwielicht gewöhnten.

Odo hatte den Shuttle in einer ruhigen, bewaldeten Gegend auf einer kleinen Lichtung aufgesetzt. In der Nähe befand sich ein großer See, der sich bis zu einem Sumpfgebiet erstreckte und wogte, als würde er von starkem Wind gepeitscht.

Aber hier gab es keinen Wind.

Ein Wald ... Atmosphäre ... ein See ... auf einem Planeten ohne Sonne? Ohne Wärmequelle?

Erst jetzt begriff Kira, wie unmöglich dies war, und kam zum Schluß, daß dieser Ort etwas viel Unheimlicheres an sich hatte als lediglich purpurne Schatten und Äste, die sich in einer nicht vorhandenen Brise bewegten. Die Tatsache, daß sie hier landen und atmen konnte, verstieß gegen alles, was sie während ihres Aufenthalts im Weltraum je gelernt hatte.

Ewige Nacht. Es war ein trauriger Ort.

Die beiden wanderten ziellos umher, versuchten, mit ihren Sinnen, ihrer Erfahrung und ihrer bloßen Neugier etwas zu finden. Kira folgte Odo in der Hoffnung, daß der Instinkt, der ihn hierhergetrieben hatte, ihm auch jetzt Hinweise gab, wohin er sich wenden mußte.

War Odo eine niedrigere oder eine höhere Lebensform als sie und ihre Spezies? Oder etwas völlig anderes, das nicht der Evolutionslinie entstammte, die so viele Humanoiden durchlaufen hatten?

Natürlich hatte er nur der Bequemlichkeit halber ein humanoides Aussehen angenommen, oder vielleicht auch, um sich anzupassen. Sie wußte, daß er sich wirklich anpassen wollte, und das war der Hauptgrund ihrer Zuneigung zu ihm. Ihrer und Quarks und Siskos...

Der Commander – wo war er? Und Julian und die anderen? Von den Jem'Hadar gefangengenommen? Würden sie sie vielleicht sogar foltern?

Odo ging zu dem glänzenden See voran, schritt dabei über sich wiegende Gräser, die sich an seine langen Beine klammerten, und durch Schilfrohr, dessen Köpfe im Sternenlicht schwangen.

Der See spiegelte das Sternenlicht wider und kräuselte sich unter einem imaginären Wind. Die Erschöpfung und der anhaltende Schmerz ihrer Verletzungen drohten Kira zu überwältigen; sie wollte sich einfach in das Schilf setzen, die Pflanzen beobachten, sich unter den Sternen und den sich drehenden Armen des Nebels über ihr und auf allen Seiten hinlegen und beobachten, wie die Flüssigkeit in dem See sich bewegte.

Flüssigkeit... warum hatte sie nicht ›Wasser‹ gedacht?

Sie blieb stehen und betrachtete den See genauer, während Odo an dessen Ufer trat.

Er schaute auf das leuchtende, quecksilberartige Gebräu, als wäre es ein Spiegel. Er schien drauf und dran zu sein, sich zu bücken und die Flüssigkeit zu berühren.

Kira beobachtete ihn.

Sie beobachtete ihn noch immer, als der See sich plötzlich bewegte – und dann beobachtete sie den See.

Gallertsäulen erhoben sich am Rand des Sees. Zielstrebig bildeten sie vier humanoide Gestalten, deren Gesichter und Körper genauso unvollendet waren wie Odos Antlitz. Sie waren mit schlichten Tuniken bekleidet.

Kira wollte zurücktreten, sich dem Anblick entziehen, war aber zu verblüfft, um sich zu bewegen.

Zwei der Gestalten waren männlich, zwei weiblich,

und alle betrachteten Odo mit nicht zu deutenden Empfindungen. Odo erwiderte die Blicke.

Ein weibliches Geschöpf lächelte und trat auf Odo zu.

Es öffnete die schmalen Lippen und blinzelte mit den nymphenähnlichen Augen.

»Willkommen daheim«, sagte es.

# 11

Im lila Dunst des Nebelarms über ihnen schwoll das Seeufer an und fiel wieder zurück, und dann noch einmal, als wolle es die sanften Gräser schmecken, die lediglich auf einer Zauberwelt wachsen konnten, wo nur das Sternenlicht ihnen Nahrung bot.

Hier gab es keine Sonne, die Energie spendete, und trotzdem wuchsen die Pflanzen. Keine Wärme, und trotzdem gediehen sie.

Kira Nerys beobachtete all das durch ihre pochenden Augen, hoffte, daß es sich nicht nur um einen Traum handelte, den ihre Verletzungen hervorgerufen hatten, und wußte gleichzeitig, daß sie nicht träumte. Neben ihr stand der geheimnisvolle und melancholische Odo, der immer einsam gewesen war, am Rand der Erfüllung. Er hatte andere gefunden, die wie er waren.

Die anderen Gestaltwandler sahen genauso aus wie er. Die gleichen Puppengesichter, aber wie die von Puppen, die noch nicht bemalt worden oder kurz in ein Feuer geraten waren. Gesichter, die einfach noch nicht fertig waren.

Machten sie das absichtlich?

Kira versuchte, wie diese Geschöpfe zu denken, doch Einfühlungsvermögen war noch nie ihre Stärke gewesen. Überleben, ja, aber nicht Einfühlungsvermögen.

Versuchten diese Wesen, sich in einen ihrer Art hineinzuversetzen? Kiras Gesicht hatten sie nicht nachgebildet; also hatten sie nicht den geringsten Zweifel daran, wer von den beiden ihrer Spezies angehörte. Sie hatte gesehen, wie Odo die Gesichter von Ratten und anderen Lebewesen nachgebildet hatte, und sie hatte die feinen Verbesserungen bei seiner Imitation der menschlichen Gestalt beobachtet; also ging sie davon aus, daß es Gestaltwandler gab, die in dieser Hinsicht besser oder schlechter waren, je nachdem, wieviel Übung sie hatten.

Und doch bildeten sie seine Erscheinung nach, seine Version dieser Gestalt.

War es möglich, daß sie noch nie eine bessere Version als die seine gesehen hatten?

*Aber vermutlich müssen sie das für ihn tun. Eine Art Begrüßung …*

Odo stand schockiert neben ihr, starrte die vier Gestaltwandler an, die seinen Blick einfach erwiderten, als hätten sie alle Zeit der Welt und würden sie auch ihm zugestehen.

»Ihr seid wirklich genau wie ich«, krächzte er schließlich, »nicht wahr?«

»Ja«, sagte die Gestaltwandlerin im Vordergrund.

»Und … von hier komme ich?«

»Das ist deine Heimat.«

Er schluckte ein paarmal, betrachtete den wunderschönen Quecksilbersee und schien nicht so richtig akzeptieren zu können, was er sah.

»Ich wünschte, ich könnte mich daran erinnern.«

»Es ist verständlich, daß du das nicht kannst. Als du uns verlassen hast, warst du gerade erst neu geformt.«

Er trat einen kaum wahrnehmbaren Schritt auf sie zu. »Neu geformt? Du meinst, ich war ein Kleinkind?«

»Ja, ein Kleinkind.«

Kira spähte durch das dunstige Sternenlicht, versuchte das maskenähnliche Gesicht der Wortführerin zu deuten und stellte fest, daß die Vorstellung von einem Kleinkind diesem Wesen fremd war. Es versuchte sein möglichstes zu verstehen, wovon Odo sprach, und ihm die Antworten zu geben, die ihn in der Vergangenheit ständig gequält hatten.

Odo wappnete sich für die große Frage, doch es bereitete ihm weniger Schwierigkeiten, sie zu stellen, als Kira vermutet hatte.

»Sag mir ... habe ich Eltern? Überhaupt irgendwelche Familienangehörige?«

»Natürlich«, sagte die Gestaltwandlerin. Hinter ihr standen die drei anderen Wesen in stummer Unterstützung.

»Ich würde sie gern kennenlernen«, bat Odo, »falls das möglich ist.«

Die Gestaltwandlerin deutete auf die anderen und auf den großen See. »Das hast du bereits. Wir alle sind Teil der großen Verschmelzung.«

Vor ihnen bewegte der See sich, wallte auf, als wolle er reagieren, als wisse er, daß sie von ihm sprach ... von ihnen.

Odo schaute auf den See. »Sind das alle von uns, oder gibt es noch andere?«

Kira sah ihn an. Er hatte solche Schwierigkeiten, die Situation zu verkraften, daß er auf Fragen zurückgriff, wie man sie in einem Gerichtssaal stellte – Fragen, die wahrscheinlich schon seit langem in ihm brodelten. Sie hatte keine Ahnung, seit wann.

Plötzlich kam sie sich ein wenig schuldig vor, weil sie so wenig über ihn wußte.

»Odo«, murmelte sie, »das ist keine polizeiliche Untersuchung.«

»Dessen bin ich mir bewußt, Major«, erwiderte er knurrend, doch eine leichte Veränderung seiner Körperhaltung deutete Dankbarkeit an.

»Dann hören Sie auf damit, diese Leute zu verhören«, fuhr sie fort. »Sie haben Ihr ganzes Leben lang auf diesen Augenblick gewartet. Jetzt könnten Sie wenigstens versuchen, ihn zu genießen.« Sie trat zum

Seeufer, vor die vier geschmeidigen Gestaltwandler, die wie Engel im Sternenlicht standen. »Er freut sich wirklich, hier zu sein. Das stimmt doch, oder?«

»Ja, natürlich«, stammelte er. Es schien ihm peinlich zu sein, daß sein Verhalten eine andere Schlußfolgerung ermöglicht hatte. »Es ist nur ... das alles kommt sehr plötzlich ...«

»Und du hast viele Fragen«, sagte die Frau lächelnd.

Ihre sanfte Vorwegnahme schien ihm Mut zu machen. »Ja«, erwiderte er.

»Ich wünschte, wir könnten all deine Fragen beantworten. Leider kommt uns die Sprache der Festen so ungenau und unbeholfen vor wie ihre Körper.«

Kira schüttelte verärgert den Kopf. Ihr kam die Grobheit der Gestaltwandler unbeholfen vor, aber sie beschloß, dies zu ignorieren, solange sie Klarheit bekam. »Der Festen?« fragte sie.

Das nachsichtige Antlitz wandte sich ihr zu. »Unser Ausdruck für Monoformen wie Sie, die die Freuden der großen Verschmelzung nie erleben werden.«

Vielleicht war es wirklich eine Beleidigung, aber das war Kira im Augenblick gleichgültig. Etwas an der Einstellung dieses Wesens bereitete ihr Unbehagen. Eine arrogante Mißachtung ihrer persönlichen Identität? Ihrer Existenz an sich? Ja, genau das war es. Die Gestaltwandlerin hielt sie nicht nur für unwichtig, sondern auch für unbedeutend. Sie betrachtete Kira mit derselben Kaltblütigkeit wie die meisten Cardassianer, denen sie bislang begegnet war, und das mochten ein paar tausend gewesen sein.

»Nun ja, mit uns *mußte* Odo kommunizieren, und das hat er wirklich nicht allzu schlecht gemacht.«

»Ich bezweifle, daß Starfleet Command Ihnen zustimmen würde, Major«, sagte Odo.

Die Gestaltwandlerin wartete, bis er sie wieder ansah. »Hat es dir gefallen, unter den Festen zu leben?« fragte sie.

»Manchmal ... obwohl ich mich unter ihnen nie richtig zu Hause gefühlt habe. Aber ...« Er hielt inne. »Was genau ist die große Verschmelzung, die du erwähnst?«

Kira hätte fast eine Antwort gestammelt, bevor sie begriff, daß er nicht mit ihr sprach. Er hatte sich wieder völlig auf die Frau seiner Spezies konzentriert.

»Die große Verschmelzung ist die Grundlage unserer Gesellschaft«, sagte die Frau. »Sie verleiht unserer Existenz Sinn. Es ist die Vereinigung von Form und Gedanken, das Teilen von Vorstellungen und Empfindungen.«

Kira beobachtete, wie Odo diese verschwommene Antwort verdaute. Zuerst verstand sie nicht, warum er nicht darin eintauchte. Buchstäblich.

Doch dann wurde ihr klar, wie töricht das gewesen wäre, auch wenn sie an seiner Stelle es sofort getan hätte. Diesen Fehler machte sie ständig. Sie ging stets davon aus, daß eine bloße körperliche Ähnlichkeit auch bedeutete, daß die betreffenden Personen sich auch in anderer Hinsicht ähnlich waren.

Das hatte sie schon oft angenommen – und sich getäuscht.

Nach einem Leben in Einsamkeit bereitete Odo die Aussicht auf eine nahe bevorstehende Verschmelzung Unbehagen. Er würde dabei Fremden alles offenbaren müssen, was er je gefühlt, wahrgenommen, gedacht hatte.

Ja, diese Wesen waren lediglich Fremde. Genausogut hätte man Kira mit tausend Bajoranern, die sie nie zuvor gesehen hatte, in einen Teich werfen können. Das mußte Odo stören – Ähnlichkeit bedeutete nicht Gleichheit.

Wie sah ihre Lebensweise aus, wie maßen sie Recht und Unrecht? Odo mochte zwar körperlich von flüssiger Natur sein, aber was dies betraf, war seine innere Einstellung wie aus Beton. Tag für Tag hatte er sich mit dem brutalen Verhalten der Cardassianer und der

Jem'Hadar befassen müssen, und das Vorgehen der letzteren hatte am heutigen Tag vielleicht ihren engsten Kollegen das Leben gekostet – auch den Mann, dessen Befehle der Anker ihrer gesamten Existenz war. Odo war nach der unbarmherzigen Herrschaft der Cardassianer in die Freiheit der Föderation katapultiert worden. Er kannte die gesamte Erhabenheit und Geringfügigkeit der Zivilisation, aber nicht diese Gemeinsamkeit, diese ›Verschmelzung‹, von der seine Spezies sprach.

Sie sah, daß er immerhin klug genug war, um einzusehen, daß er sie nicht kannte. Er hielt sich zurück. Ja, das war wirklich klug.

Ihre Bewunderung für ihn stieg um ein paar Stufen.

Erneut deutete die Frau auf die riesige silberne Oberfläche.

Nachdem Odo versucht hatte, diese vagen Worte über Vereinigung und Teilen zu verdauen, forderte er weitere Antworten, indem er sagte: »Das klingt sehr … intim.«

Kira wußte, daß er nicht versuchte, höflich zu sein. Er versuchte, eine klarere Erklärung zu bekommen.

Die Gestaltwandlerin lächelte ihn wieder nachsichtig an. »Das ist eine angemessene Beschreibung.«

Die Sprache war also doch nicht so schlecht, so ungenau, stellte Kira fest. Sie hoffte, daß Odo noch mehr verlangen würde.

»Es ist nur …« Er stockte. »Ich habe ein sehr einsames Leben geführt.«

»Das war bedauerlich«, sagte die frauenähnliche Gestalt, »aber notwendig, wie du noch erfahren wirst. Aber dieser Teil deines Lebens ist vorbei. Du bist zu Hause.«

Sie streckte die Hand aus. Der Gestaltwandler, der neben ihr stand, reagierte auf die Geste. »Was tust du da?« fragte er.

»Nimm meine Hand, Odo«, sagte die Frau.

Der Mann trat einen Schritt vor. »Aber es ist noch nicht so weit. Er ist nicht bereit.«

Die Frau sah nur Odo an. »Er war zu lange fort. Er muß sich erinnern, wenn auch nur einen Augenblick lang. Hab keine Angst«, sagte sie zu Odo. »Nimm sie.«

Mit geringerem Zögern, als Kira erwartet hätte, streckte Odo die Hand aus und ergriff die der Frau.

Gemeinsam verschmolzen die beiden Hände zu dem silbernen Seidenglanz ihres natürlichen Zustands und leuchteten dann unter den tiefen Schatten der aschfahlen Nacht hellviolett auf.

Odos Gesicht verlor seine Anspannung, die Augen ihre Konzentration. Kira befürchtete einen Augenblick lang, er würde entgleiten, in die metallisch glänzende Masse gezogen werden, und sie würde ihn nie wieder zurückholen können. Er war im Augenblick so verwundbar ... Konnte er in diesem flüssigen Zustand noch eigenständig denken? Was bedeutete es für ihn, von dieser zähen Masse verschluckt zu werden?

Was würde mit seinem Verstand geschehen, wenn er sich darin befand?

Sie konnte solch eine Existenz nicht begreifen und wollte es plötzlich gar nicht erst versuchen. Sie war hier, und Odo war hier, und sie wollte lediglich, daß die Sache für alle gut ausging. Sie wollte genauso dringend nach Hause zurückkehren, wie sie Odo gönnte, daß er seine wirkliche Heimat fand.

Fast augenblicklich löste die Frau den Griff wieder. Die beiden formlosen Unterarme vibrierten kurz in ihrem flüssigen Zustand und verwandelten sich dann wieder in menschliche Hände.

Die Frau schaute zufrieden drein. Odo hingegen wirkte, als wäre er hypnotisiert worden.

»Odo?« sagte Kira zögernd. »Odo?«

Er antwortete nicht. Stand einfach benommen da.

»Was haben Sie mit ihm gemacht?« fragte sie die Gestaltwandlerin, wobei sie versuchte, nicht vorwurfsvoll zu klingen.

»Ich habe ihm erlaubt, die Verschmelzung zu erleben.«

Kira ignorierte, daß sie erneut mit einer völlig verschwommenen Aussage abgespeist worden war, streckte die Hand aus und ergriff Odos Arm. »Odo ...«

Er kniff die Augen zusammen und drehte sich zu ihr um. »Ja, Major?« sagte er endlich.

»Sind Sie in Ordnung?«

Sie wartete, bis er nickte, und fragte dann: »Was ist passiert?«

Er blinzelte, schaute dann wieder auf den großen See hinaus, auf die schimmernde Perlmuttoberfläche, die sich aus eigenem Abtrieb bewegte, und schließlich auf die vier Wesen, die gelassen auf seine Antwort warteten.

Auf seinem Gesicht war eine ungewöhnliche Überzeugung auszumachen. Er lächelte.

»Ich bin mir nicht sicher«, sagte er. »Aber eins weiß ich genau. Sie haben recht ... ich bin zu Hause.«

# 12

Logbuch des Commanders, Nachtrag ... Es ist jetzt sechs Tage her, seit wir gezwungen waren, die *Defiant* während des Angriffs der Jem'Hadar aufzugeben. Wir wissen noch immer nicht, was mit dem Rest der Mannschaft geschehen ist. Dr. Bashir und ich haben einen Kurs zurück zum Wurmloch programmiert, doch ob unser Shuttle uns dorthin bringen kann, ist mehr als fraglich. Unser Triebwerk steht kurz vor dem endgültigen Versagen, unsere Sensoren funktionieren kaum mehr, und unsere Lebenserhaltungssysteme arbeiten nur noch zu zwanzig Prozent, Tendenz fallend.«

»Aber davon abgesehen könnte es uns nicht besser gehen.«

Julian Bashirs Stimme ließ Ben Sisko zusammenfahren. Der Commander hatte versucht, den Logbucheintrag vorzunehmen, ohne den Arzt zu wecken.

Bashir streckte sich auf dem Sitz des Kopiloten und lächelte Sisko an.

»Ich dachte, Sie hätten geschlafen«, sagte Sisko entschuldigend.

Er wartete, bis Bashir wieder eingeschlafen war, bevor er den Eintrag fortsetzte und die Bestandsaufnahme aller beschädigten Systeme abschloß. Ihnen blieben nicht mehr viele Möglichkeiten. Ihre akustische und visuelle Kommunikation war ausgefallen, die meisten Monitore waren beschädigt, und die Manöverdüsen des Shuttles funktionierten nicht mehr gleichmäßig, weil das kleine Schiff arg mitgenommen worden war, als es den Asteroidengürtel durchquert hatte.

Er versuchte, wegen der Asteroiden nicht zu sehr zu murren; schließlich hatten sie ihnen das Leben gerettet. Es war verlorene Liebesmüh gewesen, mit bloßen Fäusten gegen das halbe Dutzend Jem'Hadar anzukämpfen, das die Brücke erstürmt hatte, aber er hatte es trotzdem versucht. Irgend etwas in ihm hatte sich geweigert, einfach aufzugeben und zu versuchen, ihr Leben mit ›Verhandlungen‹ zu retten. Diese Geschöpfe waren nicht auf Worte aus gewesen, sondern auf Blut. Hätte man ihnen Schwerter in die Hände gedrückt, hätten sie ihn und Bashir damit buchstäblich in Stücke gehackt.

Er hatte gesehen, wie Bashir zu Boden gegangen war, und gespürt, daß seine Kraft erschöpft war, nachdem die Gesichter von mindestens vier Jem'Hadar Bekanntschaft mit seinen Knöcheln geschlossen hatten. Als die *Defiant* dann erzitterte und zur Seite kippte, hatte er gedacht, das Schiff wäre erneut getroffen worden.

Doch es waren Asteroiden gewesen – große, kleine, aus Eisen bestehende, wunderbare. Voller Panik waren die Jem'Hadar auf ihre Schiffe zurückgebeamt, bevor der Felsregen sie pulverisieren konnte. Die niedrigen Chargen, die die Brücke der *Defiant* erstürmt hatten, waren so dumm gewesen, ohne ihre Gefangenen zu fliehen. Sie waren davon ausgegangen, Sisko und Bashir auf einem zum Untergang verurteilten Raumschiff zurückzulassen.

In der Verwirrung war es Sisko gelungen, Bashir, ein paar Minuten bevor die *Defiant* in Stücke gerissen wurde, in eine Rettungskapsel zu schieben und einen Notstart vorzunehmen, während der Shuttle-Hangar hinter ihnen zusammenbrach.

Eine Rettungskapsel – gerade klein genug, um den mittleren und großen Asteroiden auszuweichen und sich außerhalb der Sensorreichweite der Jem'Hadar zu schleichen. Es war schieres Glück, daß Sisko nicht gegen einen dieser Felsen geprallt war, während er sich fieberhaft zu erinnern versuchte, wie man diese Nußschalen flog.

»Wie das klingt«, sagte Bashir, »wünschte ich, ich würde noch schlafen.«

»Es könnte schlimmer stehen«, erwiderte Sisko und mußte unwillkürlich daran denken, wie die Asteroiden die Hüllenplatten des Raumschiffs durchdrangen, während er Bashir durch die *Defiant* schleppte.

Er log. Es hätte sie kaum schrecklicher treffen können. Er war nicht imstande gewesen, Kira oder Odo zu finden. Hatte nicht mal die unteren Decks erreichen können. Außerdem waren die Sensoren ausgefallen... Nur ihre beiden Leben... mehr hatte er mit seinen geschwollenen Händen und seinen elenden Bemühungen nicht retten können.

Und wie oft konnte so etwas einem Menschen zustoßen, bevor er den Verstand verlor?

Wenn er an seine Offiziere dachte, hämmerte sein Herz noch immer; es drängte ihn, zu ihnen zurückzukehren, auch jetzt noch, nach sechs Tagen. Wie sollte er nun jemals erfahren, ob die *Defiant* von den Asteroiden vernichtet, von den rachsüchtigen Jem'Hadar einfach aufgeschnitten oder ins Schlepptau genommen worden war, damit diese Mistkerle den Ruhm für etwas beanspruchen konnten, das sie nicht vollendet hatten? Oder ob seine Mannschaftskameraden gefangengenommen worden waren, um nun gefoltert und dann getötet zu werden?

Wie hatte er fliehen können, ohne das zu wissen?

Zum zweitenmal in seinem Leben.

Keine Vorschrift seiner oder irgendeiner anderen Flotte hätte ihm einen Vorwurf machen können, und dennoch war er erzürnt darüber.

Und nun bestand die einzige Hilfe, der einzige Trost,

dem er seinem letzten Gefährten geben konnte, in der Bemerkung, es hätte schlimmer kommen können. Bewundernswert.

Er drückte auf ein paar Kontrollknöpfe. Es half nichts.

Plötzlich wurde die Rettungskapsel hart abgebremst. Die beiden Insassen wurden nach vorn geworfen.

»Ich glaube Ihnen!« keuchte Bashir und klammerte sich an die Sessellehnen. Sein Gesicht war wieder schneeweiß geworden.

Sisko stieß sich von dem Instrumentenpult zurück und warf einen Blick darauf. »Wir bewegen uns nicht mehr.«

»Ob das irgendein Traktorstrahl ist?«

»Könnte sein... Wenn die Sensoren nur funktionierten...«

Das Schiff wurde erneut von irgend etwas getroffen, und diesmal erklang ein dumpfes, metallisches Scheppern, das laut hallte. Jemand hatte sich mit einem mächtig großen Büchsenöffner an die Arbeit gemacht.

»Was jetzt?« fragte Bashir ratlos.

Sisko lauschte dem Kratzen, und ihm wurde klar, was es zu bedeuten hatte.

Er schob sich aus dem Sessel und zog den Phaser. Als Bashir ebenfalls seine Waffe zog und zur Luke ging, wurde seine Panik von innigem Stolz verdrängt. Bei Sisko stellte sich das brutale Gefühl ein, daß seine Kollegen zu gut für ihn waren. Er durfte Bashir nicht im Stich lassen, wie er die anderen im Stich gelassen hatte.

Die ganze Mission war eine absolute Torheit gewesen! In feindliches Gebiet zu fliegen und zu verlangen, daß der Gegner die Feindseligkeiten einstellte, daß er die strahlende Zukunft, die vor ihnen liegen konnte, genauso deutlich erkannte, wie Sisko sie sah, damit nie wieder jemand in der Hitze des Gefechts seine Freunde, seine Mannschaft, seine Familie aufgeben und den Rest seines Lebens an sich zweifeln mußte...

Nein, es war *keine* Torheit gewesen, beharrte er, während er den Phaser in Kopfhöhe auf die Luke richtete. Sicherheit und Frieden waren Dinge, für die man arbeiten und auf denen man bestehen mußte. Man konnte nicht darauf hoffen, während man zitternd in einer dunklen Ecke saß. Dafür mußten alle eintreten, die einen sicheren Alpha-Quadranten wünschten, solange das Wurmloch geöffnet blieb. Und wie lange würde es offen bleiben? Zwei Wochen oder zwei Millionen Jahre lang? Es gab keine echte Abgeschiedenheit mehr.

Er wollte die Sicherheit und das Gedeihen, das das Wurmloch mit sich bringen konnte. Wollte es für seinen Sohn und all die anderen, die versuchten, sich am Rand der neuen Grenze ein würdiges Leben aufzubauen.

»Warten Sie, bis Sie Ihr Ziel deutlich sehen«, sagte er zu Bashir.

Der Arzt richtete den Phaser auf die Luke und baute sich mitten in der schmalen Kabine breitbeinig auf. »Klar.«

Sisko konzentrierte sich auf diese Luke, während das Scheppern und Hämmern draußen ihm unglaublich auf die Nerven ging. Na schön, die Luke klemmte also. Warum machten sie nicht voran und schweißten sie einfach auf? Das Warten war stets das Schlimmste an einem Kampf.

Wie viele würden durch diese Luke kommen? Die beiden ersten würden sie sicherlich mit den Phasern erwischen. Wenn Bashir und er danach noch einen Treffer landen konnten, bevor sie selbst getroffen wurden, würden sie vielleicht noch einen oder zwei weitere erwischen.

Wie breit war die Luke des Schiffes, vom dem aus sie gerade geentert wurden? Wie tief? Konnten mehr als zwei Personen gleichzeitig hindurchstürmen? Seine Gedanken rasten, und er überlegte hin und her, während das Adrenalin versuchte, alles Denken auszuschalten und ihn zu seinen Instinkten zurückzuführen, damit er sich den Weg ohne Plan freikämpfte. Das mit dem Freikämpfen mochte ja eventuell gelingen – wie auf der *Defiant* –, aber er wollte notfalls trotzdem auf einen Plan zurückgreifen können.

Wenn sie schießend hereinstürmten ...

Ein lauter Knall ertönte. Endlich. Sie hatten angedockt.

Die Luke erzitterte, knirschte. Glitt in ihrem verbogenen Rahmen langsam zur Seite.

Siskos Hand versteifte sich um den Phaser. Er war nur einen Herzschlag davon entfernt, seinen Namen in das Metall zu ätzen, nicht abzuwarten, wer tatsächlich hindurchkam.

Gut, daß er gewartet hatte. Das Gesicht, das sich durch die Öffnung schob, war das von O'Brien.

»Immer mit der Ruhe! Was für eine Begrüßung ist das?« sagte er Ingenieur schnell. »Nicht schießen! Wir ergeben uns!«

Und dann Dax' Gesicht ...

»Chief!« rief Sisko. »Dax!«

Bashir wäre vor Erleichterung fast umgekippt. »Das ist doch nicht zu fassen! Wir dachten, die Jem'Hadar hätten Sie gefangengenommen!«

Schwer atmend, senkte Sisko behutsam die Hand mit dem Phaser. Seine Finger hatten sich so sehr um den Abzug verkrampft, daß er sie kaum noch spürte.

Dax sah zuerst ihn und dann Bashir mit jenem Lächeln an, bei dem sie lediglich die Mundwinkel leicht nach oben zog, als böte sich ihr ein niedlicher Anblick. »Wir hatten schon befürchtet, wir würden Sie nie wiedersehen, Julian.«

O'Brien stieß Bashirs Phaser etwas tiefer hinab. »Wir suchen schon seit Tagen nach Ihnen.«

Sisko nickte. Plötzlich war er fürchterlich ungeduldig. »Was ist mit den anderen?«

Dax senkte kurz den Blick, schaute dann wieder hoch, und ihre Augen drückten nicht gerade Hoffnung aus.

»Noch keine Spur von ihnen«, sagte sie. »Aber es suchen noch immer mehrere Schiffe nach ihnen.«

»Mittlerweile«, fügte O'Brien hinzu, »haben wir den Befehl, Sie so schnell wie möglich nach DS Nine zurückzubringen.«

Dax ergriff Sisko am Arm und zog ihn zu der offenen Luke. »Dort gehen große Dinge vor, Benjamin. Ich glaube, Sie werden überrascht sein.«

Ein strahlender Himmel. Der Anstrich der Nacht in einem Sternennebel.

Der ewigen Nacht.

Von samtschwarzem Moos überzogene Felsen, raschelnde Ziergräser, breite Blätter, die sich im unveränderlichen Sternenlicht bogen. Efeu, Farn, Bandgras, Schilfrohr, Büschel von Mauerpfeffer, Wegerich, Mondwinde und nach den Sternen schauende Lilien bildeten einen perfekt angelegten Meditationsgarten. Es gab hier sogar eine Pflanze, die wie Bambus aussah; blühender Tabak und Kräuter fügten sanfte Wohlgerüche hinzu.

Felsen und Bänke durchbrachen die Ruhe und luden zum Verweilen ein.

Noch immer geschwächt und unter Schmerzen leidend, blieb Kira über einem Klumpen stehen, bei dem es sich um einen Zierkohl zu handeln schien. Der Erste-Hilfe-Kasten im Shuttle hatte Antibiotika, einige starke Analgetika und ein paar Aufputschmittel enthalten, die einer verletzten Person in einer Notsituation Auftrieb geben sollte. Das war ja schließlich auch der Sinn eines Erste-Hilfe-Kastens – vorausgesetzt, die Person, die ihn benutzte, brauchte Kraft und Energie dringender als Ruhe.

Aber sie hatte noch immer Schmerzen. Sie drehte

sich um und schaute in den Himmel. Sie störte das Wissen, daß es kein Sonnenlicht gab – und nie geben würde –, das diese Pflanzen wachsen ließ. Das alles war falsch. Nicht nur veredelt und gepflegt, sondern schlichtweg künstlich erzeugt, gefälscht. Das war der zweckmäßigste Garten, den sie je gesehen hatte.

In einiger Entfernung schien Odo die dekorative und raschelnde Schönheit, die ihn umgab, gar nicht zu bemerken... Schönheit, die vielleicht eigens für *ihn* geschaffen worden war. Diese Möglichkeit schloß sie nicht aus. Die Tatsache, daß sie den Planeten gefunden hatten, bedeutete nicht unbedingt, daß sie nicht erwartet worden waren. Offensichtlich wußten die Gestaltwandler *irgend etwas* über Odo.

Er schenkte dem Garten keinerlei Aufmerksamkeit. Er saß gedankenverloren ein paar Schritte entfernt und schaute in die Ferne, als erwartete er die Ankunft eines Unbekannten.

Kira ging zu ihm. »Wer auch immer diesen Ort geschaffen hat, er ist ein echter Künstler. Der Garten ist wunderschön.«

»Wie lange wollen sie uns hier noch warten lassen?« lautete die gereizte Antwort.

Kira hielt einen gewissen Abstand zu ihm. »Es sind doch erst ein paar Stunden.«

»Ich kehre endlich nach Hause zurück und werde noch immer wie ein Außenstehender behandelt.«

»Glauben Sie mir«, sagte sie zu ihm. »Hier sind nicht Sie der Außenseiter. Hier bin ich es.«

Er sah sie an. »Sie?«

»Sie haben doch gehört, wie sie über die ›Festen‹ sprechen. Ich bin diejenige, der sie nicht vertrauen. Nicht Sie.«

Sie wollte noch mehr sagen, sich dafür entschuldigen, daß sie ihn in Anwesenheit seiner Artgenossen verdächtigt hatte, doch eine andere Stimme kam ihr zuvor.

»Wie einsichtsvoll von Ihnen, Major.«
Sie beide drehten sich um, Odo mit vorsichtiger Erwartung, Kira unter körperlichen Mühen. Die Gestaltwandlerin hatte hinter ihnen den Garten betreten.

»Falls unsere Geschichte uns irgend etwas gelehrt hat, dann, vor den Festen auf der Hut zu sein«, sagte das Wesen.

Kira warf sich in Positur und straffte die Schultern. »Das kann schon sein, aber Sie werden feststellen, daß Odo ganz gut mit uns zurechtkam.«

Die Frau sah Odo an. »Stimmt das?«

»Ich würde sagen, im großen und ganzen war es sehr befriedigend«, faßte Odo zusammen.

»Aber wie du schon sagtest, du hast dich unter ihnen nie richtig zu Hause gefühlt«, sagte die Frau. »Das liegt daran, daß dein Zuhause bei uns ist.« Sie wandte sich Kira zu. »Leider kann ich das von Ihnen nicht behaupten. Wir haben hier keinen Platz für Sie.«

Kira gab ihren Stolz auf und befleißigte sich einer ähnlichen Schroffheit. »Ich habe auch nicht vor, lange hier zu bleiben.« Sie drehte sich zu Odo um. »Es besteht die Möglichkeit«, fügte sie hinzu, »daß Sisko und die anderen den Angriff überlebt haben. Ich werde versuchen, über den Shuttle Kontakt mit ihnen aufzunehmen.«

»Es tut mir leid.« Die Gestaltwandlerin bewegte unbehaglich die Hände. »Wir können nicht zulassen, daß von diesem Planeten aus Nachrichten abgeschickt werden. Sie könnten zurückverfolgt werden. Wir wollen unsere Isolation aufrechterhalten.«

»Ja, natürlich«, sagte Odo.

Die Frau nickte Kira zu. »Doch es steht Ihnen jederzeit frei, den Planeten zu verlassen und nach Ihren Freunden zu suchen.«

Kira war schon dankbar dafür, daß die Gestaltwandlerin wenigstens darauf verzichtet hatte, wieder etwas Abfälliges über die ›Festen‹ zu sagen. »Wenn Sie nichts dagegen haben«, erwiderte sie lediglich, »würde ich gern noch eine Weile bleiben.«

Falls die schlanke Frau etwas dagegen hatte, zeigte sie es jedenfalls nicht. »Wie Sie möchten. Doch Sie müssen selbst für Ihre Unterkunft und Verpflegung sorgen, da wir die Grundbestandteile, die für die Erhaltung humanoiden Lebens erforderlich sind, nicht benötigen.«

»Machen Sie sich um mich keine Sorgen. Ich komme schon zurecht.«

Die Frau nickte erneut, diesmal, um anzudeuten, daß damit das Thema für sie erledigt war, und wandte sich wieder Odo zu. »Hoffentlich hast du unser Arboretum gut genutzt.«

»In welcher Hinsicht?« fragte Odo verblüfft.

»Um die unterschiedlichen Gestalten und Lebensformen nachzuahmen, die dich hier umgeben.«

Odo schaute Kira an. Einen Augenblick lang dachte sie, er würde sich fragen, *welche* Lebensformen sie meinte, doch dann sagte er: »Warum sollte ich das tun?«

»Ist das nicht offensichtlich? Zu etwas zu werden, heißt, etwas zu kennen. Seine Gestalt anzunehmen«, erklärte die Frau, »heißt, seine Existenz zu verstehen.«

»Sie verstehen? Wie?«

Die Frau musterte ihn, als stünde die Frage auf seiner Stirn geschrieben. Traurigkeit und Mitleid lagen in ihrem Blick.

»Das Leben unter den Festen«, sagte sie, »hat dich viel schlimmer in Mitleidenschaft gezogen, als ich vermutet habe. Es hat dir das Wissen über die Fähigkeiten genommen, die du hast.«

Kira hielt zwar den Mund, rümpfte aber die Nase. *Wenn ich mir also einen Eierkarton auf den Kopf setze, werde ich damit zu einem Ei? Glauben diese Leute, daß die Gestalt wichtiger als der Inhalt ist? Kein Wunder, daß sie uns nicht verstehen.*

Zu ihrem Leidwesen wirkte Odo plötzlich erniedrigt, ja sogar beschämt. »Dann lehrt mich, was ich wissen muß«, sagte er.

Die Frau nickte langsam. »Ich werde tun, was in meiner Macht steht. Aber letzten Endes ist dies eine weitere Reise, die du allein unternehmen mußt. Und wenn sie vorbei ist, wirst du bereit sein, deinen Platz in der großen Verschmelzung einzunehmen.«

Sie bückte sich und hob einen ganz gewöhnlichen, handtellergroßen Stein aus einem silbernen Grasbüschel. Sie drückte den Stein Odo in die Hand, drehte sich dann schroff um und verließ den Garten.

Überwältigt und entwürdigt sah Odo ihr nach. Die Schatten und vom Licht der Sterne erhellten Stellen füllten den leeren Ort aus.

»Odo«, sagte Kira sanft.

»Major ... wenn Sie nichts dagegen haben, würde ich jetzt gern allein sein.«

Er hielt den Stein fest, als wüßte er nicht, ob er ihn fallen lassen, davonwerfen oder sich in ihn verwandeln sollte.

»Na schön«, sagte sie seufzend. »Wenn Sie mich brauchen, ich bin im Shuttle und versuche, Kontakt mit Sisko aufzunehmen. Keine Angst«, sagte sie, als er sie mit der für ihn so typischen argwöhnischen Besorgnis ansah, »als ich im Widerstand war, habe ich gelernt, Subraum-Funksprüche mit Quanteninterferenzen zu tarnen. Ich habe Sisko diese Methode beigebracht. Sollte jemand das Signal auffangen, wird er lediglich eine leicht erhöhte Hintergrundstrahlung feststellen.«

Das schien ihn zu beruhigen. Oder aber die bevorstehenden Exerzitien beschäftigte ihn dermaßen, daß er einfach darauf vertraute, sie würde schon wissen, was sie tat, und keine Aufmerksamkeit auf dieses unechte Paradies lenken, das er entdeckt hatte.

»Viel Glück«, sagte er.

Sie beobachtete, wie er seinen Stein betrachtete, und kämpfte vor seinen gequälten, ausdrucksstarken Augen mit einem Dutzend Möglichkeiten, ihm zu sagen, sie wünsche ihm, er würde das Glück finden, das er so sehr vermißt hatte.

Das einzige, was ihr einfiel, war: »Ihnen auch.«

# 13

»Dad!« – Das schönste Geräusch im Universum. Das war es immer gewesen, würde es immer sein.

Ben Sisko schob sich an seinen Kameraden vorbei, die sich ebenfalls durch die Luftschleuse drängten. »He, Jake!«

Er fing seinen hageren Sohn im Sprung auf und drückte ihn an sich.

»Ich hatte befürchtet, du würdest nicht zurückkommen«, murmelte Jake erstickt.

Sisko gab gequält die einzige Antwort, die alle Kinder hören wollten: »Das würde ich doch nie zulassen, oder?«

Die glatte Lüge trieb Erleichterung in Jakes große braune Augen. Der Teenager trat einen Schritt zurück. »Bist du auch wirklich in Ordnung?«

Julian Bashir drängte sich an ihnen vorbei und gab Jake einen Klaps auf die Schulter. »Nichts, was ein paar dienstfreie Tage nicht kurieren könnten.«

Sisko schaute über die Schulter seines Sohnes – früher hatte er immer über dessen Kopf gesehen – und stellte fest, daß Bashirs Empfehlung wohl kaum Wirklichkeit werden würde.

Admiralin Necheyev stand im Hintergrund und beobachtete sie mit diesem farblosen Gesicht und der für sie so typischen Lehrerinnen-Höflichkeit. Doch allein ihre Anwesenheit bedeutete, daß er am kommenden Wochenende wohl kaum Erholung finden würde.

Die Admiralin war dafür bekannt, Klartext zu reden – doch er konnte sich nicht vorstellen, was die Admiralität zu diesem Zeitpunkt hier zu suchen hatte. Vielleicht war sie nur an einem Bericht interessiert ...

Aber um einen Bericht zu bekommen, hätte sie den weiten Weg nach DS Nine nicht persönlich zurücklegen müssen.

Er schlug Jake auf die Schulter. »Mir geht es gut, wirklich. Jetzt geh nach Hause. Wir sehen uns später.«

Lächelnd warf Jake einen Blick auf die Admiralin und schlenderte dann durch den Korridor davon.

Sisko wäre am liebsten durch die Luftschleuse zurückgegangen, bevor man ihn dabei ertappen konnte, daß er seine Hausaufgaben nicht gemacht hatte.

Doch er konnte nur zu der blassen Admiralin treten und darauf warten, von ihr angesprochen zu werden.

»Nun, Commander«, sagte sie, »anscheinend war Ihre Mission ein noch größerer Erfolg, als wir es uns erhoffen konnten.«

»Das hat man mir auch mitgeteilt«, erwiderte er. »Ist die Delegation der Gründer bereits auf der Station eingetroffen?«

»Sie konferiert bereits mit Repräsentanten des Föderationsrats und einem Dutzend anderer Systeme des Alpha-Quadranten. Wir hoffen, innerhalb von ein paar Tagen einen Vertrag ausgearbeitet zu haben. Und dafür müssen wir Ihnen danken.«

Sie schritt den Gang entlang, und ihm blieb keine andere Wahl, als ihr zu folgen. Er bedeutete Dax und den anderen, ihn zu begleiten.

»Eigentlich verdanken wir diesen Erfolg Lieutenant Dax und Chief O'Brien. Hätten sie die Jem'Hadar nicht überzeugt, sie zu den Gründern zu bringen, wäre nichts von alledem geschehen.«

Necheyev betrachtete Dax und O'Brien mit einem eifrigen, aber nicht besonders freundlichen Blick.

»Es war reines Glück«, sagte O'Brien schnell, »daß die Jem'Hadar uns den Gründern überstellt haben.«

»Wir mußten sie nur überzeugen, daß wir es mit dem Frieden ernst meinen«, fügte Dax hinzu.

Sisko schaute zu ihr hinüber. Sie verbarg etwas.

»Eigentlich«, sagte O'Brien, als er den Blick bemerkte, »war dazu keine große Überzeugungskraft nötig.«

Sie wollten nicht darüber sprechen, zumindest nicht vor Necheyev. Aber er wettete, daß sie etwas zu erzählen hatten. Dax bedachte ihn wieder mit diesem typischen Blick.

»Ich nehme an«, sagte er ausweichend, »die einzige Frage ist, ob wir ihnen vertrauen können oder nicht.«

Er hatte nicht so unbehaglich klingen wollen, aber ihm war unbehaglich zumute.

Genau auf diese Entwicklung hatte er gehofft. Warum bereitete sie ihm dann solche Magenschmerzen? Nun ja ... was für eine Entschuldigung hatten die Gründer dafür, bislang so brutal auf alle Unternehmungen im Gamma-Quadranten reagiert zu haben, wenn sie doch Frieden wollten?

Sicherlich handelte es sich nicht um eine Verteidigungsmaßnahme. Es hatte nichts gegeben, wogegen sie sich verteidigen mußten. Viele Tyrannen handelten einen Frieden aus, während sie sich auf einen Krieg vorbereiteten.

Er stand dieser neuen Entwicklung immer skeptischer gegenüber. Für ihn stand mehr auf dem Spiel als für Necheyev oder irgendeinen dieser Bürokraten, die von ihrer hohen Warte aus eine Situation beurteilten, an deren Zustandekommen sie kaum Anteil hatten.

Nur die Androhung einer harten Verteidigung würde die Gründer an den Verhandlungstisch bringen. Und selbst dann – konnte man der getroffenen Vereinbarung auch trauen? Die Romulaner und Cardassianer hatten nicht das geringste Interesse daran gezeigt, ihre brutale Expansion zu beenden, bis ihnen schließlich klar wurde, daß sie in einem offenen Kampf mit der Föderation alles verlieren konnten.

Andererseits konnten fremdartige Spezies auch fremdartige Motive haben …

»Ich weiß, es ist ein Risiko«, fuhr Necheyev fort. Offensichtlich versuchte sie, seine Gesichtszüge zu deuten und dann zu ignorieren, was sie sah. »Aber sowohl der Föderationsrat als auch Starfleet Command sind der Ansicht, daß man es eingehen sollte. Die Sache ist es wert. Übrigens, Commander, einer der Gründer hat gebeten, Sie sofort sprechen zu dürfen, sobald Sie auf der Station eintreffen.«

Bei Sisko stellte sich plötzlich das Gefühl ein, der Gang vor ihm würde immer schmaler. Er sah sie an. »Er hat darum gebeten, *mich* zu sprechen?«

»Falls Sie nicht zuviel zu tun haben.«

»Ach … ich glaube, ich kann ein paar Minuten erübrigen …«

»Ich weiß, wir haben unsere Meinungsverschiedenheiten gehabt, Ben, aber ich möchte Ihnen sagen, daß Sie gute Arbeit geleistet haben …«

Sisko blieb abrupt stehen. Vor ihm hielt ein Soldat der Jem'Hadar mitten auf dem Gang Wache.

Er kämpfte gegen den Instinkt an, nach seinem Phaser zu greifen. »Das ist schon in Ordnung, Commander«, sagte Admiralin Necheyev. »Die Gründer haben darum gebeten, daß die Jem'Hadar während ihres Besuchs für ihre Sicherheit sorgen.«

»Ach ja«, fuhr Sisko zornig hoch. Normalerweise wäre das keine ungewöhnliche Bitte gewesen, nicht mal eine besonders bemerkenswerte. Aber nicht jeden Tag wurde jemand, der erklärtermaßen ein Feind der Föderation war, ein Raumschiff vernichtet und etliche Morde begangen hatte, eingeladen, bewaffnet einen Vorposten der Föderation zu betreten.

Das war nicht normal. Es war nicht einmal anomal. Es war ungeheuerlich. Was ging hier vor?

»Würden diese Gespräche im Gamma-Quadranten geführt«, fuhr Necheyev fort, »würden wir natürlich auch darauf bestehen, unsere eigenen Sicherheitskräfte mitzubringen. Viel Vergnügen bei ihrem Gespräch.«

Sie ging einfach weiter und ließ ihn vor der Tür stehen, Auge in Auge mit einem Jem'Hadar.

Der Jem'Hadar trat beiseite – das erstemal, daß einer von ihnen so etwas für ihn getan hatte.

Es gefiel ihm nicht. »Danke«, sagte er.

»Gern geschehen«, erwiderte der Soldat.

Also hatten sie ihren Hunden beigebracht, auf Kommando Männchen zu machen und zu bellen.

Nein, hier war etwas ganz und gar nicht in Ordnung.

Plötzlich wünschte er, Odo wäre hier und würde die Sache im Auge behalten. Odo konnte einfach hier stehen und sich als Klavier ausgeben, und keiner dieser Eindringlinge würde davon etwas ahnen.

Natürlich hätte es vielleicht etwas verdächtig gewirkt, wenn Sisko mit einem Klavier unter dem Arm zu dem Gespräch gekommen wäre.

Er warf seinen Kollegen einen zweifelnden Blick zu und ging allein zur Tür.

»Commander Sisko«, sagte jemand, »kommen Sie herein.«

Er kannte die Stimme des Mannes nicht. Allerdings wurde sie auch von dem Zischen übertönt, mit dem die Tür sich hinter ihm schloß.

Aber er kannte diese Spezies.

Verblüfft trat er auf einen freundlich lächelnden Mann mit hoher Stirn und kleinen, geschminkten Augen zu. Er hatte ihn noch nie gesehen, würde ihm aber keine Sekunde lang Vertrauen schenken.

Das Gesicht des jungen Mannes, das wie das einer Porzellanpuppe wirkte, die hühnereiergroßen Wangenknochen und seine kunstfertigen schwarzen Haarzöpfe widersprachen allem, was er von dieser Spezies wußte.

Sie waren gefährlich – das wußte er.

»Ich freue mich, Sie kennenzulernen. Ich bin Borath.«

Er trat auf Sisko zu, streckte aber nicht die Hand aus – wahrscheinlich, weil Siskos Körperhaltung ihn nicht gerade dazu aufforderte.

»Sie sind einer der Gründer?«

»Das stimmt«, sagte Borath. »Sie wirken überrascht.«

»Eigentlich nicht. Ich hatte nur nicht gewußt, daß ich bereits ein Mitglied Ihrer Spezies kennengelernt habe.«

»Sie beziehen sich natürlich auf Eris. Ja, sie ist eine von uns. Obwohl sie das natürlich kaum eingestehen konnte, als Sie einen Phaser auf sie richteten. Es freut mich, daß Sie jetzt keinen in der Hand halten.«

Was für ein Witz. Sisko hätte diese Leute mit einem Phaser genausowenig gefangennehmen können, wie er Sonnenlicht in eine Flasche sperren konnte.

»Brauche ich denn einen?«

»Keineswegs. Aber Sie wirken skeptisch.«

»Können Sie mir das verübeln?«

»Nein«, gestand Borath ein. »Mir ist klar, daß Sie keinen Grund haben, dem Dominion zu vertrauen. Aber Sie müssen verstehen, daß wir nur versucht haben, uns zu verteidigen.«

Sisko schluckte eine bittere Erwiderung herunter. »Wovor?«

»Wir fühlten uns von Ihrem Eindringen in den Gamma-Quadranten bedroht.«

»Bedroht? Und deshalb haben Sie den Jem'Hadar befohlen, die *Odyssey* zu vernichten?«

Borath zuckte die Achseln, ohne sich etwas anmerken zu lassen. Er zeigte keine der Reaktionen, auf die Sisko gehofft hatte. »Das war bedauerlich.«

Er bedauerte es kein bißchen.

Sisko war über diese Worten verärgert, hinter denen

nicht das geringste Mitgefühl steckte. Er spürte, daß sein Blut allmählich ins Kochen geriet. »Und das Massaker auf Neu Bajor? War das ebenfalls bedauerlich?«

»Commander, Sie haben Ihr Leben riskiert, um uns mitzuteilen, daß Sie Frieden und Freundschaft wünschen. Wir haben Ihr Angebot akzeptiert. Wäre es Ihnen lieber gewesen, wenn wir es abgelehnt hätten?«

Sisko mußte feststellen, daß er sich die Finger verbrannt hatte, und sah sich zu einem Rückzieher gezwungen. Er konnte nicht das alles in Frage stellen, nur um es ein paar Geschöpfen heimzuzahlen, die ihn einmal in eine peinliche Lage gebracht hatten.

»Nein«, gestand er Borath gegenüber gleichmütig ein.

»Gut.« Borath bedachte ihn mit einem Lächeln. Einem falschen. »Denn glauben Sie mir, Commander, eine Allianz zwischen dem Dominion und der Föderation würde unseren beiden Völkern Vorteile bringen.«

Er sagte nicht die ganze Wahrheit, und sie beide wußten es. Dieses Friedensangebot war mit einem großen Aber verbunden. Die Gründer hatten den Bluff der Föderation durchschaut. Warum gingen sie jetzt also darauf ein? Ganz bestimmt nicht, weil sie ein Blutvergießen fürchteten – sie hatten die Jem'Hadar, die das Blut für sie vergossen.

Sisko biß sich auf die Lippen. Es war sinnlos, darauf zu antworten. Die Aussicht auf Frieden war wunderbar, aber hinter diesen Augen steckte einfach nichts, was darauf hindeutete, daß das Angebot ernst gemeint war.

Er hätte am liebsten Necheyev am Kragen gepackt und sie hierhergezerrt, damit sie in Boraths unverbindliche Augen sehen konnte und den darunter liegenden Spott wahrnahm…

Oder bildete er sich alles nur ein? Konnte er ganz einfach den Mann nicht ausstehen, der für den Gamma-Quadranten die Verhandlungen führte?

Na schön, er konnte ihn also nicht ausstehen.

Borath betrachtete ihn mit dieser selbstgefälligen Zufriedenheit, hinter der die Lüge lauerte.

War Sisko der einzige, der sie sehen konnte?

»Doktor! Willkommen daheim!«

»Danke, Garak. Es ist schön, wieder zurück zu sein. Wie laufen die Geschäfte?«

Julian Bashir ging weiter, während der cardassianische Schneider mit ihm Schritt hielt. Von der Verbindungsbrücke aus konnten die beiden die Menge unten auf der Promenade beobachten. Überall jede Menge Leute. DS Nine war nicht mehr so wie noch vor kurzem, vor dem Start der *Defiant*.

»Ich habe Sie vermißt, Doktor«, sagte Garak, dessen knochige Brauen fast wie eine Schutzbrille um seine Augen wirkten. Sein blaugraues Gesicht war heute lebhaft, vielleicht lebendiger als sonst. »Ich gestehe ein, daß ich um Ihre Sicherheit sehr besorgt war. Ohne Sie ist das Mittagessen doch sehr langweilig.«

Bashir war klar, daß Garak auf Klatsch aus war, auf Gerüchte, die er an das Cardassianische Oberkommando weiterleiten konnte, um vielleicht wieder dessen Gunst zu erringen.

»Es ist sehr nett, daß Sie das sagen, Garak. Hoffentlich verläuft hier bald wieder alles so normal wie früher.«

Garak schaute über das Geländer zu der Menschenmenge hinab. »Oh, ich bezweifle, daß es dazu kommen wird, Doktor. Das bezweifle ich doch sehr.«

Bashir hörte jetzt schon seit Tagen von den ständigen Bewohnern der Station das nostalgische Gejammer, daß die Dinge sich einfach zu sehr zum Nachteil verändert hatten und es jetzt hier zu voll, zu eng war. Diejenigen, die so weit in den Weltraum vorgestoßen waren, legten keinen besonderen Wert darauf, sich jetzt wieder in einer Menschenmasse bewegen zu müssen.

Er hatte bislang hundert Gründe gehört. Ein weiterer konnte nicht schaden.

»Und wieso sind Sie dieser Meinung?«

»Auf Cardassia gibt es ein altes Sprichwort«, sagte Garak. »›Feinde ergeben gefährliche Freunde.‹ Und ich fürchte, das Dominion wird in der Tat einen sehr gefährlichen Freund ergeben.«

»Ich nehme an, Sie beziehen sich auf die Friedensgespräche.«

»Genau. Ich befürchte, diese Vertragsverhandlung ist ein Fehler, den wir noch bedauern werden.«

Als sie die Treppe zur Hauptebene hinabgingen, vermied Bashir die Erwähnung, daß Garak wohl einen wichtigen Halbsatz vergessen hatte: *falls wir noch so lange leben.* »Ist das Ihre Meinung oder die des Cardassianischen Zentralkommandos?«

»Die meinige, versichere ich Ihnen. Das Zentralkommando hält sehr viel von diesem Vertrag, was, soweit es mich betrifft, meine Befürchtungen nur bestätigt.«

»Tja, ich hoffe, daß Sie sich umsonst Sorgen machen.«

Sie näherten sich der Krankenstation, was bedeutete, daß Bashir gleich einen weiteren seiner Freunde oder Mannschaftskameraden oder einen völlig Fremden, der sich die Raumkrankheit eingefangen hatte, trösten mußte.

Die Tür öffnete sich, bevor er und Garak sie erreicht hatten, und T'Rul trat auf den Flur; sie trug einen Verband um die Hand.

»Subcommander T'Rul, haben Sie einen Unfall gehabt?«

»Ich hatte eine kleine Meinungsverschiedenheit mit einigen Sicherheitswächtern von Starfleet. Sie haben sich geweigert, mich mit den Unterhändlern der Föderation sprechen zu lassen.«

Sie funkelte Garak an, sagte aber nichts zu ihm.

»Worüber wollten Sie denn mit Ihnen sprechen?« fragte Bashir.

Die Dinge hatten sich so schön entwickelt, seit sie aus dem anderen Quadranten zurückgekehrt waren … Es wurde von einem Vertrag gesprochen, niemand hatte sich in letzter Zeit einen Knochen gebrochen, er hatte heute abend eine Verabredung … aber T'Ruls mühsam unterdrückte Wut kratzte seine gute Laune bedenklich an.

»Ich wollte dagegen protestieren, daß das Romulanische Reich von den Vertragsverhandlungen ausgeschlossen wird.«

»Ich habe gar nicht gewußt, daß irgend jemand ausgeschlossen worden ist«, stotterte Bashir.

»Jede größere Macht im Alpha-Quadranten wurde zur Teilnahme eingeladen.. außer *uns*.«

Der Doktor warf einen kurzen Seitenblick auf Garak, doch der zeigte keine Reaktion. Er versuchte, die Situation zu entspannen, bis er ein paar Antworten bekam. »Da muß irgendein Fehler vorliegen«, sagte er lahm.

»Der Fehler«, erwiderte T'Rul scharf, »besteht in der Annahme, daß das Romulanische Reich einfach zusehen und einen solchen Verrat ungeahndet hinnehmen wird. Glauben Sie mir, Doktor, wenn ein Vertrag ohne unsere Zustimmung unterzeichnet wird, wird dies Krieg bedeuten.«

Sie drehte sich um und marschierte davon. Ein jeder ihrer Muskeln war so scharf gespannt wie eine Harfensaite. Ihre Bewegungen drückten aus, daß sie unterwegs war, dieses Versprechen wahrzumachen, auch wenn sie in dieser Nacht persönlich tausend Kehlen durchschneiden mußte.

Garak sah ihr nach. »Sind Sie noch immer der Meinung, daß ich mir umsonst Sorgen mache, Doktor?« fragte er.

»Commander? Darf ich Sie kurz sprechen?«

»Ja, Doktor. Sie und jeder andere auch.«

Ben Sisko lehnte sich in dem Sessel zurück, der mitten in seinem Wohnzimmer stand, und schaltete die Musik aus. »Ist mein Sohn krank?«

Die Frage erzielte ihre Wirkung. Bashir verharrte mitten in der Bewegung. »Nein, Sir«, sagte der junge Mann, dessen ausdrucksvolle Augen von Sorgen umwölkt waren, »und ich weiß, Sie mögen es nicht, wenn man Sie in Ihrem Quartier mit dienstlichen Angelegenheiten belästigt ...«

Sisko zuckte mit den Schultern, faltete die Hände vor der Brust und machte so deutlich, daß er vollauf damit beschäftigt war, sich zu entspannen, und sich darauf auch ernsthaft konzentrieren wollte. »Ja. Ganz recht. Also handelt es sich lediglich um einen freundschaftlichen Besuch, nicht wahr?«

»Hmm – nein, Sir. Es tut mir leid ... aber es geht um etwas mehr als nur das Wohlergehen der Station.«

Erst jetzt fiel Sisko auf, daß Bashir die Hände zu Fäusten geballt hatte und unnatürlich bleich war. »Na schön, Doktor«, sagte er in einem mehr dienstlichen Tonfall. »Schießen Sie los. Sagen Sie mir, was los ist.«

»Ich habe gesehen ... ich bin zufällig ... Hätten Sie etwas dagegen, daß ich mich setze, Sir?«

»Nein, natürlich nicht. Setzen Sie sich.«

»Danke. Ich bin vor der Krankenstation zufällig T'Rul begegnet. Garak war bei mir, und sie hat ihn mit fürchterlichem Haß angesehen ...«

»Also hatten eine Romulanerin und ein Cardassianer einen kleinen Disput. Das hat Sie dermaßen erschüttert?«

Sisko biß sich auf die Lippe, um ein gehässiges Grinsen zu unterdrücken, und führte kurz aus, daß Cardassianer und Romulaner sich gegenseitig verabscheuten. Damit hatten beide jemanden, den sie hassen und dem sie mißtrauen konnten, was von der Föderation etwas Druck nahm. Natürlich wollte er – nur, um dies klarzustellen –, daß sich in *seinem* Sandkasten alle anständig benahmen.

»Ja, Sir, das ist mir völlig klar, aber ... der Grund für den kleinen Streit ... Commander, T'Rul hat behauptet, die Romulaner wären absichtlich von den Vertragsverhandlungen mit dem Gamma-Quadranten ausgeschlossen worden, auf Ersuchen der Gründer. Können Sie sich vorstellen, warum sie das verlangt haben sollten?«

Sisko wäre fast aus dem Sessel gesprungen. »*Was?*«

Bashirs Augen wurden noch größer. »Ach, ich bin so erleichtert, daß Sie nichts davon wissen. Dann ist es also nur ein Gerücht, oder?«

»Das will ich hoffen, verdammt noch mal!« Sisko stellte fest, daß er leicht schwankte. »T'Rul hat das behauptet?«

»Nun ... ja, Sir«, bestätigte der Arzt. »Und sie schien nicht den geringsten Zweifel daran zu hegen. Aber eigentlich hat mich Garaks Reaktion viel mehr gestört. Er schien darüber nicht überrascht zu sein und hat nicht mal versucht, es abzustreiten. Mir ist ja klar, daß er nur ein Ladenbesitzer ist, aber Sie wissen ja, daß er sich unbedingt wieder beim Zentralkommando einschmeicheln will. Sie nehmen nicht zufällig an, daß er etwas weiß, das Ihnen niemand gesagt hat? Ich kann mir nicht vorstellen, daß T'Rul sich das alles einfach aus den Fingern gesogen hat ...«

Vor Wut kochend, suchte Sisko nach Antworten und dem bestmöglichen Vorgehen. Er wollte nicht unbedingt losstürmen und damit herausplatzen, bevor er die Sache durchdacht hatte. Noch bevor Bashirs sanfte Stimme den Satz vollendet hatte, hatte er sich ein einigermaßen klares Bild gemacht.

Die Romulaner würden – konnten – das nicht durchgehen lassen. Eine gewaltige galaktische Allianz, bei der lediglich sie ausgeschlossen waren? Sie waren sowieso schon paranoid, klagten andere stets an, sie wollten sie einkesseln, sobald jemand sich gegen ihre zersetzende Expansion erhob. Ihre Gefühle interessierten ihn wenig. Entscheidend war, daß man auf diese Weise lediglich einen Krieg mit dem Dominion auf Kosten eines Krieges mit den Romulanern vermeiden würde.

Dann ging ihm ein Licht auf. War genau das die Absicht der Gründer? Gab es eine bessere Möglichkeit, den Widerstand im Alpha-Quadranten zu schwächen oder ganz auszuschalten, als dafür zu sorgen, daß die dortigen Kräfte sich zuerst selbst an die Gurgel gingen? Ein sehr alter und wirksamer Trick.

»Falls das stimmt«, sagte er, »hat mir niemand davon erzählt, weil man ganz genau wußte, daß ich einen so miesen Kuhhandel direkt unter meiner Nase niemals dulden würde.«

Die Antwort schien Bashir gleichzeitig mutlos zu machen und in Panik zu versetzen. »Versuchen sie etwa, Sie aufs Abstellgleis zu schieben? Sir, diese Verhandlungen waren Ihre Idee! Sie haben Ihr Leben dafür aufs Spiel gesetzt ... und Ihr Kommando!«

»Und das ganz bestimmt nicht, um einen Krieg mit den Romulanern heraufzubeschwören. Sie müssen doch gewußt haben, daß es darauf hinauslaufen wird.«

Genug nachgedacht. Er lief zur Tür.

Bashir stand auf. »Wohin gehen Sie, Sir?«

»Ich muß mit ›ihnen‹ sprechen.«

»Commander, Admiralin Necheyev möchte Sie sprechen.«

Sisko kämpfte gegen den Drang an, »Na prima!« zu Dax zu sagen; er nahm jedoch alle Höflichkeit zusammen und sagte: »Schicken Sie sie herein.«

Und da war sie. Das personifizierte Symbol der galaktischen Bürokratie.

Sisko ließ die Admiralin nicht aus den Augen, als sie in sein Büro trat, so steif wie eine Statue und doppelt so bleich, und schwor sich, in den Unterlagen von Starfleet nachzuschlagen, auf welche Weise sie es bis zur Admiralin geschafft hatte.

»Sie haben um ein Gespräch mit mir gebeten, Commander?« sagte sie.

Er verzichtete auf jede Begrüßung oder Überleitung. »Mir ist zu Ohren gekommen«, sagte er geradeheraus, »daß die Romulaner nicht zu den Friedensgesprächen eingeladen worden sind.«

»Das ist richtig.«

»Ich habe mich gefragt, was zu dieser Entscheidung geführt hat.«

Sie trat an den Schreibtisch. »Die Gründer haben verlangt, daß sie von den Gesprächen ausgeschlossen werden.«

»Haben sie eine Erklärung dafür genannt?«

»Sie waren der Ansicht, die Romulaner würden die Verhandlungen nur verzögern.«

Er beugte sich vor. »Stärker verzögern als die Cardassianer?« fragte er scharf.

»Sie scheinen dieser Ansicht zu sein«, erwiderte sie. »Haben Sie ein Problem damit, Commander?«

Er erhob sich. »Es ist nicht von Belang, ob *ich* ein Problem damit habe. Um die Romulaner müssen wir uns Sorgen machen.«

Nicht der geringste Anflug von Gefühlen kräuselte ihre flache Stirn. »Commander, falls dieser Vertrag unterzeichnet wird, und ich bin überzeugt davon, daß er unterzeichnet werden wird, werden wir uns um die Romulaner nie wieder Sorgen machen müssen.«

»Glauben Sie das wirklich?«

»Allerdings. Welche Chance hätten sie schließlich gegen die kombinierte Macht unserer neuen Allianz?«

»Sie hätten nicht die geringste Chance«, sagte Sisko.

»Ich bin froh, daß wir einer Meinung sind.« Die Admiralin hielt inne. »Glauben Sie mir, Commander«, fuhr sie kurz darauf beschwichtigend fort, »bevor die Föderation diese Friedensgespräche aufgenommen hat, hat sie alle Möglichkeiten sorgsam abgewogen.«

»Das ist mir klar ...«, sagte Sisko.

»Dann«, sagte die Admiralin, »gibt es nichts weiter zu besprechen.«

# 14

Computer, sende ein Subraumsignal aus, indem du eine niedrige Thetaband-Frequenz benutzt, die du in die allgemeine Hintergrundstrahlung verlagerst.«

»Verstanden«, bestätigte die blecherne Computerstimme Kira, die mit schmerzenden Gliedern und einer Überdosis Medikamente im Blut hinter dem Kommunikationsschaltpult des Shuttles saß. »Niedrigfrequenz-Signale kann man kaum von der Hintergrundstrahlung isolieren.«

Kira runzelte die Stirn. »Außer man weiß, wonach man suchen muß, und Sisko wird es wissen. *Falls* er dort draußen ist.«

»Ich bin aufgrund externer Interferenzen nicht imstande, das Signal auszustrahlen«, plärrte der Computer höflich.

Kira wünschte sich, das verdammte Ding würde wenigstens einmal fluchen und sie beschimpfen, weil sie ihm immer wieder so ungewöhnliche Aufgaben stellte. Sie verlagerte ihr Gewicht auf dem Sitz und dachte kurz über das andere große Rätsel nach – wieso verfügte dieser Planet über Wärme und Pflanzenwachstum, aber über keine sichtbare Energiequelle?

Keine Sonne. Es war einfach unmöglich, ganz gleich, wie gern diese Gestaltwandler in ihrem See herumschwammen. Es mußte irgendeine Technik geben, die diesen Ort erwärmte und Photosynthese ohne Licht erzwang. Externe Interferenzen …

»Schalte auf das Thetaband B um«, befahl sie.

»Verstanden. Ich bin aufgrund externer Interferenzen nicht imstande, das Signal auszustrahlen.«

Schon wieder. »Na schön«, sagte sie. »Schalte auf Thetaband C um.«

»Verstanden«, sagte der Computer. »Ich bin nicht imstande, das Signal auszustrahlen. Externe Interferenzen auf allen Frequenzen.«

Kira grinste. Der Computer schien sich über ihre Anweisungen fast zu ärgern und ihr mitzuteilen, sie solle ihn nicht mehr mit solchem Unsinn belästigen. Was für ein Programm ließ einen Computer vorausahnen, was sie vorhatte, und veranlaßte ihn zu der Mitteilung, daß sie eine Närrin war? Verdammt, so ein Modell könnte die ganze Galaxis gut gebrauchen!

Aber das änderte nichts an ihrem Problem. Es war an der Zeit, einen anderen Weg einzuschlagen.

»Identifiziere die Quelle der Interferenzen«, befahl sie.

»Ich sondiere ... Interferenzen entstehen durch Thermalstrahlung, Energiequelle unbekannt.«

Thermalstrahlung war einfach Wärme. Wie konnte Wärme den Versuch verhindern, ein Signal auszuschicken? Aber diese unbekannte Energiequelle konnte erklären, wieso es auf einem Planeten ohne Sonne Wärme und Wachstum und Photosynthese gab.

Nun ja, die Photosynthese vielleicht nicht ...

Kira beugte sich abrupt vor und ignorierte den Schmerz, der durch ihre Brust schoß. »Lokalisiere Energiequelle!«

»Die Energiequelle befindet sich fünf Kilometer unterhalb der Planetenoberfläche, Koordinaten Eins-Zwei-Sieben Komma Drei.«

»Kannst du sie identifizieren?«

»Identifikation unmöglich aufgrund einer unbekannten polymetallischen Substanz innerhalb der umgebenden Felsschichten.«

Sie wollte gerade eine Analyse dieser Substanz anordnen, als Odo im Eingang des Shuttles erschien. Schnell machte sie den Mund wieder zu.

Wieviel konnte sie ihm verraten, ohne es ebenfalls diesen Schleimklumpen da draußen zu verraten? Wie weit war ihre Verschmelzung mit ihm schon vonstatten gegangen?

»Glück gehabt, Major?« fragte er.

Nun ja, er *klang* wie Odo ...

Sie warf im Geist eine Münze, und oben landete die Seite, die sie zum Sprechen aufforderte.

Na schön ...

»Irgendeine Energiequelle verhindert, daß ich mein Signal ausstrahlen kann. Haben Sie eine Ahnung, worum es sich dabei handeln könnte?«

Jetzt kam er ganz in die Kabine, so ernst und deprimiert wie eh und je. Nein, eigentlich wirkte er jetzt noch deprimierter denn je zuvor.

»Nicht die geringste«, murmelte er. Es schien ihn auch nicht im geringsten zu interessieren – was ihm gar nicht ähnlich sah.

Sie drehte sich mit dem Sessel zu ihm um. »Geht es Ihnen gut?«

Er seufzte. »Die letzten beiden Stunden habe ich meine Gestalt verändert. Steine, Blumen, Bäume ... Ich bin zu allem geworden, was es in diesem Garten gibt.«

»Und?«

»Und ... nichts. Sicher, ich kann zu einem Stein werden«, sagte er unglücklich, »aber ich weiß genausowenig wie zuvor, wie es ist, ein Stein zu *sein*.«

Seine Stimme und die Art und Weise, wie sein langer Körper auf den Sessel plumpste, machten die völlige Sinnlosigkeit dieses Unterfangens deutlich.

Sie hätte fast eine Bemerkung darüber gemacht, wer denn schon, verdammt noch mal, ein Stein sein wollte, überlegte es sich aber anders. »Ich weiß nicht genau, ob ich verstehe, was das bedeutet«, erwiderte sie ausweichend.

»Ich auch nicht«, sagte er einfach. »Und das ist ... bedrückend. Wenn Sie mich jetzt entschuldigen würden – ich muß in meinen Eimer zurückkehren.«

Abweisend schleppte er sich in den hinteren Teil des Shuttles, ergriff seinen Kübel und ging wieder. Irgendwo dort draußen würde er in ein kaltes Gefäß fließen, während es in der Nähe einen ganzen See von anderen gab, die vermutlich seiner Spezies angehörten und in ihrem kleinen Paradies herumtollten.

Das war nicht fair.

Kira schaute lange in den hinteren Teil des Shuttles, obwohl sie dort nur das Schott und den offenen Gang sehen konnte.

Dumme Gestaltwandler.

Hatte Odo nicht genug Loyalität gezeigt, indem er hierher zurückgekommen war? Indem er sie auf einem verirrten Planeten mitten in einem leeren Nebel gefunden hatte? Warum mußte er ihnen so viel beweisen?

Kira hatte ihr Leben lang etwas beweisen müssen, wenn auch nur sich selbst, und war es schon lange leid. Sie spürte, wie ihr Mitgefühl für Odo wuchs. Was erwarteten sie von ihm?

Daß er zu einem Stein wurde? Das war doch lächerlich.

Na schön, er war also ein Stein. Und dann? Er war ein Stock. Oder ein Abfallhaufen.

Was hatte das zu bedeuten? ›Wie‹ man ein Stein war?

Immerhin glaubte sie mittlerweile genau zu wissen, *wo* die Steine waren.

Sie faßte kurzerhand einen Entschluß, stand auf und ging zur Tür, ohne dem Computer auch nur zu befehlen, mit der Arbeit weiterzumachen, während sie fort war.

»Hallo? Ich muß mit einem von Ihnen sprechen.«

Ihren geprellten Oberschenkel so wenig wie möglich

belastend, ging Kira an dem Seeufer entlang, blieb stehen, ging weiter und blieb erneut stehen. Wie genau sollte man mit einem riesigen Leimklumpen sprechen?

»Hört mich jemand?« rief sie etwas lauter.

Sie hätte fast einen Herzschlag bekommen, als eine Säule aus quecksilberähnlicher Flüssigkeit sich aus dem See erhob und zu der Gestalt eines Mannes zusammenzog. Sein Gesicht ähnelte dem Odos.

»Wir hören Sie, Major«, sagte er. »Aber bitte machen sie es kurz. In einer humanoiden Gestalt fühlen wir uns sehr unbeholfen.«

Kira räusperte sich und schritt über das frische Gras, bewahrte aber einen gewissen Abstand zu der Gestalt. Es ärgerte sie, wie abfällig das Wesen sich über die humanoide Gestalt äußerte, obwohl ihre Gruppe mindestens einen, wenn nicht sogar noch mehr von ihrer Spezies dazu verdammt hatte, ein Dasein in dieser Gestalt, die sie so »unbeholfen« fanden, zu ertragen.

»Ich werde Sie nicht lange aufhalten«, sagte sie. »Es geht um Odo. Er braucht Ihre Hilfe.«

»Wie sollen wir ihm Ihrer Ansicht nach denn helfen?«

War das nicht die Frage des Monats? Millionen von Kilometern durch den Weltraum, ein lebenslanges Suchen, erhabene Hingabe, die einer Religion gleichkam, und Odo mußte in einem Kübel schlafen?

Sie rang kurz um ihre Fassung und entschloß sich dann, höflich zu bleiben.

»Indem Sie Ihr Wissen mit ihm teilen.« *Du gefühlloser Latexzuber …* »Indem Sie mit ihm sprechen. Ihm sagen, was er wissen muß.«

Ein paar Sekunden verstrichen, doch ihr Gegenüber sagte lediglich: »Zu gegebener Zeit werden all seine Fragen beantwortet werden.«

*Dieser Augenblick ist schon längst überfällig, du Klebstoffguru.*

Sie nickte ungeduldig. »Und wann wird das sein?«

»Wenn er bereit ist, die Antworten zu hören.«

Einfach toll. Perfekt. Stets nur dehnbare Antworten. Jeder Kreis von Hobbydichtern hätte Odo solche Auskünfte geben können.

»Und Sie entscheiden, wann dieser Zeitpunkt gekommen ist?« vermutete sie.

Ihr Gegenüber bewegte sich leicht. »Wer wäre besser dazu geeignet? Schließlich ist er einer von uns. Wir kennen ihn.«

»Ich ›kenne‹ ihn auch.«

Der Gestaltwandler zeigte sich gelangweilt. »Wirklich?«

»Ich bin seine Freundin«, erklärte sie in einem Tonfall, der keinen Zweifel daran ließ, daß sie diese Aussage auch so meinte.

Er trat näher zu ihr, sprach aber mit offensichtlicher Verachtung. »Sie sind eine Feste. Sie haben ihn lediglich gelehrt, wie Sie zu sein.«

»Das stimmt nicht«, erwiderte Kira. Allmählich wurde sie wirklich wütend.

»Ach nein? Wenn Ihnen tatsächlich etwas an Ihrem Freund läge, würden Sie sich nicht mehr einmischen und uns tun lassen, was am besten für ihn ist.« Er hielt inne und senkte dann leicht den Kopf. Es mochte sich um Aufrichtigkeit oder Herablassung handeln – sie konnte es nicht sagen. »Es ist an der Zeit, daß Sie nach Hause zurückkehren, Major. Odo braucht Ihre Anwesenheit hier nicht mehr.«

Also hatte die herrschende Macht sie entlassen.

Irrte sie sich? Leiteten sie Odo auf eine Art und Weise an, die genau richtig für ihn war?

*Warum habe ich nicht alle Antworten? Freunde sollten sich gegenseitig ein paar Antworten geben können.*

Sie stand schweigend da, sah zu, wie er in den See zurückfloß, und fragte sich, ob sie zuviel gesagt und mit wie vielen Wesen sie gesprochen hatte.

»Das ist sehr gut, Odo. Mach dir jetzt keine Sorgen darüber, ob du diese Gestalt halten kannst. Es wird dir gelingen. Laß dich einfach gehen. Fühle einfach die Struktur des Steins ... Dulde, daß es für dich Wirklichkeit wird.«

Das Wasser einer Quelle schimmerte mit Tausenden von Tropfen und sang ein sprödes Lied, ahmte die Töne einer gedämpften Harfe nach. Eine Gelegenheit zum Musizieren, aber es war nicht ganz einfach.

»Hab keine Angst.«

Tröpfchen, die wie Teile von König Arthurs polierter Rüstung schimmerten ...

Odo hörte die gedämpfte Stimme der Gestaltwandlerin in seinem Verstand klingeln. Einen Augenblick lang verschmolz sie mit seinen eigenen Gedanken. Sie war eine Abfolge von Vibrationen, ein Kitzeln auf seiner Oberfläche. Waren das Insekten? Oder sprach sie erneut?

Er rollte sich schnell hinab, stürzte, erhob sich wieder, zerstäubte, sammelte sich in dem Teich seines Selbst und zerfloß wieder. Gemächlich, ja, ohne Hast und Eile. Konzentration. Greife aus und entdecke die Quintessenz.

So ging es einfach nicht... Die Umständlichkeit löschte alle feierlichen Gefühle aus.

Ein Teil von ihm entglitt – nur ein paar Tropfen. Ihm wurde klar, daß er auf die Probe gestellt wurde, und er widerstand dem Drang, nach den Tropfen zu greifen und sie zurückzuholen. Wie konnten sie ein Stück von ihm selbst nehmen? Bestimmt würden sie es nicht behalten. Er war ein gesondertes Wesen, mit einer Identität und einem eigenen Willen.

Er gierte nach diesen Tröpfchen.

Ein Wasserschwall floß über seine Augen, wurde immer dünner und schließlich von seinem Körper absorbiert.

Und jetzt konnte er sie deutlich sehen. Das Sprühen war verschwunden.

Die Augen der Festen hatten doch etwas für sich.

»Wie fühlst du dich?« fragte die Frau ihn.

»Wie ein Baby, das laufen lernt«, sagte er. Als sie ihn fragend ansah, fügte er hinzu: »Das ist ein Ausdruck der ›Festen‹.«

Sie musterte ihn teilnahmslos. »Du hast *wirklich* zu lange unter ihnen gelebt.«

Falls diese Aussage beleidigend wirken sollte, hatte sie ihren Zweck erfüllt. »Warum verabscheut ihr die Humanoiden so sehr?« fragte er. »Ich weiß, sie haben ihre Schwächen, aber viele von ihnen habe ich als freundliche und anständige Wesen kennengelernt.«

»Wie Major Kira?«

»Ja. Wie Major Kira.«

»Dann hast du mehr Glück gehabt als die meisten Wechselbälge.«

Das Wort irritierte ihn. »Wechselbälge?«

Hatte sie erwartet, daß er so reagierte? Hatte sie das Wort absichtlich benutzt?

Sie schaute ihn noch immer zurückhaltend an. »Das ist einer der Namen, die die Festen uns gegeben haben. Sie haben ihn als Beleidigung gemeint. Aus Trotz nahmen wir ihn an und bezeichnen uns nun gelegentlich selbst so.«

Als er versuchte, zu ihr zu treten, wäre er fast von dem Felsen gerutscht, auf dem er saß. Er hatte gedacht, er befände sich noch im flüssigen Zustand ...

»Fahre bitte fort«, sagte er.

Das Wort *bitte* betonte er leicht. Ein winziges Aufbranden verriet sein tiefes Verlangen zu erfahren, was er war. Das alles konnte doch nicht nur ein Betrug sein. Es mußte mehr geben.

*Mehr, mehr ...*

Die Frau sah in seine menschlichen Augen, falsche und künstliche Augen – oder waren sie im Verlauf all dieser Jahre zu einem klareren Ausdruck seiner selbst geworden, als er sich früher jemals eingestanden hätte?

Sie sah etwas in ihnen. Die Reaktion zeigte sich in den oberflächlichen Fenstern ihrer Seele.

»Die große Verschmelzung«, begann sie langsam, »erzählt uns, daß unser Volk vor langer Zeit das All durchstreift und nach anderen Spezies gesucht hat, damit wir unser Wissen über die Galaxis vergrößern konnten. Wir kamen in Frieden, doch allzuoft begegnete man uns mit Argwohn, Haß und Gewalt.«

»Warum?«

»Die Festen fürchteten unsere metamorphischen Fähigkeiten. Wir wurden gejagt, geschlagen, getötet. Schließlich fanden wir diese Welt hier. Ihre Abgeschiedenheit bot uns Sicherheit, und wir haben sie zu unserem Zuhause gemacht.«

»Sag mir«, bedrängte er sie, »warum ich fortgeschickt wurde.«

»Weil wir selbst in unserer Einsamkeit mehr über die Galaxis erfahren wollten. Du warst eins von hundert ›Kleinkindern‹, die wir ausgeschickt haben, dieses Wissen für uns zu sammeln.«

Er suchte nach diesem Klang der Wahrheit, den er im Laufe seiner jahrelangen Erfahrung wahrzunehmen gelernt hatte. Sie hatte ihn im Namen ihres Volkes – ihres gemeinsamen Volkes – gebeten, jeden Argwohn bezüglich der Vergangenheit zurückzuweisen, und auch darüber, wie sie diese Vergangenheit erklärte. Und doch hegte er einen unbestimmten Argwohn gegen sie. Er war in erster Linie, mehr als alles andere, Gesetzeshüter und wollte, daß alle Unklarheiten beseitigt wurden.

Die Antworten, die sie ihm gegeben hatte, waren bequem. Ja, manche ›feste‹ Spezies waren gewalttätig und reagierten vorschnell, doch überall in der Galaxis gab es auch andere Beispiele. Er wußte es aus eigener Erfahrung. Er war immer wieder auf Weisheit gestoßen, ob sie ihm das nun glaubte oder nicht. Indem diese Gestaltwandler sich isoliert hatten, hatten sie eine vorschnelle Entscheidung getroffen. Wollten sie diese Entscheidung nun vor ihm rechtfertigen und ihn dazu bringen, sich ebenfalls zu verbergen?

Er wollte sich nicht verstecken. Er wollte wachsen.

»Aber wie konntet ihr sicher sein, daß wir den Weg zu euch finden?«

»Du hattest keine Wahl«, sagte sie. »Der Drang, nach Hause zurückzukehren, wurde in deinen genetischen Kode implantiert.«

»Du meinst das Bedürfnis, alles über meine Vergangenheit zu erfahren? Das war alles Teil des Plans?«

Es kam ihm unlogisch vor, und er runzelte unfreiwillig die Stirn. Boten auszuschicken, um etwas über die Außenwelt zu erfahren, und ihnen gleichzeitig den überwältigenden Drang einzupflanzen, nach Hause zurückzukehren …

»Ja«, fuhr die Frau fort. »Und nun bist du als erster zu uns zurückgekehrt. Wir hatten dich nicht so bald erwartet.«

Ein weiterer Hinweis. Eine weitere Chance, eine konkrete Antwort zu bekommen. »Wann hattet ihr mich erwartet?«

»In frühestens dreihundert Jahren.«

Als ihm die Bedeutung dieser Worte klar wurde, wäre er fast erneut vom Felsen gerutscht. *Dreihundert* Jahre … Erdenjahre?

Wie lange lebte er schon? Gab es in seinem Verstand dunkle Stellen, nach denen er ebenfalls suchen mußte?

Er riß sich zusammen und drängte auf Antworten, die vielleicht weh tun würden.

»Wie lange war ich fort?« fragte er schnell.

»Sehr lange«, erwiderte sie. »Aber wichtig ist nur, daß du jetzt wieder da bist.«

Nein, diese Antwort würde sie ihm jetzt noch nicht

geben, das wurde ihm klar. Sie wich wieder aus. Oder die Sprache ließ sie im Stich.

Er setzte sich zurück und seufzte. Dabei konnte er seine Enttäuschung nicht völlig verbergen. »Es ist schwieriger, als ich es mir vorgestellt habe.«

Sie sah seine Gefühle, selbst in der Körpersprache dieser unvollkommenen, festen Gestalt, die er äußerlich trug, eine Gestalt, in der er sich wohler fühlte, als er es bislang gewußt hatte.

Zu seiner völligen Überraschung streckte sie die Hand aus und schüttete die Tröpfchen, die sich von seiner flüssigen Gestalt gelöst hatten, in seine Hand zurück. Als die silbernen Sprenkel die menschliche Hand berührten, verschmolzen sie augenblicklich mit ihr.

»Was auch immer du dir vorgestellt hast«, sagte sie, »ich verspreche dir, daß die Wahrheit weitaus besser sein wird.«

Er verspürte erneut Überraschung, als sie nach ihm griff – allerdings nicht mit ihren Händen. Sie hatte sie verändert und nahm nun seine Hände zwischen die fremdartigen Gebilde.

Nein – nun waren auch diese keine Hände mehr. Lange, flüssige Büschel aus hellem Silber – er betrachtete sich nur selten, wenn Teile von ihm sich veränderten...

Er spürte, daß auch sein Torso langsam zu ihr gezogen wurde, und wo sich gerade eben noch eine Hülle aus Haut und ein Knochengerüst befunden hatten, setzte nun ebenfalls eine Veränderung ein.

Ja, er hatte Knochen für seinen Körper geschaffen, wenngleich dies eigentlich nicht nötig war, um die Illusion von Festigkeit zu erzeugen. Warum hatte er vor so langer Zeit damit angefangen und es so gut zu beherrschen gelernt?

Sein Oberschenkel erzitterte und löste sich in Gallerte auf. Auch ihre Beine waren jetzt flüssig.

Er fühlte, wie er mit ihr verschmolz, bis nur noch ihre Köpfe die humanoide Gestalt bewahrten. Erinnerungen brandeten in ihm auf, die nicht die seinen waren, eine verschwommene Vorstellung von der Vergangenheit, von Hoffnung und Ängsten.

So viele Ängste, so viele Vermutungen…

Solche Schönheit… solch makellose, explodierende Leidenschaft…

Sein Gesicht näherte sich dem ihren. Er sah nur noch flüssiges Silber, das sich dann in etwas Elementareres verwandelte.

Der dunkle Planet um sie herum war nur noch ein Sockel.

Und er war sich selbst völlig fremd.

# 15

Quarks Bar. Lauter als üblich, voller als üblich und an diesem Tag vergiftet durch die Anwesenheit Dutzender von Jem'Hadar, die die Dabo-Tische entdeckt hatten.

Julian Bashir kämpfte gegen das Gefühl der Klaustrophobie an. Auch am Tresen drängten sich heute die Kunden. Neben ihm betrachtete O'Brien die Menge mit ähnlicher Geringschätzung. Ihre Heimat hatte sich verändert.

Bashir musterte O'Brien und fragte sich, ob dieser Tropfen für Miles und seine Frau das Faß zum Überlaufen bringen würde. Keiko hatte es zuerst auf DS Nine gar nicht gefallen, und er war nicht davon überzeugt, daß es ihr hier jemals gefallen würde. Die beiden waren von einem sauberen, neuen Raumschiff gekommen, das von einer Crew in frisch gebügelten, adretten Uniformen bemannt war und auf dem es kein einziges der Elemente gegeben hatte, vor denen sie ihre kleine Tochter hier schützen mußten.

Bei dem Gedanken, O'Brien zu verlieren, keimte in Bashir Bedauern auf. Es war nicht leicht gewesen, sich hier Freunde zu machen. Sie hatten alle so viel zu tun, und es war so leicht, einander mit Mißtrauen zu begegnen – sie alle waren irgendwie Außenseiter, und die meisten von ihnen schlugen sich mit einer schmerzlichen Vergangenheit herum und waren nicht so schnell bereit, irgend jemandem zu vertrauen.

Doch die Gefahr hatte sie auch zusammengeschmiedet und gelehrt, einander zu vertrauen. Der neunte

Vorposten im tiefsten Weltraum… Und hier saßen sie nun in der elenden Nachbildung einer Kneipe und ertrugen die Anwesenheit von ungehobelten Streithähnen, von Dieben und Piraten.

»Entschuldigung, Verzeihung, nach Ihnen, Vorsicht, ich komme schon…«

Das war Quarks Stimme. Sie klang angespannt, aber auch eigenartig zufrieden.

»Tut mir leid, daß ich Sie warten ließ, meine Herren«, sagte der Ferengi, als er aus der Menge auftauchte. »Zwei Synthales – auf Kosten des Hauses.«

Sowohl Bashir als auch O'Brien drehten sich zu ihm um und starrten ihn an.

»Was ist denn in Sie gefahren?« fragte O'Brien. »In so guter Stimmung kennt man Sie doch gar nicht.«

»Ist das nicht offensichtlich? Das Geschäft läuft besser denn ja!« Quark stellte eine Schale mit gesalzenen Nüssen auf den Tisch und senkte die Stimme. »Ich muß eingestehen, daß ich anfangs etwas nervös war, als diese Raumschiffe auftauchten und die Gerüchte über eine Invasion durch das Wurmloch aufkamen… Aber eine gut unterrichtete Quelle hat mich informiert, daß die Friedensvereinbarung kurz vor der Unterzeichnung steht.«

Bashir schloß die Hände um sein Glas. »Und woher haben Sie diese Information? Von einem Ihrer ›Freunde‹ im Föderationsrat?«

Quark trat zurück und plusterte sich auf. »Wenn Sie es unbedingt wissen wollen, ich habe zufällig gehört, wie zwei Offiziere der Jem'Hadar sich unterhielten…«

Bashir lächelte, unwillkürlich darüber amüsiert, daß Quark so stolz auf seine Fähigkeit war, heimlich zu lauschen. »Und Sie glauben ihnen das etwa?«

»Ich wüßte nicht, warum ich es nicht glauben sollte. Ach, ich weiß, daß der Anfang schwierig gewesen ist, aber eigentlich sind sie gar nicht so schlecht.« Er schaute zu den stämmigen Jem'Hadar-Soldaten hinüber, die sich um den Spieltisch drängten, und nickte anerkennend. »Ich glaube, sie haben das Gen.«

O'Brien schaute Bashir an, doch als der Arzt lediglich mit den Achseln zuckte, sah er wieder zu Quark hoch. »Was für ein Gen?«

»Das Glücksspiel-Gen. Sie sind kaum seit einer Woche auf der Station und können sich schon kaum vom Dabo-Tisch losreißen.«

Bashir trank einen Schluck. »Wie vorteilhaft für Sie«, sagte er.

Quark strahlte vor Freude über seinen Erfolg und die wichtige Rolle, die er nun spielte, und legte den beiden je eine Hand auf die Schulter. »Was für ein Glück für uns alle. Ich habe nämlich einen Traum. Den Traum, daß eines Tages alle Leute – Menschen, Jem'Hadar, Cardassianer, Ferengi – in Frieden… an meinen Dabo-Tischen stehen werden.«

Er schaute in die einträgliche Zukunft, sah das Funkeln der Münzen und hörte das Rascheln von Schuldverschreibungen.

Bashir und O'Brien warfen sich einen jener Blicke zu, von denen man hoffte, daß der dritte sie bemerkte. Doch Quark war zu sehr damit beschäftigt, sich im Geiste die Ohren zu streicheln und den Lärm an seinen Spieltischen zu genießen.

Bashir beugte sich vor, sah dabei wieder O'Brien an. »Sie sind ja ein richtiger Visionär, Quark.«

Der Ferengi seufzte vor Freude. »Ja, in der Tat, nicht wahr?«

O'Brien lehnte sich zurück, um sein Glas auszutrinken. Bashir erkannte, daß die Bewegung den Versuch darstellte, Quarks freundschaftlichen Griff abzuschütteln.

Plötzlich rann Flüssigkeit O'Briens Uniform hinab, und er hustete – ein vorbeigehender Jem'Hadar hatte ihn von hinten angerempelt.

»Sie sind mir im Weg«, brüllte der Soldat O'Brien an.

Der Chief schaute auf und verdrehte die Augen, bewahrte aber die Ruhe. »He, tut mir leid.«

Er zog den Bauch ein, um den Stuhl näher an den Tisch rücken zu können. Der Jem'Hadar holte aus.

Der Ingenieur landete rücklings auf dem Boden. Sein Ale kippte über ihn und floß über sein Gesicht.

»He, was soll das?« Bashir sprang auf und versuchte, zu O'Brien zu gelangen.

Doch der Ire wartete nicht auf ihn. O'Brien rappelte sich wieder auf und stürmte wie ein Schnellzug an ihm vorbei. »Aus dem Weg ...«

Der Ingenieur und der Außerirdische prallten gegeneinander. Die Wucht des Sprungs warf sie auf einen anderen Tisch. Gläser flogen zu Boden. Innerhalb von ein paar Sekunden herrschte in Quarks Paradies das reinste Chaos.

»Meine Herren!« rief der Ferengi. »Denken Sie doch an meinen Traum!«

Bashir drängte sich durch die laut johlende Menge und versuchte durch das Meer aus Schultern, Panzern und Körpergerüchen zu der Stelle zu gelangen, an der der Jem'Hadar und O'Brien ihre grundlegenden Philosophien diskutierten. Zwar teilten beide reichlich aus, doch der Arzt sah auf den ersten Blick, daß O'Brien kaum eine Chance hatte. Eine menschliche Faust konnte bei einem Jem'Hadar einfach keinen Schlag landen, der mehr als einen Bluterguß hervorrief. Ihre Uniformen waren gepanzert, und ihre Körper darunter ebenfalls. Sie kamen Bashir wie aufrecht gehende Leguane vor, die von der Evolution mit etwas bedacht worden waren, daß einem Exoskelett ziemlich nahe kam.

Nur solche Wesen konnten es sich leisten, sich durch die kleinste Kleinigkeit in Rage bringen zu lassen.

Er sah den weiß umringten und lodernden Augen des Jem'Hadar an, daß der Soldat O'Brien am liebsten die Eingeweide aus dem Leib gerissen hätte.

Der Kampf wurde schnell einseitig. O'Brien schob und drückte, kam aber nicht gegen die johlende, Wetten abschließende Menge an, der es völlig egal war, wer den Sieg davontrug, solange der Boden mit Blut gesprenkelt wurde.

»Das reicht!« rief er und versuchte, an den Jem'Hadar heranzukommen, der O'Brien auf den Boden geworfen hatte und versuchte, ihm das Leben aus dem Leib zu quetschen. »Das ...«

Der Soldat fuhr zu ihm herum und umschloß die Kehle des Arztes mit einer der zehn Pfund schweren Klauen, die die Jem'Hadar Hände nannten.

Bashir hämmerte auf den Arm des Jem'Hadar, doch sein Griff war wie aus Granit. Er zerrte am Handgelenk des Soldaten, sah aus dem Augenwinkel, daß O'Brien keuchend auf dem Boden lag.

Sein Blickfeld wurde immer enger. Bashir versuchte verzweifelt, Luft zu schnappen, doch die Hand schloß sich noch fester um seine Kehle. Bashirs Finger zitterten, seine Arme wurden kraftlos. Er kam nicht gegen den Jem'Hadar an, und niemand half ihm. Würden sie zusehen, wie er umgebracht wurde?

»Schluß jetzt! Was ist hier los?«

Sicherheitswächter strömten in die Bar. Plötzlich löste der Griff sich von Bashirs Kehle. Er taumelte zurück, atmete tief ein und drängte sich dann durch die Menge zu O'Brien.

Sicherheitsoffizier Eddington und ein weiterer Starfleet-Sicherheitswächter drückten den Jem'Hadar gegen einen Replikator.

»Was ist hier los?« fragte Eddington erneut.

Der Jem'Hadar zeigte auf O'Brien. »Er hat mich unhöflich angesprochen.«

Bashir unterbrach seine Bemühungen, O'Brien aufzuhelfen, und schaute hoch. »Das ist nicht wahr.«

»Ganz ruhig, Doktor«, sagte Eddington. »Wir sind hier alle Freunde.«

»Sagen Sie *ihm* das.«

Eddington trat vor den Übeltäter. »Ich werde dafür sorgen, daß so etwas nicht noch einmal passiert«, sagte er.

Der Jem'Hadar sah ihm in die Augen. »Das will ich auch hoffen.«

Und der ehemalige Feind drehte sich um und marschierte ungehindert aus der Bar.

»Das war es?« sagte Bashir zu Eddington. »Sie lassen ihm das einfach durchgehen?«

»Unsere Befehle lauten, sie an der langen Leine zu halten.«

»Ich weiß, wie die Befehle lauten! Aber er hat Chief O'Brien angegriffen. Wir haben hier Vorschriften, die so etwas unterbinden.«

»Ich kenne die Vorschriften, die auf Ihrer Station gelten, Doktor«, sagte der junge Mann. »Die Jem'Hadar kennen sie aber nicht. Wir müssen ihnen etwas Zeit lassen, damit sie sich an unsere Gebräuche gewöhnen können.«

Bashir starrte ihn wütend an. »Und bis dahin können sie machen, was sie wollen?«

Eddington tat den Einwand mit einem Blinzeln ab. »Denken Sie daran, bevor Sie sich auf eine weitere Prügelei mit ihnen einlassen.«

Er nickte den anderen Sicherheitswächtern zu. Sie stiegen über zusammengebrochene Tische und umgekippte Stühle und verließen die Bar genauso schnell, wie sie gekommen waren. Keine Warnungen, keine Festnahmen, keine Verhöre, keine simple Gerechtigkeit.

O'Brien stöhnte. Bashir unterdrückte seine fassungslose Wut und widmete sich wieder seinen ärztlichen Pflichten.

»Sie kommen wieder in Ordnung, Miles«, sagte er, hauptsächlich, um seine Stimme zu hören und sich daran festhalten zu können. »Bewegen Sie sich nicht.

Ich glaube, Sie haben sich zwei oder drei Rippen gebrochen... nein, nein! Bleiben Sie liegen, er ist weg. Der Kampf ist vorbei.«

»Wo ist der... dreckige Mistkerl?« hustete O'Brien und versuchte sich aufzurichten.

Bashir drückte O'Briens Schultern nach unten, um ihn auf dem Boden zu halten, doch als das nicht gelang, schob er eine Hand unter den Kopf des Chiefs und hob ihn etwas höher, damit O'Brien leichter atmen konnte. »Er ist weg. Es ist vorbei. Schnell, jemand soll mir ein Glas Wasser bringen!«

»Wasser?« sagte Quark, der sich irgendwo hinter den Zuschauern versteckt hatte. »Ich verkaufe kein Wasser!«

»Na schön«, sagte Bashir. »Dann rufen Sie ein Medo-Team. Sie sollen eine Antigrav-Trage und einen Erste-Hilfe-Kasten mitbringen.«

O'Brien versuchte erneut, sich aufzurichten. »Julian... haben sie ihn verhaftet?«

»Nein... nein, das haben sie nicht getan.« Er senkte die Stimme. »Um Gottes willen, hören Sie auf, sich zu bewegen, sonst brechen Sie noch auseinander. Er hat sich nicht die geringste Zurückhaltung auferlegt. Er wollte sie umbringen.«

»Das war ein tätlicher Angriff...« O'Brien keuchte. »Er hat mich geschlagen...«

»Miles, halten Sie bitte den Mund.« Bashir sah sich in der Bar um. Ja, im Hintergrund hielten sich weitere Jem'Hadar auf, die vielleicht nur darauf warteten, beleidigt zu werden.

Er mußte den Chief nicht noch einmal bitten. O'Brien krümmte sich vor Schmerz und verlor das Bewußtsein. Hilflos lag er da, nachdem niemand aus der Menge eingegriffen und versucht hatte, ihm zu helfen.

Bashir und sein Patient konnten nur auf medizinischen Beistand warten.

Ben Sisko spielte wie ein Zweijähriger mit seinem Essen. Seit geraumer Zeit – er wußte nicht genau, wie lange – jagte er schon eine Bohne über seinen Teller und ignorierte den gefüllten Braten und das andere Gemüse. Er würde diese Bohne kriegen. Es war die letzte Bohne auf seinem Teller, und er wollte, daß sie sich seinem Willen fügte.

»Dad?«

Die Bohne fiel erneut von der Gabel.

»Dad, gibst du mir bitte mal die Kartoffeln?«

Er wollte die Bohne aufspießen, um ihr endgültig den Garaus zu machen.

»Dad?«

Siskos Traum von der Bohne zerplatzte, und er schaute auf. »Ja, Jake? Was ist?«

Sein Sohn betrachtete ihn über den Tisch hinweg, als hätte er es mit einem entflohenen Irren zu tun. »Die Kartoffeln?«

»Oh ...«

»Dad, stimmt etwas nicht?«

Sisko versuchte, mit den Achseln zu zucken, doch es wollte ihm nicht so recht gelingen. »Eigentlich nicht. Ich bin nur etwas gedankenverloren. Es geht um die Verhandlungen mit dem Dominion.«

»Was ist damit?«

Noch vor einem Jahr wäre Sisko nie auf die Idee gekommen, so etwas mit seinem Sohn zu besprechen. Doch nun stellte er fest, daß sein Sohn der einzige war, mit dem er sprechen konnte, der einzige, der keine Schwierigkeiten bekommen würde, wenn er mit ihm sprach, den man nicht verstohlen beobachtete. Und er hatte Jake nicht viel erzählt. Er hatte Angst davor.

Alle wußten, daß er gegen diesen Vertrag war, und daher wollte niemand, der ihm nicht vertraute, mit ihm sprechen, und *er* wollte die Behörden auf niemand aufmerksam machen, der ihm vertraute. Jake war die einzige Person, die Starfleet nicht verhören würde.

Wie lange würde das noch so bleiben?

Sein Sohn war jetzt groß, groß genug, um für einen Erwachsenen gehalten zu werden. *Wie lange kann ich ihn noch schützen?*

»Alles findet hinter geschlossenen Türen statt«, sagte er. »Ich habe das Gefühl, ausgebootet worden zu sein.«

Jake nickte, aß aber nicht weiter. »Nein«, sagte er. »Es ist mehr als das. Da geht irgend etwas vor, nicht wahr?«

Sisko zerdrückte die Bohne mit seiner Gabel und schaufelte sie auf die Gabel. »Zum Beispiel?«

Jake ließ sich nicht mehr so leicht hinters Licht führen. »Sag du es mir.«

Na also. Sein Sohn wußte, daß es sich nicht um einen Scherz oder ein Spiel handelte. Sisko hatte das Gefühl, furchtbar leicht zu durchschauen zu sein.

Das Türsignal bewahrte ihn davor, über die verschwendeten Möglichkeiten dieser großen Galaxis sprechen zu müssen. Auf einmal war er traurig darüber, daß man ihm die Gelegenheit nahm, seinem bekümmerten Herzen Luft zu machen. Sisko legte die Gabel auf den Teller. »Herein.«

Aber Jadzia Dax hatte den Raum bereits zur Hälfte durchquert. »Benjamin, haben Sie davon gewußt?«

So wütend hatte er sie noch nie zuvor gesehen. Sie hielt ihm einen Minicomputer unter die Nase.

»Wovon gewußt?« fragte er.

»Ich bin auf die *Lexington* versetzt worden. Als neuer wissenschaftlicher Offizier!«

Er sprang auf. Die Serviette fiel von seinem Schoß zu Boden. »Da muß irgendein Fehler vorliegen!«

Sie schüttelte das Gerät. »Hier habe ich den Befehl schwarz auf weiß.« Ihr porzellanfarbenes Gesicht hatte sich gerötet, und sie mußte sich zurückhalten, um nicht auf und ab zu schreiten.

Er riß das Gerät an sich. »Zeigen Sie mal her. Das glaube ich einfach nicht...«

»Bashir an Sisko.«

Verdammt – er hätte den Kommunikator am liebsten unter dem Stiefel zertreten.

»Ich höre, Doktor.«

»Commander, ich muß Sie wegen der Jem'Hadar sprechen.«

Er sah Dax an, und beide fragten sich, was sonst noch alles schiefgehen konnte.

»Kommen Sie mit«, sagte er zu Dax.

»Was ist passiert?«

Sisko stürmte in die Krankenstation und wäre fast gegen den Tisch geprallt, auf dem O'Brien ausgestreckt lag. Man hatte ihn so schlimm verprügelt, daß er fast wie die Bratenfüllung auf Siskos Teller aussah. Keiko stand im Hintergrund, in der Hand einen Becher Kaffee. Sie nickte ihm zu, sagte aber nichts.

Und sie hatte diesen Ausdruck auf dem Gesicht, den Sisko in letzter Zeit so oft gesehen hatte – den Ausdruck erschöpfter Verachtung, als wisse sie nicht, wie es weitergehen solle, als wären die einfachsten Antworten des täglichen Lebens plötzlich schwer faßbar geworden.

Ihm gefiel dieser Ausdruck nicht. Er war ihn sogar endgültig leid. Wie konnte ein und derselbe Ausdruck auf so vielen Gesichtern so vieler Angehöriger so vieler verschiedener Spezies stehen?

»Chief?« Er schaute zu O'Brien hinab. Wenigstens war er bei Bewußtsein. »Wer hat das getan?«

»Jem… Jem…«

»Ein Soldat der Jem'Hadar, mit dem wir in Quarks Bar einen Zusammenstoß hatten«, sprang Bashir ein. »Wortwörtlich einen Zusammenstoß, Sir… Miles lehnte sich zurück, um sein Glas auszutrinken, und dieser Bursche stieß ihn einfach vom Stuhl. Danach… nun ja… danach ging es rund. So war es noch nie in

Quarks Bar. Es war sehr voll, und die Leute wollten Blut sehen …«

»Und sie haben ihn gehen lassen!« erklärte O'Brien und versuchte, den Kopf zu heben.

»Ja!« bestätigte Bashir. »Dieser Eddington hat nicht einmal Anzeige erstattet. Ich konnte es nicht fassen.« Er berührte aufmunternd O'Briens Arm. »Das war nicht nur eine Kneipenschlägerei«, fügte er hinzu. »Dieses Untier hatte es darauf angelegt, ihn zu töten.«

»Hat jemand versucht, mit Eddington zu sprechen?« fragte Sisko.

»Commander?« Keiko O'Brien trat zu ihnen. »Ich habe versucht, mit ihm zu sprechen, doch man hat mir lediglich gesagt, die Sicherheitsabteilung wolle das Aufsehen so gering wie möglich halten. Er hat sich geweigert, irgendeinen Jem'Hadar zu belangen. Das hat er einfach so gesagt! Sir, werden wir damit leben müssen?«

Sisko wollte ihr antworten, die routinemäßigen Auskünfte geben, die ihm in den Sinn kamen, die Dinge, die zu sagen er gelernt hatte, seit er Verwalter der Station geworden war, um das Problem zu entschärfen.

Doch auch in ihm hatte sich Zorn angesammelt. Er wollte die Angelegenheit nicht entschärfen. Er wollte, daß die Vibrationen des Tumults deutlich fühlbar wurden. Er wollte in allen Leuten in seiner Umgebung das schüren, was er auf Keikos Gesicht sah, auf Bashirs, auf O'Briens. Wenn DS Nine der Angelpunkt der Rebellion werden mußte, konnte er auch nichts daran ändern.

Nein. So konnten sie nicht leben.

Er sah die Gänge nicht mal, durch die er lief. Bemerkte nicht, daß die Tür sich vor ihm öffnete, als er in den Konferenzraum stürmte. Er zögerte kurz, sah sich in dem Raum um und ging dann zu dem Tisch, an dem Admiralin Necheyev und Borath gebeugt über einigen Sternenkarten standen, als wollten sie ein

Puzzle zusammensetzen. Vielleicht taten sie das ja wirklich. Vielleicht teilten sie die Galaxis neu auf.

»Ich will wissen, was hier vorgeht, verdammt noch mal«, verlangte er.

Necheyevs verkniffenes Gesicht schaute zu ihm hoch. Ach, wäre sie doch nur keine Frau...

Sie straffte die Schultern. »Commander, ich schätze es gar nicht, daß Sie einfach so hier hereinplatzen.«

»Ich will wissen, warum mein Wissenschaftsoffizier ohne meine Zustimmung versetzt wird. Ich will wissen, warum der Chef meiner technischen Abteilung auf der Krankenstation liegt, während der Jem'Hadar, der ihn brutal zusammengeschlagen hat, nicht mal unter Arrest gestellt wurde. Und ich will wissen, warum die Föderation bereit ist, einen Krieg mit den Romulanern zu riskieren, um eine Allianz mit einer Gruppe von Leuten zu bilden, die wir kaum kennen und denen wir nicht vertrauen können.«

Ihre kleine Nase hob sich. »Sind Sie jetzt fertig?«

»Ich habe nicht mal richtig angefangen.«

»Admiralin«, sagte Borath, »ich bin der Ansicht, Sie sollten Commander Sisko sagen, was er wissen will.«

Sisko erfaßte die Bedeutung dieses Satzes, trat einen Schritt zurück und wartete darauf, daß sie ihn in ihre Pläne einweihten. Er hatte die Spielregeln allmählich begriffen.

Necheyev zögerte. Sie wollte nicht nachgeben. Ihr gefiel es, hinter geschlossenen Türen galaktische Schachpartien auszutragen.

Er richtete den Blick auf sie. Notfalls würde er einfach darauf zurückgreifen, daß er größer, gemeiner und entschieden wütender als sie war.

»Na schön«, sagte sie. »Wahrscheinlich hat er es verdient, es als erster zu erfahren.«

Sollte er ihr etwa danken?

»Was soll ich erfahren?«

Sie ging auf und ab, mit diesen gezierten kleinen

Schritten, derer sie sich stets befleißigte, wenn sie glaubte, die Oberhand zu haben.

»Die Föderation zieht sich aus diesem Sektor zurück. Das gesamte Starfleet-Personal, das zur Zeit auf DS Nine stationiert ist, wird auf andere Posten versetzt werden. Das gilt auch für Sie.«

Sisko fühlte, wie seine Arme schmolzen und sein Magen einen Satz machte, bis seine Kehle sich zuschnürte. Ihre temperamentlose Erklärung nagte an ihm, während er augenblicklich sämtliche Implikationen seiner Reaktion abschätzte.

Er wagte es, sie offen zu kritisieren. »Was ist mit dem Eintritt Bajors in die Föderation?«

»Diese Pläne sind erst einmal zurückgestellt worden.« Necheyev schob das Kinn vor, legte den Kopf schräg und sah ihn herausfordernd an, als toleriere sie seine Anwesenheit aus reiner Großzügigkeit. »Von nun an fällt Bajor in die Verantwortung des Dominion. Sie werden die Station führen.«

»Soll das etwa heißen, daß die Bajoraner dem zugestimmt haben?« fauchte er.

»Wir sind zuversichtlich, daß sie keinen Einwand erheben werden«, wandte Borath sich von der anderen Seite des Tisches aus mit derselben Herablassung an ihn.

Mit anderen Worten: Niemand hatte den Mut oder Anstand gehabt, mit den Leuten zu sprechen, dessen Schicksal durch diesen monumentalen Fehler direkt betroffen war. »Und falls sie Einspruch erheben?« erwiderte Sisko hitzig. »Was dann? Schicken Sie dann die Jem'Hadar aus?«

»Die Jem'Hadar werden nur gegen unsere Feinde eingesetzt«, erwiderte Borath. »Verlassen Sie sich darauf, Commander, wir werden Bajor schützen.«

Sisko ignorierte ihn und starrte weiterhin Necheyev an. »Was ist mit dem Wurmloch? Werden sie das auch schützen?«

»Das ist der Preis für den Frieden, Benjamin.«

»Nun, wenn Sie mich fragen, ist dieser Preis einfach zu hoch, verdammt noch mal. Was bekommt die Föderation dafür?«

»Unsere Freundschaft«, erwiderte Borath. »Ist das nicht genug?«

»Und Sie, Benjamin«, fügte Necheyev hinzu, »bekommen eine Beförderung. Captain Sisko. Das ist ein wichtiger Schritt in Richtung auf den Admiralsrang, den Sie immer angestrebt haben.«

Also wollten sie ihn kaufen, die Person zum Schweigen bringen, die den Sektor am besten kannte und am besten die Verwicklungen durchschaute, die diese Vereinbarung mit dem Dominion nach sich ziehen würde. *Warum? Verdammt noch mal, was geht hier vor?*

Welche Mächte hatten die Kontrolle über den Föderationsrat erlangt? Diese Leute wußten offensichtlich nicht, was sie taten.

»Admiralin, ich würde gern mit den Verhandlungsführern der Föderation sprechen, bevor dieser Vertrag unterzeichnet wird«, erklärte er und zwang sich, gleichmäßig durchzuatmen. Er wußte, daß er bei diesen beiden hier nicht weiterkommen würde.

Necheyev stand so unbeweglich wie Granit vor ihm. Noch bevor ein Ton über ihre Lippen kam, gaben ihre Augen ihm die Antwort.

»Dafür ist es zu spät, Ben. Der Vertrag wurde heute nachmittag unterzeichnet.«

Sisko starrte sie an. Im Geiste sah er, wie die Station, das Wurmloch, der Planet der unschuldigen Bajoraner und die gesamte Zukunft, die hier aufgebaut worden war, in eine dunkle Grube des absoluten Verrats stürzten.

Borath trat neben Necheyev. »Das ist der Anfang einer neuen Epoche. Und Sie haben dazu beigetragen, sie zu ermöglichen. Herzlichen Glückwunsch, Commander.«

# 16

»Odo? Sind Sie hier?«

Die Gräser und Reben des Ziergartens flüsterten leise. In der Nähe plätscherte der Brunnen.

Kira dachte schuldbewußt an ihr Gespräch mit dem Gestaltwandler, während sie durch den Garten wanderte, hinauf zu der Stelle, an der sie mit Odo gesessen und zu verstehen versucht hatte, was hier mit ihm geschah.

Sie bemerkte einen großen Trompetenbusch, der sich bald zum ausgewachsenen Baum entwickeln würde, wenn er nicht bald beschnitten wurde.

»Odo?« versuchte sie es erneut. »Ich versuche, die Quelle der Interferenzen aufzuspüren, die mein Thetaband-Signal blockieren. Wenn ich sie nicht finden und neutralisieren kann, bleibt mir wohl keine andere Wahl, als aufzubrechen und zu versuchen, Sisko und die anderen zu finden.« Ein schwaches Lächeln legte sich auf ihre Lippen, und sie versuchte, soviel wie möglich davon zu zeigen, ohne die Selbstbeherrschung zu verlieren. »Ich freue mich, daß Sie endlich Ihr Zuhause gefunden haben, Odo… Ich weiß, für Sie wird alles gut werden, und…«

Der kleine Baum erzitterte, als ein Ast eines anderen Busches ihn streifte. Vielleicht war es ein Windstoß, vielleicht nur eine Schwingung – sie wußte es nicht genau.

»Das ist doch nicht zu fassen«, murmelte sie. »Ich spreche mit einem Baum. Sie sind wahrscheinlich gar nicht hier, oder?«

Soviel zur Würde des ›Festen‹. Falls einige der Gestaltwandler sie beobachtet hatten …

Kira biß sich auf die Lippen. Sie hatte genug zu ihrer Unterhaltung beigetragen.

Mit so viel militärischer Eleganz, wie sie aufbringen konnte, kehrte sie zum Shuttle zurück. Den ganzen Weg über ging sie davon aus, beobachtet zu werden.

Warum hatte sie nicht daran gedacht? Sie waren nicht nur im See. Sie konnten überall sein, sie belauschen und sich ins Fäustchen lachen. Das hatte dieser Busch wahrscheinlich getan, als er geraschelt hatte.

Hier gab es mehr Geheimnisse als nur die Frage, in welche Objekte diese Geschöpfe sich verwandeln konnten. Hier gab es eine Energiequelle, und sie wollte sie finden.

Der Shuttle war in gutem Zustand. Die wenigen Systeme, die beim Angriff auf die *Defiant* beschädigt worden waren, hatte der Computer mittlerweile repariert. An Bord war es warm und ruhig.

»Computer«, sagte Kira, »kannst du die Position der Energiequelle bestimmen, die du entdeckt hast?«

»Ja.«

»Gibt es dort unten eine atembare Atmosphäre?«

»Ja.«

»Beschreibe das Gelände.«

»Fester Fels, der aus Kalkstein und Schiefer besteht, mit Höhlen beträchtlicher Größe und …«

»Das genügt mir. Suche eine Felsplattform, auf der ich stehen kann. Transporter … Energie.«

Es war in der Tat eine Höhle. Nicht besonders hübsch, aber das waren ja die wenigsten Höhlen. Und hier gab es irgendwo auch eine Lichtquelle. Zwar eine ziemlich trübe, aber sie bewirkte, daß Felsvorsprünge Schatten warfen.

Warum gab es hier unten Licht, auf der Oberfläche aber nicht?

Offensichtlich eine künstliche Energiequelle. Ganz gleich, wie geschmeidig und hübsch diese Gestaltwandler aussahen oder wie schlicht sie sich kleideten, sie verfügten über eine hochentwickelte Technik oder beherbergten jemanden, der darüber verfügte.

Gut. Kira mochte einfache Antworten und war im Augenblick ganz versessen darauf, ihre Sammlung zu vergrößern.

Höhlen ... Atmosphäre ... für Wesen, die weder das eine noch das andere benötigten.

Oder lag sie da falsch? Konnten Gestaltwandler ohne Luft existieren?

Sie grub in ihren Erinnerungen danach, ob Odo sich mal an einem Ort ohne Sauerstoff und Schwerkraft aufgehalten hatte. Wo genau lagen die Grenzen ihrer Fähigkeiten? Hatten sie Fähigkeiten, von denen Odo noch nichts wußte? Waren die anderen geübter darin als er, Gestaltwandler zu sein? Hatten sie Tricks auf Lager, die er nicht kannte?

Freunde – im Geiste vielleicht, sie und Odo, ja. Aber hatten sie je diese Dinge miteinander geteilt? Hatte sie je genug Interesse für ihn aufgebracht, um sich nach seiner Vergangenheit zu erkundigen? Oder danach, wie lange er gebraucht hatte, um die Legenden von den Fakten zu trennen ... wieviel Schmerz und Furcht er hatte überwinden müssen, bevor er den Weg nach DS Nine gefunden hatte, wo er Verantwortung und einen Sinn für seine Existenz entdeckt und schätzen gelernt hatte? Nein, sie hatte nie auf die Art und Weise gefragt, wie Freunde fragen – einfach nur, um es zu wissen.

Ein Schimmern von Metall erregte ihre Aufmerksamkeit. Metall oder nur eine Glimmerablagerung?

Sie bewegte sich vorsichtig darauf zu und achtete dabei auf scharfkantige Steine unter ihren Füßen und klaffende Löcher, die sie vielleicht erst sah, wenn es zu spät war. Eindeutig Metall.

Eine Tür?

In den Fels eingelassen war eine ziemlich große Fläche aus künstlichem Metall. Zwischen diesem Portal und dem Gestein befand sich eine so breite Spalte, daß man ein Messer hineinstecken könnte. Das war kein zufällig entstandenes Gebilde oder Überrest eines Wracks. Das war eigens so konstruiert worden.

»Wozu brauchen Gestaltwandler eine Tür?« murmelte sie laut.

Oh, der Klang ihrer Stimme, der durch die Höhle hallte, war sehr beruhigend.

Ihr Tricorder knackte und knisterte, als sie versuchte, die Tür zu sondieren. Er nannte ihr deren Ausmaße, aber nicht, was dahinter lag.

Sie schlug auf ihren Kommunikator.

»Kira an Shuttle-Computer. Sondiere das Gebiet einhundert Meter vor mir.«

»Die Sensoren können die Interferenz nicht durchdringen«, erwiderte der Computer so schnell, daß in Kira nicht mal die Illusion von Hoffnung aufkommen konnte.

Sie ließ den Tricorder los und legte die Hände auf die Hüften. Frustriert betrachtete sie die Tür. Sie wollte *hinein*. Hinter einer Tür war stets etwas, und sie wollte wissen, was.

Sie konnte das Risiko eingehen, sich einfach hineinbeamen zu lassen, aber ohne eine vorherige Sondierung ließ sie sich vielleicht in eine tiefe Fallgrube, einen Behälter mit gefährlichen Chemikalien oder irgendeine andere Umgebung transportieren, die ihrem Leben ein schnelles Ende bereiten würde. Es mußte eine andere Möglichkeit geben.

Sie richtete ihre tragbare Lampe auf den Rand der Tür, ließ den Strahl an der einen Seite hinaufgleiten, dann die Oberkante entlang und auf der anderen wieder hinab ...

Ein Verschlußmechanismus. Warum hatte ihr Tricorder ihn nicht entdeckt?

Aber er befand sich eindeutig dort, war nicht nur das Produkt ihres Wunschdenkens. Sie bückte sich, um ihn besser untersuchen zu können.

Dieses Schloß schien rein mechanisch zu sein. Vielleicht diente es nur als zusätzliche Absicherung; Energie konnte ja manchmal ausfallen. Manchmal wurden Schlösser noch mit altmodischen Schlüsseln geöffnet.

Tja, das half ihr nicht weiter.

Aber was würde ihr weiterhelfen?

»Nicht was«, murmelte sie laut. »*Wer.*«

Ziergräser und der Brunnen murmelten und pfiffen um sie herum. Die vom Sternenlicht erhellte Nacht umarmte das zerstäubende Wasser. Grillen und Vögel, die hier ganz einfach nicht überleben konnten, hüpften und flogen herum und freuten sich ihrer Freiheit.

Sie war den Anblick allmählich leid.

Die Bank unter ihr schnitt in ihre Oberschenkel. Früher oder später würde einer dieser Klumpen kommen und mit ihr sprechen. Sie zumindest fragen, warum sie noch nicht verschwunden war.

Über ihr kreiste ein großer Vogel im funkelnden Himmel.

Ein Vogel? Tierisches Leben?

Er flog immer tiefer, landete auf einem Baum in ihrer Nähe, hüpfte einen Ast hinab und dann in den Busch neben ihr. Sie wollte schon aufstehen, etwas Entfernung zwischen sich und den großen Raubvogel bringen, als sein Körper sich verzerrte, größer wurde und dann eine Gestalt annahm, die sie sofort erkannte.

Odo lächelte, als er neben ihr auf der Bank Platz nahm.

Er *lächelte*! Das tat er nicht sehr oft.

Kira dachte kurz über die Tatsache nach, daß er irgendwie den Schnabel eines Vogels, aber nicht die

Nase eines Menschen nachbilden konnte. Aber ein Vogel würde die Nachbildung vielleicht gar nicht für so gut erachten. Dann verdrängte sie den Gedanken. »Odo«, sagte sie, »ich habe auf Sie gewartet.«

»Major, ich hatte gerade ein überaus bemerkenswertes Erlebnis«, sagte er strahlend. »Einen kurzen Moment lang fühlte ich tatsächlich, wie es ist, ein arbazanischer Geier zu sein. Die Luftströmungen unter meinen Schwingen, die Begeisterung, über den Baumwipfeln zu kreisen ... Es war sehr anregend.«

»Ich freue mich für Sie.« Sie zwang sich zu einem Lächeln, doch die Worte kamen leichter über ihre Lippen, als sie erwartet hatte, obwohl ihre Gedanken um etwas ganz anderes kreisten.

Er sah sie an. »Das weiß ich«, sagte er fast zärtlich.

»Ich vermute also, Sie werden noch eine Weile hier bleiben?« fuhr sie fort.

Er sah sie an.

Die Dankbarkeit in seinem Blick war unmißverständlich. Ihre gemeinsamen Jahre, in denen sie Seite an Seite gearbeitet und gekämpft hatten, waren jäh beendet worden. Ihnen blieb nicht mehr genug Zeit.

»Ich habe es genossen, mit Ihnen zu arbeiten, Major«, sagte er ernst.

Sie nickte. »Ich habe auch gern mit Ihnen zusammengearbeitet. Aber bevor wir uns verabschieden, möchte ich Sie ein letztes Mal um Hilfe bitten.«

Das schien ihm zu gefallen. »Natürlich.«

»Erinnern Sie sich, daß ich Ihnen von einer Energiequelle erzählt habe?«

»Die verhindert, daß Sie Kontakt mit Commander Sisko aufnehmen.«

»Nun, ich habe ihre Position entdeckt, brauche aber Ihre Hilfe, um sie zu untersuchen.«

»Was kann ich tun?«

Erleichtert, daß er ihr diese letzte Bitte nicht abschlug, rutschte sie auf der Bank hin und her. »Eine

Tür versperrt mir den Weg. Ich brauche Ihre Hilfe, um sie zu öffnen.«

Odo runzelte die Stirn. »Was für eine Tür?«

»Sie besteht aus einem Material, das der Tricorder nicht identifizieren kann. Aber davon abgesehen ist es eine ganz normale Tür. Wie Humanoide sie benutzen, um von einem Raum in den anderen zu gelangen.«

»Das ist seltsam«, sagte Odo verwirrt. »Mein Volk braucht keine Türen. Sie nehmen nicht gern humanoide Gestalt an.«

»Ich weiß.«

»Wer könnte sie dann benutzen?«

»Commander Sisko, erwartet die Föderation wirklich, daß Bajor Deep Space Nine übergibt? Die Kontrolle über das Wurmloch? Daß wir alles, was wir haben, dem Dominion überlassen?«

Keine schlechten Fragen. Natürlich absolut rhetorisch. Niemand erwartete das von Bajor, zumindest nicht, ohne daß Bajor Widerstand leistete. Bajors Kontrolle über das Wurmloch war der einzige Vorteil, der für diesen armen, unterentwickelten, verwüsteten und müden Planeten sprach. Die Bajoraner waren zögernd der Föderation beigetreten, brachten allen anderen Mißtrauen entgegen, hatten Angst vor einer Neuordnung und einem weiteren Angriff der Cardassianer und hatten sich schließlich zwingen müssen, der Föderation zu vertrauen, daß sie Hilfe zur Selbsthilfe leisten wollte. Dieses Vertrauen war ein Akt der wohlwollenden Verzweiflung gewesen, und die Föderation mußte ihm erst noch gerecht werden.

Sisko umklammerte die Schreibtischkante mit den Händen und schaute auf den Monitor. Er sah den Schock auf dem bleich gewordenen Gesicht des bajoranischen Ministers Jod. Konnte Jod den Ekel auf seinem Gesicht sehen? Er hoffte es.

Er kannte den Mann nicht gut, aber das war auch gar nicht nötig.

»Genau das erwarten sie«, gestand er ein. Es klang fast wie eine verzweifelte Warnung. Hauen Sie ab, solange Sie es noch können – aber es gab keinen Ort, zu dem sie fliehen konnten. »Und ich verstehe und billige ihre Argumentation genausowenig wie Sie.«

»Warum versuchen Sie dann nicht, den Föderationsrat wieder zur Vernunft zu bringen?«

»Ich habe es versucht. Die Antwort war, daß ich meine Befehle befolgen und den Abzug des Starfleet-Personals von der Station einleiten solle.«

Jod lehnte sich entmutigt zurück. »Dann ist es also vorbei. Die Föderation wendet Bajor den Rücken zu.«

Die Worte hallten in Siskos Kopf. Wie oft hatte Kira ihm genau das vorgeworfen? Und wie oft hatte er anderslautende Versprechungen gegeben? Was würde sie jetzt sagen?

»Nun, ich habe Neuigkeiten für Sie, Commander«, fuhr Jod wütend fort. »Bajor hat schon einmal um seine Freiheit gekämpft und wird es notfalls wieder tun. Und falls dies einen Krieg mit den Jem'Hadar bedeutet, wird es eben darauf hinauslaufen.«

Sisko hätte fast genickt, ließ es dann aber doch bleiben. »Ich bewundere Ihren Mut, Minister Jod, aber glauben Sie wirklich, Bajor könnte einen solchen Krieg gewinnen?«

»Allein? Nein. Aber wir werden nicht allein sein.« Jod beugte sich auf dem Sessel wieder vor und schob das Kinn vor, um seine Entschlossenheit zu beweisen. »Die Romulaner werden mit uns kämpfen.«

»Die Romulaner?«

»Sie wollen genauso wie wir verhindern, daß das Dominion in den Alpha-Quadranten vorstößt. Heute morgen haben wir einen Beistandspakt gegen die Jem'Hadar unterzeichnet ... und gegen ihre Verbündeten.«

Bajor als Feind der Föderation, nach allem, was bislang erreicht worden war. Sisko mußte diese Vorstellung erst mal verkraften. »Ich hoffe, daß es dazu nicht kommen wird«, murmelte er.

Jod verzog vor Verärgerung das Gesicht, und seine Gefühle schienen über den Monitor in Siskos Büro zu schwappen. »Dann hoffen Sie lieber, daß die Jem'Hadar auf ihrer Seite des Wurmlochs bleiben.«

Die Verbindung wurde unterbrochen. Sisko hätte schwören können, einen Knall zu hören, als Jod sie beendete.

Wann waren die Dinge außer Kontrolle geraten? Noch vor ein paar Wochen hatte es hier eine von leben pulsierende Station gegeben, einen sich erholenden Planeten, eine helle Brücke zu einem fernen Ort – und jetzt gab es nur noch das. Zusammenbruch. Mißbrauch. Vielleicht sogar Krieg.

Ganz bestimmt Krieg. Nun, da die Romulaner einen Verbündeten hatten, würden sie das Eindringen des Dominion nicht mehr stillschweigend dulden. Sie würden nicht darauf warten, daß sich aus Scharmützeln und Gebietsverletzungen ein Krieg entwickelte. Sie würden einen vom Zaum brechen.

*Ich kann ihnen keine Vorwürfe machen,* dachte Sisko.

Verständnis für die Romulaner?

Warum nicht? Recht blieb Recht, und Unrecht Unrecht, selbst hier draußen, tief im All. Und das ...

Er wanderte durch die Station. Durch die gesamte Station, von den Andockmasten zur Promenade. Niemand sprach mit ihm, doch das war ihm nur recht. Er sah nur in die Gesichter der Bajoraner, Menschen, sogar der Soldaten der Jem'Hadar, die ihn nicht behelligten – wahrscheinlich aufgrund ihrer Befehle. In ein paar Tagen würde ihnen die ganze Station gehören. Bis dahin hielten sie sich zurück.

Wie hatte er diesen Ort gehaßt, als er hierhergekommen war! Wie häßlich und geschmacklos war er ihm vorgekommen.

Er lag weit draußen im Weltraum, am Rande der Zivilisation. So weit weg wie möglich von Kriegen und den Borg und dem sauren Geschmack seines Rangs und dem Tod seiner Frau. In diesen ersten Wochen hatte er lediglich Verbitterung mit sich herumgeschleppt, und ein Rest an gesundem Menschenverstands hatte ihn davon abgehalten, von seinem Posten zurückzutreten und irgendwo in einer Hütte zu leben.

Die Station kam ihm jetzt nicht mehr so geschmacklos vor. Er hatte gelernt, die Möglichkeiten in dem häßlichen cardassianischen Design und den so unterschiedlichen Wesen zu sehen, die hierherkamen, um vor ihren eigenen Schrecken zu fliehen. Oder vielleicht ein paar neue zu erschaffen.

Die zehntausend Kopfschmerzen, die es ihm bereitete, diesen kritischen Vorposten zu leiten – sie waren sein Schrecken. Im Augenblick waren sie nicht so fürchterlich. Die endlosen Nadelstiche, die er nach dem Tod seiner Frau ertragen hatte, ließen ihn sich nun fragen, was sie, wäre sie hier, dazu sagen würde, daß er seinen Sohn diesem Ort aussetzte.

Zehntausend Kopfschmerzen hatten sein Leben verändert. Dabei waren die Leben Tausender anderer gefestigt worden. Der Planet unter ihm – Bajor, Planet der Rebellen, Planet der befreiten Gefangenen – war endlich zu einem Planeten freier Bürger geworden, die an einer neuen Zukunft bauten und sich dabei ein wenig auf die breite Schulter der Föderation stützten. Bald würde man sie hinabstoßen, und dann waren sie lediglich ein heller Stern in einem Nachthimmel gewesen.

*In meinem Himmel. Mir ist nie klar geworden, wie stolz ich auf sie war. Kira hat es nie begriffen ... und ich wußte nicht, wie ich es ihr sagen sollte. Ich habe immer nur gesagt: »Ich versichere Ihnen, ich versichere Ihnen.« Warum hatte er nicht geradeheraus gesagt: »Ich mag die Bajoraner, ich bin stolz auf Bajor, und ich werde euch alle mit meinem Leben verteidigen ...«*

Und wozu war es nun gekommen? Bajor sprach davon, eine Allianz mit den Romulanern einzugehen. Den Bajoranern war natürlich klar, daß eine Allianz mit den Romulanern bedeutete, irgendwann von ihnen beherrscht zu werden. Sie würden Schritt für Schritt in eine Abhängigkeit gleiten. Wie konnte die Föderation gegen die Bajoraner kämpfen, die nur die Freiheit haben wollten, die die Föderation ihnen versprochen hatte? Er kam sich wie ein Lügner vor. Er hatte so nachdrücklich gefordert, daß die Bajoraner den Unterschied zwischen der Föderation und den Verbrechern erkannten, die in diesem Teil der Galaxis ihr Unwesen trieben. Benjamin Sisko würde in der bajoranischen Geschichte einen Namen bekommen, wie Judas oder Benedict Arnold ihn in der irdischen hatten.

»Ah, Commander!«

Sisko blinzelte und zuckte zusammen. Das war Garaks Stimme. Er drehte sich nicht zu ihm um. Er wollte sich im Augenblick nicht um interne Angelegenheiten der Station kümmern und sich mit einem Ladenbesitzer streiten, der vielleicht ein Spion war, vielleicht auch nicht. Das war einfach nicht der richtige Augenblick dafür.

Er stellte fest, daß er im Replimat saß und die Hand um einen Becher mit kalt gewordenem Raktajino geschlossen hatte. Wie war er hierhergekommen?

Na schön. Er war hier.

»Ich hatte gehofft, Sie vor Ihrer Abreise noch zu sehen«, sagte Garak, während er sich auf dem Stuhl gegenüber von Sisko niederließ. »Ich wollte Ihnen sagen, wie sehr Sie mich in den beiden letzten Jahren beeindruckt haben. Sie haben diese Station mit Stärke, Würde und Mitgefühl geführt. Sehr gute Arbeit.«

Sisko hätte ihm fast ins Gesicht gespuckt.

Dann schaute er auf und sah etwas, das er auf Garaks Gesicht nicht gewöhnt war, etwas, das sich dort normalerweise nicht befand.

Ehrlichkeit.

»Vielen Dank, Mr. Garak«, sagte er gezwungen. »Ihre Anwesenheit hat dazu beigetragen, diese zwei Jahre ...«

»Interessant zu machen?«

Ein Lächeln legte sich auf seine Wangen und hätte sich fast über das gesamte Gesicht ausgebreitet. »Sehr interessant«, stimmte er zu.

Garak nickte. »Ich habe mich bemüht. Oh, ich bin sicher, Sie werden früher oder später zurückkehren. Dann allerdings – nach allem, was ich gehört habe –, um gegen Bajor zu kämpfen.«

»Ich habe die gleichen Gerüchte gehört.« Die Galle stieg ihm wieder hoch. »Daß Bajor einen Pakt mit den Romulanern eingegangen ist«, sagte er mit mühsam unterdrückter Wut, »der sich gegen die Jem'Hadar richtet ... und ihre Verbündeten.«

»Die Bajoraner haben schon einmal um ihre Freiheit gekämpft. Da ist es nur logisch, daß sie erneut darum kämpfen werden.«

»So viel zu den Ergebnissen meiner ›Friedensmission‹.«

»Entdecke ich eine Spur von Verbitterung in Ihrer Stimme?«

»Das würde mich nicht überraschen.«

»Wenn Sie sich dann besser fühlen ... zufällig teile ich Ihre Ansichten bezüglich des Vertrags mit dem Dominion.« Garak zog seine – nun ja, Brauen hoch, falls man sie so nennen konnte. »Ich habe lange darüber nachgedacht, und die einzige Erklärung, die ich dafür finde, wäre, daß unsere Führer schlicht den Verstand verloren haben.«

Er bot ein seltsames leises Lächeln feil.

Sisko sah ihn an und mußte dieses Lächeln unwillkürlich erwidern. »Den Anschein hat es.«

»Leider«, fuhr Garak fort, »können Sie oder ich gar nichts dagegen unternehmen.«

»Wahrscheinlich nicht.«

»Schließlich haben Sie Ihre Befehle, und was mich betrifft... Nun, mir käme es nicht im Traum in den Sinn, mich den Wünschen des Zentralkommandos zu widersetzen. Wie schade.«

Garak sah ihn an. Er schien auf irgend etwas zu warten.

»Ganz meine Meinung«, sagte Sisko wohlüberlegt. »Das ist sehr schade.«

»Ich dachte mir, daß Sie meiner Meinung sind.«

Mehr als alles andere bewies der Cardassianer ihm, wie viele Barrieren auf DS Nine eingerissen wurden, daß die letzten beiden Jahre vielleicht doch nicht umsonst gewesen waren.

»Mr. Garak«, sagte Sisko, »ich habe gar nicht gewußt, daß unsere Gedanken sich so ähnlich sind.«

»Das Leben ist voller Überraschungen, Commander.«

»Commander Sisko!«

Der Ruf hallte den Gang entlang und beendete ihr Gespräch. Die anderen Gäste des Restaurants gingen in Deckung. Jemand stieß einen kurzen Warnschrei aus. Das erste, was Sisko sah, als er auf die Füße sprang, waren drei Soldaten der Jem'Hadar, die Bewohner der Station aus dem Weg stießen.

Dann sah er T'Rul, die so schnell lief, wie sie nur konnte...

»Da ist sie!« Die Jem'Hadar hatten ihre Waffen gezogen.

Sisko hob abwehrend die Hand, wollte rufen, daß sie die Waffen wegstecken sollten, daß sie auf der Promenade nicht erlaubt waren, doch zwei der Jem'Hadar zielten bereits.

»Nein!« rief Sisko.

Zwei grelle Energiestrahlen schossen aus den Waffen

der Jem'Hadar und trafen T'Rul in den Rücken. Ihr Schwung ließ sie gegen Sisko prallen. Er fing sie auf, als sie zu Boden stürzte. Der Stoff ihrer Uniform und die Haut darunter kräuselten sich und waren geschmolzen. Ein dünner Rauchfaden stieg von ihr empor.

In Sisko brannte eine Sicherung durch. Als die drei Jem'Hadar in das Restaurant stürmten, ließ er das tote Mädchen von seinem Knie gleiten. Er sprang vor, ergriff das Energiegewehr des ersten Soldaten, wirbelte zur Seite und stieß dem zweiten den Griff der Waffe in den Bauch, genau in den Solarplexus, falls das Geschöpf überhaupt einen hatte.

Ohne abzuwarten, welchen Erfolg sein Angriff zeigen würde, drehte er sich zur Seite und schlug dem anderen Jem'Hadar mit dem Gewehrlauf ins Gesicht.

Aber es waren drei Jem'Hadar, nicht nur zwei, und er hatte das Überraschungsmoment verloren und versuchte zu schnell, sein Gleichgewicht zurückzuerlangen.

Er prallte gegen eine harte Brustplatte und hörte das Herz dahinter hämmern – oder war es sein eigenes? Überall um ihn herum waren Stimmen und erstaunte Gesichter, die sich immer schneller drehten. Garak rief seinen Namen.

Seine Kehle brannte. Er sog Luft ein und stieß sie wieder aus. Und dann waren die Jem'Hadar über ihm.

Und er konnte nicht mehr richtig sehen.

Die Promenade war voller als sonst, aber nicht mehr so gemütlich wie üblich. Mit der Gemütlichkeit war es in den letzten paar Tagen steil bergab gegangen. Die Leute gingen weiterhin von einem Ort zum anderen, wirkten aber irgendwie gehetzt, als wollten sie vor demjenigen fliehen, der hinter ihnen ging. Der Friede war durch einen Vertrag verstümmelt worden. Die Zukunft war ein hoffnungsloses Durcheinander, das hilflos sich verändernden Prioritäten ausgesetzt war.

Niemand wußte, wer als nächster geopfert werden würde. Die Menschen und Klingonen beeilten sich, ihre Sachen zusammenzupacken. Die Bajoraner bewegten sich, als wären sie mit Geschwüren bedeckt. Eltern zerrten ihre Kinder im Laufschritt mit. Jeder Schritt war zielgerichtet, jeder Blick mißtrauisch. Niemand sprach mehr.

Die Leute verließen die Station. Zivilisten, Händler, alle Föderationsmitglieder, das gesamte Starfleet-Personal. Sie verließen den Vorposten, den sie allein, ohne Hilfe, zu einem Ort gemacht hatten, an dem man leben konnte.

Nun *mußten* sie ihn verlassen.

Julian Bashir verabscheute es mittlerweile, auf der Promenade zu verweilen. Oder an irgendeinem anderen Ort. Wenn man die Promenade verließ, sah man sich den offen argwöhnischen Blicken der Wachen ausgesetzt, die dort postiert waren, wo es früher keine gegeben hatte.

Erstaunlich – erst jetzt fiel ihm auf, daß auf dieser ungesitteten Station bis vor kurzem formelle Polizeieinsätze so gut wie überflüssig gewesen waren. Sisko hatte Ordnung verlangt, Odo hatte sie beschafft. Es war nie nötig gewesen, Wachen aufzustellen.

Jetzt standen sie überall. Wen schützten sie? Die Besucher vor den Bewohnern, oder umgekehrt? Niemand wußte das so genau.

Er stand vor der Krankenstation, sah sich um und vergewisserte sich dessen, was er bereits wußte.

Ah – freundliche Gesichter. Nun ja, ein freundliches Gesicht und ein solches im Versuchsstadium. Dax und Garak.

»Wie geht es Chief O'Brien?« fragte Dax.

»Er hat noch leichte Schmerzen«, erwiderte der Arzt, »müßte seine Position aber eingenommen haben.«

Garak zeigte den Gang entlang. »Wenn dem so ist, Doktor, sollten wir uns auf den Weg machen.«

»Einverstanden«, sagte Dax. »Gehen wir.«

Bashir fuhr mit den Knöcheln leicht über die Tür der Krankenstation, als er sie verließ. Die Tür war kalt und stabil.

Daran würde er sich erinnern.

Gemeinsam gingen sie zum Büro des Sicherheitsoffiziers und betraten es unangekündigt. Über Garaks Schulter hinweg sah Bashir, daß Commander Sisko in einer der Verwahrungszellen saß.

Er kauerte auf der Pritsche, hatte die Ellbogen auf die Knie gestützt und die Hände gefaltet. Selbst hier war er irgendwie Teil von DS Nine, oder die Station war Teil von ihm. Bashir widerstand dem Drang, ihm zu winken.

»Kann ich Ihnen helfen?« Chief Eddington schaute von seinem Schreibtisch auf.

Dax trat zu ihm. »Wir möchten Commander Sisko sprechen.«

»Tut mir leid. Ich habe den Befehl, niemand zu ihm zu lassen.«

Bashir schien es mit Unterwürfigkeit versuchen zu wollen. »Aber wir müssen ihn in einer dringenden Angelegenheit sprechen.«

Eddington zuckte mit den Achseln; vielleicht hatte er aber auch nur sein Gewicht verlagert. »Sie müssen sich an Admiralin Necheyev wenden. Sie hat hier die Leitung, bis die Jem'Hadar ...«

Garak griff über den Schreibtisch und drückte einen cardassianischen Injektor gegen Eddingtons Arm. Eddington fiel auf den Schreibtisch. Bashir starrte ihn an und fragte sich, ob der arme Kerl noch lebte – ja, er atmete noch.

»Es tut mir leid«, sagte Garak schlicht, »aber die Zeit drängt, und ich weiß, keiner von Ihnen hätte gern einen anderen Offizier geschlagen.«

Während Bashir noch mit offenem Mund dastand und nach einer Antwort suchte, nickte Dax. »Ich hole Sisko«, sagte sie.

»Wenn Sie so freundlich wären, seine Beine zu nehmen, Doktor«, sagte Garak und ergriff Eddingtons ziemlich breite Schultern.

»Würde ich Sie nicht besser kennen«, murmelte Bashir, »würde ich meinen, die Sache hätte Ihnen Spaß gemacht, Garak.«

»Keineswegs, Doktor. Aber ich gestehe ein, nachdem ich drei Jahre lang Kleider gesäumt habe, ist etwas Aufregung eine willkommene Abwechslung.«

Bashir stöhnte vor Anstrengung auf, als sie Eddington ins Vorzimmer zerrten. »Hoffentlich sind Sie in einer Stunde noch immer dieser Meinung«, keuchte er.

Er richtete sich auf, als Sisko und Dax in den Bürobereich stürmten, der nun, da Eddington friedlich und vor neugierigen Blicken verborgen in einer Ecke schnarchte, wieder völlig unverdächtig wirkte.

»Und jetzt«, sagte Sisko, noch bevor er sie erreicht hatte, »müssen wir uns einen Flitzer verschaffen.«

»Darum haben wir uns bereits gekümmert, Benjamin. Chief O'Brien wartet auf Startfeld C mit der *Rio Grande* auf uns. Sie ist mit genügend Photonentorpedos bestückt.«

»Wieso haben Sie gewußt, daß wir Photonentorpedos brauchen werden?« fragte Sisko sie in einem anerkennenden Tonfall.

Dax sah Sisko ebenfalls an. »Weil ich Sie kenne. Sie wollen dafür sorgen, daß das Dominion auf seiner Seite der Galaxis bleibt. Die einzige Möglichkeit, dies zu erreichen, besteht darin, den Eingang zum Wurmloch zu sprengen.«

Bashir hatte den Eindruck, in seiner Brust würde mit einem lauten Krachen etwas zerbrechen. Eine erstaunliche Tat – eine fabelhafte Lösung. Das Ende ihrer Karrieren, und doch die eine große Tat, zu der nur jemand imstande ist, der wirklich an etwas glaubt. Die eines Soldaten, der einen Eid geleistet hat, dessen Vorgesetzte aber eine unmoralische Entscheidung getroffen haben.

Der Arzt wußte, daß man Kooperationsbereitschaft durch eine Commander Siskos Beförderung hatte erkaufen wollen und er sie hier und jetzt zurückwies. Sie alle lehnten ihre Beförderungen ab.

Bashir suchte auf Commander Siskos Gesicht nach dem geringsten Zweifel.

Er fand keinen.

»Ich freue mich, daß wir einer Meinung sind«, sagte Sisko. Sein Mut griff auf sie über.

»Tja«, warf der Arzt ein, »das ist wohl das Ende unserer Laufbahnen bei Starfleet.«

»Darüber würde ich mir keine Sorgen machen, Doktor«, sagte Garak, als wäre er ebenfalls davon betroffen.

Dax warf ihm einen Blick zu. »Sie haben gut reden.«

»Sie verstehen mich falsch, Lieutenant«, sagte der Cardassianer. »Ich meinte damit nur, daß es töricht ist, sich zu so einem Zeitpunkt Sorgen über seine Karriere zu machen. Schließlich besteht die Möglichkeit, daß wir alle getötet werden.«

Bashir riß die Augen auf. »Soll ich mich deshalb besser fühlen?«

Der Commander hielt auf der Promenade Ausschau nach Wachen der Jem'Hadar. Anscheinend war die Luft rein, denn er kam zurück und winkte sein kleines Einsatzteam hinaus.

»Alles in Ordnung«, sagte er. »Gehen wir.«

# 17

»Es scheint sich um eine Art Verriegelungsmechanismus zu handeln.«

Im Schutz der Höhle betrachtete Odo die Metalltür, die ihren Tricordern trotzte.

Kira betrachtete ihn mit unterdrückter Ungeduld und mußte sich auf die Zunge beißen, um nicht ärgerlich zu reagieren. Natürlich handelte es sich um einen Verriegelungsmechanismus!

»Das ist auch meine Meinung«, sagte sie statt dessen. Es war sinnlos, die letzten paar Minuten zu ruinieren, die sie zusammenarbeiten mußten.

»Interessant«, sagte Odo. »Der Sinn dieser Tür besteht nicht darin, Leute draußen zu halten, sondern den, der auf der anderen Seite ist, drinnen.«

Plötzlich verflog Kiras Ungeduld, und eine ganz neue Neugier erfüllte sie – daran hatte sie überhaupt nicht gedacht. »Ich frage mich, was hinter dieser Tür ist«, murmelte sie.

»Das finden wir wohl heraus«, murmelte Odo gedankenverloren, »sobald ich diese Tür geöffnet habe...«

Seine Hand verwandelte sich in einen silbernen Stachel, dessen Ende er in das Schloß schob. Der Stachel ging viel tiefer hinein, als es eigentlich der Fall sein dürfte.

Kira unterdrückte ein Schaudern. Ihr wurde schon beinahe übel, wenn sie sah, wie Odos Hand fast bis zum Ellbogen in das Schloß glitt.

Ein mechanisches Schloß – sie hörte, daß die Zuhaltung klickte.

Odo zog seine Extremität zurück und verwandelte sie wieder in seine Hand. »Treten Sie zurück, Major«, sagte er.

Sie tat wie geheißen, und er drückte sein Gewicht gegen die schwere Metallbarriere.

Die Tür krächzte, bewegte sich allerdings. Es zuckten keine Blitze auf, die Odo zurückwarfen, keine Energiefelder.

Kira zog ihre Waffe und schaute hinein.

Drei Jem'Hadar erwiderten ihren Blick. Sie hatten ihre Waffen ebenfalls gezogen und gehoben.

Einer von ihnen nickte ihr zu. »Wir haben Sie erwartet, Major.«

»Halt! Legen Sie die Waffen hin!«

Zwei Wachen der Jem'Hadar tauchten direkt vor Sisko, Dax, Bashir und Garak auf, als sie zum Startfeld C stürmten.

Sisko kam schlitternd zum Halt. Dax wäre fast gegen ihn geprallt. Bashir gelang es, zur Seite auszuweichen. Garak …

Der Cardassianer eilte auf den Jem'Hadar zu, hielt aber den Blick – und den Phaser – auf Sisko gerichtet.

»Ja, Commander. Tun Sie, was er sagt.«

Bashir starrte ihn unschuldig wie ein Kind an. »Garak?«

»Sie haben mich gehört, Doktor.«

*Ich schäle ihm die Schuppen vom Leib,* dachte Sisko, als er seinen Phaser fallen ließ. Er mußte es tun, oder die anderen hätten sein Zögern als Zeichen gesehen, sich gegen den Verräter und die beiden häßlichen Wachen zu wenden.

Der Cardassianer eilte auf den Jem'Hadar zu. Den Phaser hielt er noch in der Hand. »Es freut mich, daß alles nach Plan verläuft.«

Die Jem'Hadar starrten ihn an. »Nach was für einem Plan?« fragte einer.

»Hat niemand Sie informiert? Verstehen Sie, ich tue so, als wäre ich ihr Freund – und dann erschieße ich Sie.«

Er riß den Phaser hoch, und dessen Energiestrahl traf zuerst den einen, dann den anderen Jem'Hadar.

Sisko bückte sich, hob seine Waffe und dann die von Dax auf und gab sie ihr zurück. Auf der anderen Seite des Ganges war Bashir ihrem Beispiel gefolgt.

»Gut gemacht, Garak«, sagte Sisko.

»Das habe ich mal in einem Buch gelesen.«

»Davon bin ich überzeugt«, sagte der bleich gewordene Bashir seufzend.

»Vorsicht!«

Dax stieß Bashir zur Seite und hob ihre Waffe.

Sisko mußte sich fast um hundertachtzig Grad drehen, bevor er sehen konnte, was sie meinte: Zwei weitere Jem'Hadar waren um eine Ecke gebogen und stürmten auf sie zu. Er zielte hektisch und traf einen Jem'Hadar in den Oberkörper.

Aber das war nur einer. Wie viele waren noch da?

Sisko schoß erneut. Diesmal zielte er genauer. Bei jedem Schritt gab er einen Schuß ab.

Garak stieß die Trill beiseite, konnte aber selbst dem Energiestrahl nicht mehr ausweichen. Ein Schuß erwischte seinen Arm. Der nächste ...

Mitten in die Brust getroffen, prallte Garak neben Dax gegen die Wand und rutschte langsam zu Boden.

»Garak!« brüllte Bashir.

Er lief an Sisko vorbei zu dem zusammengebrochenen Cardassianer, mitten ins Kreuzfeuer.

Während Sisko und Dax ihm Deckung gaben, kniete er neben Garak nieder.

»Es sieht so aus, als würden wir nicht mehr zu Mittag essen können, Doktor«, keuchte der Cardassianer schwach. Wenigstens bekam er noch den vollständigen Satz heraus. Das war das letzte, was ihm gelang, bevor er starb.

Sisko packte Bashir am Arm und zerrte ihn zurück. »Es ist zu spät, Doktor!«

Dax gab ihnen noch immer Deckung. Unter dem ständigen Zischen der Energiewaffen näherten sie sich der Luftschleuse.

»Kommen Sie!« Sisko merkte, daß Bashir sich losreißen und zu Garak laufen wollte. Der Arzt gab einfach nicht auf. Was, wenn noch ein Funken Leben in Garak war? Sie konnten ihn doch nicht einfach dort liegen lassen!

Sisko kannte dieses Gefühl. Kannte und haßte es.

Die Jem'Hadar hielten sie gnadenlos unter Beschuß, und sie kamen nur langsam Richtung Luftschleuse voran. Ständig mußten sie in Deckung gehen und sich gegen die Wand drücken, während Pfeile aus entfesselter, knisternder Energie ihnen so nahe kamen, daß sie deren Hitze auf ihrer Haut spürten.

Dax erreichte die Schleuse zuerst und schlug auf die Kontrollfläche. Summend öffnete sich das Schott.

Sisko stieß Bashir hinein, gab einen letzten Schuß ab und sprang dann ebenfalls hinein. »Beeilen Sie sich, Lieutenant!«

»Ich komme schon«, versprach Dax. Sie programmierte die Kontrolltafel so, daß sie ohne Hilfe der kompletten technischen Abteilung nicht umprogrammiert und geöffnet werden konnte. Mit einem scheppernden Knirschen schloß das Schott sich zwischen ihnen und den Jem'Hadar.

O'Brien saß bereits im Pilotensessel, als Sisko in das Cockpit stürmte. Der Flitzer war bereits warmgelaufen. Er hörte, daß sich hinter ihm Dax und Bashir schwer atmend in ihre Sitze warfen.

»Bringen Sie uns hier raus, Chief«, sagte er.

Der Ingenieur reckte den Hals, um sie abzuzählen. »Was ist mit Garak?«

»Er kommt nicht«, erwiderte Bashir grimmig.

O'Brien nickte wissend. »Na schön. Halten Sie sich fest.«

Sisko saß neben O'Brien, als der Flitzer aufstieg und im freien All schwankte, bevor er sich mit dem Dreifachen der zulässigen Höchstgeschwindigkeit von der Station entfernte. Er drückte seine Schulterblätter gegen die Sitzlehne und zwang sich, gleichmäßig zu atmen. Damit wollte er den anderen ein Beispiel geben, ihnen zeigen, daß er glaubte, nein, *wußte*, daß sie das Richtige taten. Es gab keine *legale* Verpflichtung, einen Planeten zu schützen, der noch nicht die volle Mitgliedschaft in der Föderation erworben hatte. Aber wenn das kleine Mädchen nebenan von einem Rudel Hunde zerfetzt wurde, war man auch nicht gesetzlich verpflichtet, sein Leben zu riskieren, hinüberzulaufen und die Hunde zu töten. Doch jeder, der einen Funken Anstand im Leib hatte, würde über den Zaun springen.

Komisch, wie gut der Vergleich mit dem Rudel Hunde paßte. Wie die Jem'Hadar-Schiffe die *Defiant* eingekreist und in Stücke gerissen hatten…

Im Seitenfenster drehte Deep Space Nine sich vor dem schwarzen All, klobig und unelegant, mächtig und unabhängig; die großen, gebogenen Andockmasten krallten sich wie die Arme eines großen Tieres sowohl nach oben als auch nach unten.

Als er hierhergekommen war, hatte die Station ihm nicht gefallen, doch Jake zuliebe hatte er den Posten angetreten. Und nun verließ er Jake und einer Milliarde anderer Wesen zuliebe die Station wieder.

Jake würde es verstehen – falls Sisko nicht zurückkommen sollte. Garak hatte recht gehabt: die Aussicht dazu bestand, war sogar sehr groß.

Sollten sie überleben, würde er auf jeden Fall zurückkehren. Ein Leben als Flüchtling war nicht seine Sache. Er hatte die Verpflichtung zurückzukehren, sich dem Prozeß vor dem Kriegsgericht zu stellen und in den Hallen der Vereinigten Föderation der Planeten zu sagen, was hier geschehen war. Es war falsch, dem Dominion zu diesem Zeitpunkt den Sektor abzutreten. Vielleicht nicht nur zu diesem Zeitpunkt. Sie hatten jedes gesunde Maß verloren, jede Vorstellung von Recht und Unrecht, die für die Freiheit und Selbstbestimmung des Individuums von grundlegender Bedeutung war.

Er würde zurückkehren, sich seinem Prozeß stellen und es ihnen allen sagen. Und sein Sohn würde ihn dabei sehen, selbst wenn er es in Handschellen tun mußte.

Und den Bajoranern würde er damit zeigen, daß sie nicht allein waren, selbst wenn nur die vier in diesem Flitzer ihnen beistanden.

*In ein paar Minuten wird das Dominion siebenundsechzig Jahre entfernt sein. Und die Föderation wird Zeit haben, alles noch einmal zu überdenken.*

»Dreißig Sekunden bis zum Wurmloch«, sagte O'Brien und riß Sisko damit aus seinen Gedanken.

»Photonentorpedos zum Abschuß vorbereiten«, sagte Sisko. Der Befehl kam ihm problemlos über die Lippen. Er mußte nicht zweimal darüber nachdenken – diese Phase war längst vorbei.

»Wir werden gerufen«, meldete Dax, wobei sie alle Emotionen aus ihrer Stimme verbannte. »Es ist Admiralin Necheyev.«

Sisko wartete kurz ab, griff dann nach vorn und aktivierte seinen Bildschirm. Er sagte nichts, wartete einfach, bis Necheyev auf dem Monitor erschien.

»Commander«, sagte die Admiralin mit scharfer Zurückhaltung, »ich befehle Ihnen, den Flug abzubrechen. Kehren Sie sofort zur Station zurück.«

Tja, nachdem *das* nun vorbei war, konnten sie sich jetzt ernsthaft unterhalten. Necheyev war weiß vor Wut, was sie noch wächserner als üblich wirken ließ. Sie verblich praktisch vor seinen Augen.

»Ich befürchte, diesen Befehl kann ich nicht befolgen«, sagte Sisko einfach.

Borath rümpfte die Nase. »Bitte, Commander. Zwingen Sie uns nicht, Ihnen die Jem'Hadar hinterherzuschicken.«

Sisko hätte fast gelacht. »Nur zu«, forderte er ihn auf. »Aber warnen Sie sie lieber, daß sie erst in etwa siebzig Jahren mit Verstärkung rechnen können.«

Er schaltete den Monitor aus. Es war sinnlos, das Unvermeidliche hinauszuschieben. Sie hatten sowieso schon eine Stinkwut auf ihn.

Er lehnte sich zurück und genoß es. Das war allerdings alles, was er genießen konnte.

Das Wurmloch blitzte vor ihnen auf: Strahlendes Weiß und Gelb und elektrisches Blau umrahmten ein Loch wie das Auge eines Hurrikans. Es war seltsam, daß es immer wußte, wann ein Schiff kam, auch wenn es so klein wie dieses war.

»Das Wurmloch öffnet sich«, sagte Dax überflüssigerweise.

Sisko bestätigte die Meldung nicht. »Angriffsmuster Theta, Mr. O'Brien. Dann hart nach Backbord.«

Der Ingenieur zögerte nicht. »Jawohl, Sir.«

In den wenigen Sekunden, in denen leuchtende Photonentorpedos, die wie harmlose Lichtkugeln aussahen, vom Flitzer zum Wurmloch flogen, sah Sisko Visionen von Odo und Kira und fragte sich, ob er ihre einzige Fluchtmöglichkeit aus dem Gamma-Quadranten zerstörte. Ja, natürlich tat er das. Genau das tat er. Mit diesen Schüssen gestand er ein, daß er der Ansicht war, seine Freunde wären tot. Und wenn sie nicht tot sein sollten, verdammte er sie damit zu einem Leben auf der anderen Seite, bei dem sie völlig auf sich allein gestellt waren.

Er wünschte, er könnte es Kira erklären. Sie sollte wissen, daß sie nicht grundlos im Exil leben mußte, daß jemand auf dieser Seite Bajors Interessen vertrat und fest für die Prinzipien eintrat, die die Föderation sich auf ihre Fahne geschrieben hatte.

Einfache Aussagen. Nicht gerade Walt Whitman. Aber er wünschte, er hätte es ihr trotzdem sagen können.

Falls er irgend etwas bedauerte, dann das. Vielleicht genügte aber auch die Tatsache, das Wurmloch geschlossen zu haben. Sie würde selbst darauf kommen, nicht wahr?

Die Torpedos rasten ungehindert in den Kern des Wurmlochs und wurden von ihren Zeitzündern zur Explosion gebracht.

Ein strahlender Pilz der Vernichtung schoß aus dem Phänomen und wurde auf ihren Monitoren rasend schnell größer. Grelles Leuchten kam wie kochende Gischt über sie. Die *Rio Grande* wurde zurückgeworfen wie ein Spielzeug auf einer Meereswelle.

Sisko wollte durch den Lärm rufen, sie sollten sich festhalten, aber das taten sie sowieso schon. Er erhaschte einen Blick auf O'Briens verkrampften Arm und die Hand, die sich um die Lehne des Pilotensessels krallte. Die Explosion und die nachfolgenden Schockwellen jagten auf sie zu, und die ersten Ausläufer erfaßten sie, doch der Flitzer blieb intakt und überstand die Stöße.

Das war doch gar nicht so schlimm gewesen.

Sisko hob den Kopf von der Sitzlehne. Sie lebten noch …

Eine weitere Schockwelle traf sie, diesmal eine härtere. War einer der Torpedos mit Verzögerung explodiert?

»Chief …«

»Es ist das Schiff der Jem'Hadar, Commander. Es hat die Station verlassen und Kurs auf uns genommen.«

»Wenden Sie, Mr. O'Brien.« Er drehte sich mit dem Sessel um, damit die anderen seine Augen sehen konnten. »Alle Stationen kampfbereit. Volle Energie auf die Schilde.«

Bevor sie gewendet hatten, bekamen sie einen weiteren Treffer ab.

»Schildenergie um zwanzig Prozent gefallen«, sagte Dax ruhig.

Sisko machte sich gar nicht erst die Mühe, es zu bestätigen. »Feuer erwidern!«

O'Brien versuchte sein Bestes, um den Schüssen der Jem'Hadar auszuweichen – auf so geringe Reichweite konnten die Energiestrahlen ein Schiff dieser Größe einfach auflösen.

»Dax, übernehmen Sie die Schildkontrolle! Opfern Sie die Heckschilde und leiten Sie die Energie in die Phaser um!« Sisko sprang aus seinem Sitz und übernahm die Waffenkontrolle persönlich, während Dax zur Schildkontrolle taumelte.

Ein verdammter Entwurf für Friedenszeiten – in diesen Flitzern war alles anderthalb Armlängen voneinander entfernt. Man benötigte vier Personen, um vier Aufgaben auszuführen.

Es blieb ihm keine Zeit, sich darüber zu ärgern.

O'Brien konzentrierte sich darauf, dafür zu sorgen, daß jeder Schuß, den sie abbekamen, ein Streifschuß war; allerdings mußte er jeden Treffer von neuem kompensieren und versuchen, ihren Schleuderkurs wieder zu stabilisieren.

»Versuchen Sie, ihre Schubdüsen zu treffen!« übertönte er den Lärm eines weiteren Treffers. Der Flitzer kreischte laut auf, als er an einer unsichtbaren Schnur herumschwang und fast direkt unter den Leib des Jem'Hadar-Schiffs befördert wurde.

»Jetzt, Sir!« rief O'Brien über das Donnern eines weiteren Treffers hinweg – diesmal eines knappen Fehlschusses; die *Rio Grande* bekam nur das Echo der Energiewelle zu spüren.

Anscheinend konnte das Jem'Hadar-Schiff nicht

senkrecht nach unten zielen, zumindest nicht auf diese Nähe.

Sisko drückte die Hände auf die Phaserkontrollen und eröffnete das Feuer, zog eine Linie Blasen ziehender Energie über die Unterseite des feindlichen Schiffes.

»Eine Schubdüse getroffen, Benjamin«, sagte Dax mit einem Anflug von Triumph in der Stimme.

Ein kleiner Sieg, aber sie nahmen ihn gern zur Kenntnis. Das Schiff der Jem'Hadar war angeschlagen, aber noch manövrierfähig. Und die Wesen aus dem Gamma-Quadranten gaben nicht auf.

Sisko konnte den tiefgreifenden Zorn, der ihm aus dem feindlichen Schiff entgegenschlug, fast körperlich spüren. Sie hatten keinen Grund, den Flitzer zu zerfetzen, taten aber genau das, genau, wie sie die *Odyssey* und die *Defiant* zerstört hatten. Der einzige Grund, daß sie den Flitzer noch nicht erwischt hatten, lag in der geringen Größe, hohen Geschwindigkeit und enormen Wendigkeit des Schiffes.

»Wie lange können wir das noch durchstehen?« knurrte er zu sich selbst. »Chief, versuchen Sie, unter ihnen zu bleiben, während ich die Waffensysteme wieder auflade.«

»Aye, Sir.« O'Brien saß stocksteif da, biß die Zähne zusammen und hielt den Blick auf das feindliche Schiff gerichtet, obwohl er alle Hände voll zu tun hatte.

Ach, die gute alte Politik der kleinen Nadelstiche – Sisko spürte den Zorn der Jem'Hadar und genoß ihn. Wenn er schon hier draußen sterben mußte, sollte der Feind wenigstens den Zorn eines Starfleet-Offiziers zu spüren bekommen. Auch wenn sie nie mehr nach Hause kommen würden, würden sie diese Erfahrung nie vergessen.

»Ich kann den Kurs nicht mehr halten!« keuchte O'Brien.

Dax wedelte den Rauch zwischen ihnen beiseite. »Benjamin, wir haben den Treibstoffdruck verloren!«

Schweiß überzog Siskos Gesicht, als er diese Meldung verdaute und eine Entscheidung traf. »Na schön, das wäre es also. Wir können nicht mehr kämpfen. Wir können lediglich dieses Schiff mit uns in den Untergang nehmen.«

»Verstanden«, sagte Dax. Sie klang nicht im geringsten überrascht.

In O'Briens Augen standen Tränen. Seine Stimme stockte nicht. »Aye, aye, Sir.«

Sisko drehte sich zu Bashir um. »Doktor, haben Sie ebenfalls verstanden?«

Bashir nahm all seinen Mut zusammen. »Ja, Sir«, sagte er. »Ich habe verstanden.«

»Gut. Sie alle sollen wissen, daß es eine große Ehre für mich war, mit Ihnen zusammenzuarbeiten. Chief O'Brien, hart wenden, volle Kraft. Kollisionskurs.«

# 18

Kira schaute den Lauf der Jem'Hadar-Waffe entlang und hätte fast ihre eigene ausgelöst.

In dieser ersten Sekunde war ihre gesamte Erfahrung nötig, um sich zurückzuhalten. Sie hätte den Jem'Hadar zwar liebend gern getötet, wollte aber unbedingt sehen, was hinter der Tür war. Und dazu mußte sie leben.

Und sie lebte noch. Das bedeutete, auch die Jem'Hadar wollten, daß sie es sah.

»Rein«, befahl eine der Wachen.

Ein dunkler Tunnel im Fels... mindestens zwanzig Jem'Hadar, die an beiden Seiten postiert waren. Ein Kampf kam nicht in Frage. Odo hätte fliehen können, wollte offensichtlich aber auch erfahren, welches Geheimnis dieser Planet barg, der noch vor ein paar Minuten sein heiliger Ort gewesen war, bis die Anwesenheit der Jem'Hadar und die Lüge, die sein eigenes Volk ihm offenbar erzählt hatte, alles verdorben hatten.

Ein dunstiges Licht leuchtete am anderen Ende dieses Tunnels. Gemeinsam gingen die beiden unter der aufmerksamen Bewachung der Jem'Hadar auf dieses Licht zu. Man würde sie nicht von hinten erschießen. Diese Parade hatte einen anderen Sinn.

Kira wurde sich bewußt, daß Odo neben ihr ging. Sie wollte stehenbleiben, sich umdrehen und mit ihm sprechen, ihm sagen, daß sie bei ihm war, ganz gleich, was geschah, ganz gleich, welche Enttäuschung ihm auf diesem Planeten bereitet werden würde, den er sein Leben lang gesucht hatte …

Nein, das alles war unzulänglich.

Irgend etwas war schiefgegangen, und sie erkannte an seinen herabhängenden Mundwinkeln und dem traurigen Ausdruck in seinen brauenlosen Augen: Er hatte begriffen, daß sein Paradies verloren war.

Sein Volk hatte ihn belogen.

Die beiden wurden um eine Ecke gestoßen und von dem Licht gebadet. Sie blieben abrupt stehen.

»Bitte kommen Sie herein.«

Kira tat wie geheißen. Der Jem'Hadar machte keine Anstalten, ihr den Phaser abzunehmen, drängte sie und Odo lediglich voran in eine Höhle mit einer hohen Decke.

Dort verharrte sie abrupt. Entgeistert sah sie sich um.

Die Mannschaft der *Defiant* saß in einem kleinen Verhörraum – Sisko, Dax, O'Brien, Bashir und T'Rul.

»Commander?« In Kiras Stimme schwang Erleichterung und Panik zugleich mit. Waren sie tot? Lagen sie im Tiefschlaf? »Dax!«

»Sie können Sie nicht hören«, sagte der Vorta.

Sisko und die anderen saßen in einem Kreis an den Wänden. An ihren Köpfen waren Geräte angebracht, die von insgesamt drei Vorta mit Hilfe von Computerkonsolen überwacht wurden. Einer der Vorta stellte sich mit einem teilnahmslosen Lächeln als Borath vor. Kira hätte ihm am liebsten die Zähne eingeschlagen.

Alle anderen waren an diese Maschinen angeschlossen. Sie saßen reglos da, die Augen geschlossen, die Gesichter verkrampft, die Zähne zusammengebissen. Offensichtlich erlebten sie gerade etwas höchst Unerfreuliches.

Odo drängte nach vorn. »Was haben Sie mit ihnen gemacht?«

»Wir haben ihnen keinen Schaden zugefügt«, sagte

der Vorta. »Wir führen lediglich ein kleines Experiment durch.«

Das klang verdammt beiläufig. Kira näherte sich ihren gefangenen Mannschaftskameraden. Sie hätte ihnen diese Geräte von den Köpfen reißen können, doch was würde sie damit anrichten? Hielten sie in irgendeiner Hinsicht ihre Lebensfunktionen aufrecht?

Sie musterte sie nacheinander, um sich zu vergewissern, daß sie tatsächlich noch lebten. Die Erleichterung traf sie wie ein Schlag, so daß sie fast zusammengebrochen wäre.

»Was für ein Experiment?« fragte sie.

»Wir wollen feststellen, wie sie auf den Versuch des Dominion reagieren, sich einen Brückenkopf im Alpha-Quadranten zu verschaffen.« Der Vorta sprach nicht annähernd so selbstgefällig wie sonst. »Wir wollten feststellen, wieviel sie opfern würden, um einen Krieg mit uns zu vermeiden.«

Kira warf einen Blick auf Odo und schaute dann den Vorta wieder an. »Und? Wie verhalten sie sich?«

Borath seufzte und zuckte dann mit den Achseln. »Leider haben sie sich als so starrköpfig erwiesen, wie ich es befürchtet habe.«

»Das freut mich zu hören«, erklärte Odo spöttisch.

»Wirklich?« Boraths gehässiger, arroganter Blick fiel wieder wie ein Lichtstrahl auf ihn. »Nun ja, das ist ein Problem. Aber zum Glück muß nicht ich es lösen.«

»Aber ich.«

Eine andere Stimme erklang inmitten des leisen Summens, drang durch das schwache Pochen der Stromkreise und Computernetzwerke.

Kira trat einen Schritt zurück. Odo trat vor.

Die Gestaltwandlerin hatte den Raum durch einen unsichtbaren Eingang betreten und ging auf sie zu.

»Ich verstehe nicht«, sagte Odo. Auf seinem Gesicht stand unverhüllte Bestürzung geschrieben. »Du weißt davon?«

»Ja.«

»Aber wie konntest du das zulassen?«

Die Frau war über ihn erstaunt – oder wollte ihn mit einer kurzen Pause quälen. Kira konnte es nicht sagen. Die Gestaltwandler waren mit Sicherheit vielschichtigere Wesen, als sie es sich eingestehen wollten.

Fast instinktiv, ohne nachzudenken, trat Kira vor. »Sie gehören zum Dominion«, sagte sie. »Nicht wahr?«

Das Gesicht, das aus irgendeinem Grund dem Odos so sehr ähnelte, wandte sich ihr zu. »Zum Dominion gehören? Major, die Gestaltwandler *sind* das Dominion.«

Odo betrachtete sie mit einem unversöhnlichen Blick und dachte einen Schritt weiter. »Ihr seid die Gründer«, sagte er.

Er wirkte unberührt, doch Kira wußte, daß er sich absichtlich so gab, damit die Gestaltwandlerin und die anderen nur seine Kraft, aber nicht seinen gewaltigen Schmerz sahen.

»Die reine Ironie, nicht wahr?« sagte die Frau. »Wir, die Gejagten, beherrschen nun das Schicksal Hunderter anderer Spezies.«

»Aber warum wollt ihr überhaupt jemanden ›beherrschen‹?« fragte Odo.

»Weil das, was man beherrscht, einen nicht verletzen kann. Vor so vielen Jahren haben wir uns der Aufgabe verschrieben, Ordnung in ein chaotisches Universum zu bringen.«

»Ordnung zu bringen?« schmetterte Kira. »So nennen Sie das? Ich nenne es Mord!«

»Wie Sie es nennen, interessiert uns nicht.«

Odo schüttelte den Kopf. »Aber wie rechtfertigt ihr die Vernichtung der *Odyssey*? Den Tod all dieser Wesen?«

»Die Festen sind schon immer eine Bedrohung für uns gewesen. Mehr Rechtfertigung brauchen wir nicht.«

Unglaublich wütend angesichts dieser brutalen Selbstgefälligkeit – Kira erkannte sie als solche, weil sie früher auch ein wenig so gewesen war –, wäre sie beinahe über die Gestaltwandlerin hergefallen. In der letzten Sekunde trat Odo dazwischen.

»Diese Festen haben euch nie Schaden zugefügt«, sagte er und deutete mit seinen langen, eleganten Händen auf Sisko, Dax und die anderen, die in dieser bizarren Schießbude gefangengehalten wurden. »Sie reisen durch die Galaxis und versuchen, ihr Wissen zu vermehren, genau wie ihr es früher getan habt.«

Der Körper der Frau verspannte sich, ihre Haltung wurde starr. Vielleicht war es Entrüstung.

»Die Festen sind nicht wie wir«, sagte sie ätzend.

Tiefe Traurigkeit legte sich auf Odos Gesicht und arbeitete unter seiner Oberfläche. Er betrachtete das Wesen, das genau wie er zu sein schien, das Symbol der Verheißung seiner großen Heimkehr, seiner lebenslangen Suche, und zum erstenmal sah er den verkümmerten Kern unter dem Äußeren. Im Gegensatz zu ihrer mythischen körperlichen Evolution hatte die Gesellschaft dieses Volkes sich bis zu einem gewissen Punkt weiterentwickelt ... und war dann stehengeblieben.

Für einen Gestaltwandler war die äußerliche Form gar nichts, wurde Kira klar, als sie den stummen Dialog beobachtete. Sie beobachtete ihn und applaudierte im Geiste, als Odo ein für allemal die Verbindung kappte, die ihn zu diesen Wesen hingezogen hatte.

»Nein, wahrscheinlich sind sie das nicht«, sagte er schließlich. »Und ich bin es auch nicht. Ich habe mein Leben der Durchsetzung von Gerechtigkeit gewidmet. Aber Gerechtigkeit bedeutet euch nichts.«

»Du suchst nicht Gerechtigkeit, Odo«, sagte die Frau. »Sondern Ordnung. Genau wie wir. Und wir können dir helfen, dieses Verlangen auf eine Art und Weise zu befriedigen, wie es den Festen niemals möglich wäre.« Sie hob eine Hand und zeigte auf Sisko, der noch immer dasaß und in seinen künstlich erzeugten Traum vertieft war. »Das wird dir klar werden, sobald du deinen Platz in der großen Verschmelzung eingenommen hast.«

»Nein.« Er reckte das Kinn vor – eindeutig eine Geste der Festen. »Ich gestehe ein, daß eure Verschmelzung verlockend klingt. Aber ich bin bereits eine Verbindung eingegangen ... mit diesen Leuten.« Als interessierte es ihn gar nicht, welche Antwort er darauf bekommen würde, drehte Odo sich zu dem Vorta um. »Entfernen Sie diese Geräte von Commander Sisko und den anderen und geben Sie ihnen ihre Kommunikatoren zurück.«

Der Mann starrte ihn an und richtete den Blick dann hilfesuchend auf die Gestaltwandlerin.

Kira beobachtete voller Stolz, wie Odo vor der Gestaltwandlerin und deren Helfern stand und die Wahrheit erkannte. Sie hatten ihn ausgeschickt, damit er Wissen und Weisheit zurückbrachte und ihnen berichtete, was er von der Außenwelt gesehen hatte. Als er zurückgekehrt war, hatten sie ihn aufgrund seiner Erfahrungen herabgesetzt. Wer war denn hier töricht, wenn sie die Meinung ihres eigenen Boten nicht akzeptieren wollten?

»Wir können ihnen nicht erlauben, den Planeten zu verlassen«, sagte der Vorta und sah Kira an. »Sie kennen zu viele unserer Geheimnisse.«

Kira fuhr sich mit der Zunge über die Lippen und wollte ihnen schon erklären, daß ein großer, komischer See und ein Planet, auf dem ohne Sonne Pflanzen wuchsen, gar kein so großes ›Geheimnis‹ und ihre Macht in einem modernen Zeitalter gar nicht so beeindruckend waren. Doch Odo kam ihr wiederum zuvor.

»Und ich kann euch nicht erlauben, sie hierzubehalten. Sie gehen, und ich ebenfalls.«

Erneut deutete er, diesmal nachdrücklicher, auf seinen Commander und seine Mannschaftskameraden, und seine edle Geste ließ nicht den geringsten Zweifel offen.

Die Gestaltwandlerin sah ihm in die Augen. »Du hast viele Jahre gebraucht, um nach Hause zu finden. Willst du deine Heimat wirklich so schnell wieder verlassen?«

»Wenn du mich nicht daran hinderst.«

Seine barsche Entscheidung überraschte sie erneut. »Noch nie hat ein Gestaltwandler einem anderen Schaden zugefügt«, sagte sie.

»Bis jetzt«, erwiderte Odo geradeheraus. »Denn was immer du ihnen antust, wirst du auch mir antun müssen.«

Kira hielt den Atem an.

Odo und die Gestaltwandlerin musterten einander. Die eine Überzeugung prallte auf die andere. Sehr lange sahen sie sich an, so lange, daß Kira die Hände gegen ihre Uniformhosen drücken mußte, um nicht die Geräte von den Köpfen ihres Commanders und der Leute zu reißen, die sie vor ein paar Minuten noch für tot gehalten hatte. Sie hatte damit gerechnet, auf die andere Seite des Wurmlochs zurückkehren und den Tod ihrer Freunde und den Verlust der *Defiant* melden zu müssen.

Wo war das Schiff? War es zerstört worden?

Sie hielt den Mund und fragte nicht, mischte sich nicht ein.

Noch immer richtete die Gestaltwandlerin den Blick auf Odo, doch der gab nicht nach. Er hatte nicht vor, »zu Hause« zu bleiben – denn dies war nicht sein Zuhause. Er kämpfte gegen seinen Instinkt an. Es war primitiv, sich lediglich von seiner Gestalt leiten zu lassen. Intelligente Wesen wurden durch gemeinsame Grundsätze verbunden.

Kira fühlte einen Anflug von Schuld. Wie oft war sie in erster Linie Bajoranerin gewesen und erst danach ihren Grundsätzen gefolgt?

Dann, mit der Schlichtheit, mit der die Gestaltwandler einfach alles zu tun schienen, drehte die Frau sich zu dem Vorta um. »Sie können gehen«, sagte sie.

Kira atmete tief ein, um ihren Sieg zu feiern.

Doch der Vorta betrachtete die Gestaltwandlerin lediglich und machte keine Anstalten, die Gefangenen zu befreien.

»Stellst du meine Entscheidung in Frage?« fragte die Gestaltwandlerin drohend.

Nach einigen gefährlichen Sekunden gab der Mann nach. »Die Vorta dienen den Gestaltwandlern in allen Belangen.«

Er und die beiden anderen Vorta entfernten die Geräte von den Gefangenen. Sie gingen eifrig, aber sorgsam vor, schauten nicht mehr auf und schienen die Anweisung auch nicht mehr anzuzweifeln.

»Danke«, sagte Odo zu der Gestaltwandlerin.

»Ich verspreche dir«, erwiderte sie, »beim nächsten Mal werden wir nicht mehr so großzügig sein.«

»Constable?«

Kira und Odo drehten sich gleichzeitig um. Commander Sisko bewegte sich auf seinem Stuhl, blinzelte und zwang sich, die Scheinwelt zu verlassen, die diese Maschinen erzeugt hatten. Neben ihm sahen sich auch O'Brien, Dax und T'Rul um – die hypnotische Trance fiel von ihnen ab.

Was hatten sie durchmachen müssen? Kira trat vor, damit sie sie ebenfalls sehen konnten und nicht auf die Idee kamen, Widerstand zu leisten. Die Lage war noch kompliziert genug.

»Was ist mit der *Rio Grande* passiert?« fragte O'Brien.

»Ich erinnere mich nur daran, daß das Wurmloch zusammengebrochen ist«, sagte Dax, obwohl das nicht gerade eine Antwort auf seine Frage war.

Kira starrte sie an. Das Wurmloch – zusammengebrochen? Dann waren sie hier gefangen…!

»Meine letzte Erinnerung ist, daß ich von einem Soldat der Jem'Hadar erschossen wurde«, murmelte T'Rul und warf einen mißtrauischen Blick auf die beiden Vertreter dieser Spezies, die im Hintergrund standen. Zum Glück war sie so vernünftig, sich zu beherrschen.

Der Umstand, in einer dunklen Felshöhle zu erwachen, umgeben von fremdartigen Maschinen und einem halben Dutzend Lebensformen, bereitete ihnen allen Kopfzerbrechen und ließ sie zögern.

Kira blieb nervös. Sisko war noch nicht bereit, wieder das Kommando zu übernehmen. Er versuchte sich zu erheben, war noch benommen, hatte noch nicht richtig verstanden, was vorgefallen war, als der Vorta zu ihnen ging und ihnen die Kommunikatoren zurückgab.

»Das alles ist Ihnen bestimmt sehr real vorgekommen«, sagte sie und hoffte darauf, daß jemand ihr widersprach, »doch in Wirklichkeit sind Sie in diesem Raum gefangengehalten worden, seit die Jem'Hadar Sie von der *Defiant* hierhergebracht haben.«

Niemand sagte ihr, daß sie sich irrte.

»Borath?« Den Vorta anstarrend, stützte Sisko sich zuerst auf die Lehne seines Stuhls und dann auf Kira, die zu ihm gelaufen war. »Verdammt noch mal, was geht hier vor?«

»Ihr Schiff ist im Orbit«, sagte Borath. »Sie können sich jederzeit hinauftransportieren lassen.«

Kira sah, daß diese Antwort ihm nicht genügte. Eigentlich war es auch gar keine Antwort. Es war ein unterschwelliger Vorschlag mit dem Hauch einer Warnung.

Sie beobachtete Sisko. War er schon wieder so klar im Kopf, daß er die Andeutung verstand?

»Kehren Sie auf die *Defiant* zurück, Commander«, sagte Odo. »Ich folge Ihnen in Kürze.«

»Tun Sie, was er sagt, Sir«, bekräftigte Kira und hoffte, Sisko würde nicht merken, daß man ihm Befehle erteilte, aber keine Erklärungen gab. Die meisten

Commander ließen sich so etwas nicht gefallen – jedenfalls nicht auf Dauer. »Ich bleibe bei ihm und sorge dafür, daß er auf das Schiff zurückkommt.«

Sisko sah sie an, dann wieder Odo, und schließlich musterte er das bunte Gemisch der Wesen um sie herum.

Er wollte etwas sagen, doch Bashir kam ihm zuvor.

Der Arzt starrte die Frau an. »Das ist eine Gestaltwandlerin!« platzte er heraus.

Sisko musterte die Frau ebenfalls, begriff, daß die Lage sich drastisch verändert hatte, und enthielt sich aller Fragen und Befehle.

»Commander«, sagte Odo nachdrücklich, »Sie müssen jetzt aufbrechen. Ich verspreche Ihnen, ich werde Ihnen später alles erklären.«

Mit einem Seufzer der Erleichterung sah Kira, daß Sisko Dax, Bashir, O'Brien und T'Rul zu einer Transporterfläche winkte. Der Schiffscomputer würde all seine Befehle ausführen, die er nun über den Kommunikator erteilte. Kira trat aus dem Bereich des Transporters zurück.

»Ich freue mich schon darauf, Constable«, sagte Sisko, nickte Kira bedeutungsvoll zu, straffte die Schultern und berührte seinen Kommunikator. »Sisko an *Defiant*. Fünf Personen hinaufbeamen.«

»Commander, was hat das alles zu bedeuten?«

O'Brien wirbelte auf der Transporterfläche herum und wäre dabei fast von der Plattform gefallen.

Ben Sisko streckte die Hände aus, um seiner Crew zu bedeuten, sie sollten die Ruhe bewahren. Dann atmete er tief ein.

»Dax, Schadensbericht«, befahl er. »O'Brien, Status des Wurmlochs.«

»Ich überprüfe es, Sir!« O'Brien lief zu der Sensoren-Schalttafel.

Bashir war völlig verwirrt. »War das alles nur ein

Traum? Wir haben das Wurmloch in Wirklichkeit gar nicht gesprengt?«

»Beruhigen Sie sich.« Sisko betrachtete die intakten Wände der zähen, kleinen *Defiant*. »Das Schiff ist noch da... Ich hatte schon gedacht, Borath hätte gelogen. Offensichtlich haben wir es gar nicht bis in den Alpha-Quadranten zurück geschafft. Das heißt, wir haben auch das Wurmloch nicht in die Luft gejagt.«

»Ach, hören Sie schon auf!« warf O'Brien ein. »Wir waren dort! Ich habe die Torpedos selbst abgeschossen...« Seine Schalttafel pfiff leise, und er schaute hinab, schüttelte den Kopf und hielt das, was er dort sah, insgeheim für einen Trick. »Das Wurmloch ist intakt, Sir – es wirbelt so glücklich wie zuvor, als wäre nichts geschehen...« Seine Stimme verhallte, während er seine eigenen Erinnerungen anzuzweifeln begann.

»Der Schadensbericht«, warf Dax ein, »zeigt das Ausmaß von Beschädigungen an, das wir festgestellt haben, bevor wir das Schiff verlassen haben, doch die automatischen Systeme haben bereits einige Reparaturen vorgenommen. Die *Defiant* ist raumtüchtig. Wir befinden uns in einer stabilen Umlaufbahn. Der Warpantrieb wurde notdürftig wiederhergestellt.« Sie schaute auf. »Vielleicht von Borath und seinen Leuten?«

»Oder von unseren«, vermutete Sisko. »Kira und Odo sind ja nicht an diese Maschinen dort unten angeschlossen worden, oder? Hat jemand etwas gesehen, das ich nicht gesehen habe?«

»Ich glaube, sie waren nicht dort«, pflichtete Dax ihm bei. »Borath mußte ihnen nicht die Kommunikatoren zurückgeben...«

»Und sie waren auch nicht verwirrt, Sir«, fügte Bashir hinzu.

Sisko nickte. »Und sie schienen zu wissen, was dort unten vor sich ging.«

Er sah, daß Dax erregter war, als sie die anderen merken ließ. »Das bedeutet«, sagte sie, »daß sie vor unserer Gefangennahme von der *Defiant* entkommen sind und ihnen etwas anderes widerfahren ist als uns.«

»Was hat es mit der Zerstörung des Wurmlochs auf sich?« fragte T'Rul und trat vor Sisko. »Das hätten Sie doch niemals gewagt!«

Sisko ignorierte sie, drehte sich zu O'Brien um und zeigte mit zwei Fingern auf ihn. »Der Flitzer *Rio Grande,* richtig?«

O'Brien musterte ihn nervös. »Ja, Sir ...«

»Die Föderation zog sich von Bajor zurück?«

»Ja ...«

»Admiralin Necheyev ... und ich stand unter Arrest?«

»Ja, genau, Sir ...«

Er drehte sich zu Dax um. »Sie haben Bajor unter den Schutz der Gründer gestellt?«

Dax nickte langsam. »Die angeblichen Gründer, bei denen es sich in Wirklichkeit um Borath und die anderen Vorta handelte.«

»Ja!« sagte Sisko. »Wieso hatten wir alle denselben Traum?«

»Es ist gar nicht passiert?« fragte Bashir. Er lehnte sich zurück, verschränkte die Hände im Schoß und hakte stumm alle anderen Ereignisse ab, die sich wahrscheinlich auch nie zugetragen hatten. Dann betrachtete er O'Brien, hielt nach Spuren einer Prügelei Ausschau.

Der Ingenieur runzelte die Stirn und wandte sich ab, sagte aber nichts.

»Also war alles nur ein Traum«, folgerte Dax. »Alles war umsonst.«

»Das muß eine Weiterentwicklung der Holodeck-Technologie gewesen sein«, sagte O'Brien. »Dabei muß man keine Umgebungen und Empfindungen mehr erzeugen. Man gibt einem das Erlebnis direkt ins Gehirn ein.«

»Es ist nie passiert?« kam nun auch Bashir dahinter.

»Aber warum? Welchen Sinn sollte diese Übung haben?«

T'Rul wirbelte herum. Der Zorn auf ihren scharfen Gesichtszügen war unverkennbar. »Sie hatte keinen ›Sinn‹, Doktor. Man hat uns getäuscht. Wir waren nur Figuren auf einem Spielbrett!«

Bashir funkelte sie wütend an. »Ach, halten Sie doch den Mund.«

Sie hob den Arm, um ihm eine Ohrfeige zu geben, doch Sisko ergriff ihn mitten in der Luft und stieß sie zurück.

»Ganz ruhig«, fauchte er. »Warten Sie mal einen Augenblick. Lassen Sie mich nachdenken…«

Sisko berührte den Transporter-Mechanismus, die Wände, die Konsolen, um sich zu überzeugen, daß das Schiff tatsächlich echt war und er sich darin befand. Langsam trat er von den anderen zurück und zwang seinen umnebelten Verstand zur Konzentration.

»Kein Traum«, sagte er. »Ein Test. Und er war nicht sinnlos. In dem Augenblick, da man einen Traum verläßt, wird er zu einem Schatten der Wirklichkeit. Aber ich erinnere mich an alles. Wir waren mit allen Sinnen dort. Sie haben uns die Situation vorgegeben, und wir haben reagiert. Wir haben sogar gemeinsam gehandelt und miteinander gesprochen, nicht wahr?«

Er drehte sich um. Seine Besatzungsmitglieder bestätigten seine Frage mit einem Nicken, und Bashir unterstrich: »O ja.«

»Wir hatten *denselben* Traum. Und alle anderen waren Lebensformen aus dem Gamma-Quadranten«, fuhr Sisko fort. »Wahrscheinlich stammt auch die Gestaltwandlerin von dort – aber das werden wir von Odo erfahren.«

»Worauf Sie sich verlassen können«, warf O'Brien ein.

»Wie viele andere Gestaltwandler waren noch dort?« fragte Bashir.

»Odo hat uns gerettet«, überging Sisko die Frage. »Sie haben Kiras Ausdruck gesehen. Sie haben gewußt, was dort vorging, und wollten nicht, daß wir das Drahtseil zum Schaukeln brachten, auf dem sie schritten.«

Dax trat von der Konsole zu ihnen. »Bedenken Sie, *was* für eine Situation wir ertragen mußten. Warum haben sie …«

Bashir schnippte mit den Fingern. »Sie wollten herausfinden, was wir tun würden, wenn man die Föderation überzeugen könnte, das Wurmloch aufzugeben!«

Er hielt plötzlich den Atem an, schaute von Sisko zu O'Brien und wieder zurück zum Commander und fragte sich, ob sie das Richtige getan hatten.

»Und auch Bajor«, fügte der Chief hinzu. »Vergessen Sie die Bajoraner nicht.«

»Ich vergesse sie nicht, Mr. O'Brien«, sagte Sisko. »Sie haben uns benutzt.«

Er ging auf und ab und bewegte die Hände, während er die Bruchstücke zusammensetzte und die Lücken ausfüllte.

»Wir waren miteinander verbunden und haben getan, was wir auch tatsächlich getan hätten, wenn es zu diesen Ereignissen gekommen wäre. Es war so hundertprozentig echt, als hätten wir es wirklich erlebt – die Gefühle, die Gerüche … Es war mehr als ein Traum. Sie wollten, daß wir einfach nachgeben, wenn wir vor der Wahl stehen, einen Krieg führen oder den Sektor verlassen zu müssen. Einfach aufgeben und verschwinden.« Er drehte sich um und zeigte wie kurz zuvor auf jeden von ihnen, aber diesmal hatte die Geste eine andere Bedeutung. »Aber das haben wir nicht getan. Wir haben sogar gegen unsere Diensteide verstoßen, um *das Richtige* zu tun. Wir haben bewiesen, daß zumindest *einige* Fraktionen in der Föderation nicht katzbuckeln werden – vielleicht sogar die gesamte Föderation. Schließlich haben *sie* ja bestimmt, wie Necheyev und Starfleet Command sich verhalten haben. Nein, es ist wirklich passiert, wenn auch nicht in körperlicher Form.« Er ballte eine Hand zur Faust und deutete auf den Transporter. »Und ich wette, die beiden wissen, was das zu bedeuten hat.«

Er hielt inne und dachte über seine ursprüngliche Mission in diesem Quadranten nach: Er hatte nach den Gründern suchen sollen und statt dessen den Sinn seines Lebens gefunden. Er war bereit gewesen, sein Leben für diesen Sinn zu opfern – damit Milliarden anderer Wesen in Sicherheit leben konnten, damit sein Sohn sagen konnte: »Ja, mein Vater hat das getan.«

Bislang war Ben Sisko sich nicht so sicher gewesen, daß dies in ihm steckte.

Er drehte sich wieder um und fühlte, daß sein Gesicht sich zu einem teuflischen Grinsen verzerrte.

»Sie wissen es noch nicht«, sagte er, »aber das Dominion hat uns einen Gefallen getan. Sie haben nicht bekommen, was sie gern bekommen hätten, aber wir haben eine Chance zum Widerstand erhalten – *und* eine zweite Chance. Indem wir diesen Leuten gezeigt haben, daß wir nicht einfach vor ihnen zurückschrecken, haben wir der Föderation vielleicht Zeit verschafft.«

»Dann … würden Sie es noch einmal tun«, sagte Bashir. Es war keine Frage. Nicht *unbedingt*.

Sisko blieb stehen. Er drehte sich zu dem Arzt und seinen anderen Mannschaftskameraden um, und zu der Romulanerin, die zu ihnen gekommen war, um ein Gerät zu bedienen, und schließlich Zeugin einer Revolution geworden war.

»Worauf Sie sich verlassen können«, sagte er.

# 19

Ihre Verletzungen schmerzten noch immer. Kira trug den Arm mittlerweile in einer Schlinge und atmete nur ganz flach.

Sie hielt einen respektvollen Abstand vom grasbewachsenen Ufer des silbernen Sees, an dem Odo mit der Gestaltwandlerin stand.

Kira erinnerte sich, daß sie der Meinung gewesen war, diese Gestaltwandler würden Odo verblüffend ähneln, als sie sie zum erstenmal gesehen hatte.

Jetzt sahen sie ihm gar nicht mehr ähnlich. Nicht im geringsten.

»Ich hoffe, daß du eines Tages zu uns zurückkehren wirst, Odo«, sagte die Frau, »und deinen rechtmäßigen Platz im Dominion einnimmst.«

Odo schaute nicht zum See. Er wurde nicht mehr von ihm fasziniert. »Ich glaube nicht, daß das möglich sein wird.«

Die Frau musterte ihn nachdenklich. »Deine Verbindung mit den Festen wird nicht anhalten. Du wirst immer ein Außenseiter sein.«

»Es ist gar nicht so schlimm, ein Außenseiter zu sein«, sagte er. »Es gibt einem eine einzigartige Sicht der Dinge. Es ist schade, daß ihr das vergessen habt.«

»Dann werde ich dich eines Tages vielleicht besuchen. Der Alpha-Quadrant scheint von Chaos gequält zu werden. Er könnte etwas Ordnung gebrauchen.«

»Es könnte schwieriger sein, als du es dir vorstellst,

dem Alpha-Quadranten eure Art von Ordnung aufzuzwingen«, sagte Odo, und in seiner Stimme schwang eindeutig Stolz mit.

Kira nahm diesen Stolz wahr, und ihr wurde warm ums Herz. Diese Gestaltwandler waren nicht Odos Volk. Er hatte es schon herausgefunden, und jetzt wußte sie es auch. Dax hatte davon gesprochen, daß sie das Wurmloch in die Luft gesprengt hätten. Dieses Gerät war irgendein Simulator gewesen, der Sisko und die anderen in ein Szenario gezerrt hatte, in dem sie ihre Glaubwürdigkeit mit Taten unter Beweis stellen mußten. Sie kannte die Einzelheiten noch nicht, aber das waren Leute, die nicht nur davon *sprachen*, das Wurmloch zu sprengen, wenn sie dies für das einzig Richtige hielten.

Sie hatten ihren Plan in die Wirklichkeit umgesetzt. Zumindest hatten sie das geglaubt. Und es konnte für sie nur einen Grund geben, so etwas zu tun.

Dem Commander war es um mehr gegangen als nur um den Eid, den er Starfleet und der Föderation geleistet hatte. Er hatte aufgrund seines Versprechens dem Volk der Bajoraner gegenüber gehandelt, unter Benjamin Siskos Kommando würden sie nicht einfach aufgegeben werden.

Kira wollte die Einzelheiten erfahren, aber in gewisser Hinsicht war das überflüssig. Trotzdem wußte sie, daß nicht immer alle Antworten, die man suchte, direkt vor der Haustür lagen. Manchmal waren sie siebzigtausend Lichtjahre entfernt.

»Wir sind bereit zu warten, bis der richtige Zeitpunkt gekommen ist«, sagte die Frau zu Odo.

Odo sah sie reglos an. »Und wann wird das sein?«

Aber die Frau lächelte nur, so trügerisch wie eh und je. »Ich werde dich vermissen, Odo. Aber du wirst uns noch mehr vermissen.«

Ohne ihm Gelegenheit zu einer Antwort zu geben, verwandelte sie sich in eine vom Sternenlicht erhellte

Säule, dehnte sich aus und tauchte in den See ein, zurück zu den anderen ihrer Spezies.

Odo blieb am Ufer stehen und schaute über den Teich hinaus, aus dem er stammte.

Kira wußte nicht, was seine Körperhaltung zu besagen hatte, als sie hinter ihn trat. Hatte er Zweifel?

»Odo«, sagte sie leise. Sie wußte nicht, was sie sonst hätte sagen können.

Doch er drehte sich zu ihr um, und auf seinem Gesicht stand nicht der geringste Zweifel geschrieben, nicht das geringste Bedauern. Er hatte den Köder nicht geschluckt. Seine Suche war vorbei.

»Ich bin bereit, Major.«

Kira suchte nach einem Zögern in seinen Augen, fand aber keins. Sie ergriff seine Hand.

Dann berührte sie ihren Kommunikator.

»Kira an *Defiant*. Zwei Personen hochbeamen.«

Sisko unterdrückte ein erleichtertes Grinsen, als er diese Worte hörte. Odo kehrte mit ihnen zurück.

Er war in diesen Quadranten gekommen, um einen Krieg zu vermeiden, indem er seine Bereitschaft bewies, ihn zu führen, wenn es nicht anders ging. Und genau das war geschehen. Und er hatte den Kontakt hergestellt. Das war auch etwas.

Zwei Energiesäulen erschienen auf der Brücke – gut. Dax beamte sie direkt zu ihren Stationen. Auf diese Weise konnten sie den Orbit sofort verlassen. Er wußte, daß sie besser das Weite suchten, bevor etwas dazwischenkam und die »Gründer« es sich anders überlegten.

Die gleiche Erleichterung füllte die anderen aus, als Kira und Odo materialisierten. Sisko sah auf den Gesichtern seiner Mannschaftskameraden die überwältigende Zufriedenheit, wieder zusammenzusein.

Aber da war noch mehr. Sie würden jetzt noch ein wenig besser miteinander klarkommen als zuvor. Sie wußten, was für ein Opfer zu bringen sie bereit gewesen waren. Eigentlich *hatten* sie dieses Opfer sogar gebracht.

T'Rul unternahm den Versuch, selbstgefällig dreinzuschauen, als Kira sie anlächelte und Odo zu Sisko ging. Ja, auch die Romulaner hatten etwas gelernt, das sie nicht gerade dazu bewegen würde, die Sektkorken knallen zu lassen. Bislang waren sie davon ausgegangen, daß die Föderation mit dem Lauf der Zeit schwächer werden würde.

Aber dieser Zeitpunkt war noch längst nicht gekommen. Die Föderation hatte sich der Aufgabe als gewachsen erwiesen, und die Tarnvorrichtung hatte bei dem, was geschehen war, nur eine sekundäre Rolle gespielt. Es war nicht der beste Tag für T'Rul gewesen.

»Bringen Sie uns nach Hause, Lieutenant«, sagte Sisko zu Dax und betonte dabei besonders das *nach Hause*.

»Jawohl, Sir«, sagte sie und antwortete damit gleichzeitig auf den Befehl als auch auf die Betonung.

Sisko schaute zur Seite, zu Odo, der den Irrläufer auf dem Schirm betrachtete, die Dunkelwelt im Nachthimmel eines fremden Quadranten.

»Constable«, sagte Sisko leise, »wir haben viel zu besprechen.«

Odo betrachtete den Planeten weiterhin; selbst nachdem das Schiff gewendet hatte und mit Warpgeschwindigkeit zum Wurmloch zurückflog, schaute er noch genauso drein – nicht, als habe er etwas verloren, sondern als habe er es gefunden.

»Sie haben recht, Commander«, bestätigte er. »Wir haben viel zu besprechen.«

# EPILOG

»Wir nähern uns dem Wurmloch, Commander. Es ist fast vorbei.«

Dax' sanfte Ankündigung erfüllte die Brücke mit Hoffnung, denn ihre Worte waren für sie alle und nicht nur für Sisko bestimmt.

Ein ruhiger, vorsichtiger Triumph war auf der Brücke der *Defiant* wahrnehmbar. Sie waren auf einer gefährlichen Mission in die Dunkelheit geflogen und hatten nur dieses eine winzige Licht mitgenommen, und nun kehrten sie zurück, um darüber zu berichten.

Nicht die Geschichte eines durchschlagenden Erfolgs, aber die eines rudimentären Kontakts und der Chance, daran anzuknüpfen. Eine *Chance.*

Auf mehr hoffte kein Pionier, wenn sich ihm eine neue Grenze öffnete.

Dax hatte recht gehabt. Die Berichte über Grenzen hatten immer so ausgesehen. Keine gewaltigen, heldenhafte Sprünge, sondern tausend kleine und vorsichtige Schritte einer Vielzahl Mutiger.

»Sir?«

Sisko blinzelte und sah von dem Monitor auf.

Neben ihm stand Kira. Einen Fuß hatte sie beiläufig auf den Sockel seines Sessels gestellt.

»Major? Haben Sie ein Problem?«

»O nein, Sir, kein Problem.«

»Gut. Von Problemen habe ich nämlich die Nase voll.«

»Nein, Sir«, sagte sie. »Alles ist völlig in Ordnung.«

»Gut.«

Er wollte, daß sie ihn in Ruhe ließ, damit er weiterhin ruhig dasitzen und grübeln konnte, doch Kira wollte etwas sagen und würde keine Ruhe geben, bis sie es gesagt hatte.

Nach einem Augenblick der höflichen Folter lächelte Sisko. »Raus damit, Major«, sagte er.

Kira verdrehte die Augen und lächelte dann ebenfalls. »Sir«, versuchte sie es erneut, »ich wollte Ihnen nur sagen… ich wollte Ihnen danken.«

»Ach?« Er hielt die Stimme gesenkt. »Gern geschehen, aber warum war das so schwierig?«

Sie trat bis auf Armeslänge zurück und schaute zu Boden, um sich zu sammeln.

»So schwierig ist das gar nicht. Es ist nur schwierig, es in wenige Worte zu fassen.« Sie schaute wieder zu ihm hoch. Das Lächeln war verschwunden, und in ihren hellen, bekümmerten Augen lag eine tiefe Glaubwürdigkeit. »Ich glaube, nach diesen Vorfällen wird Bajor sich dank Ihnen in dieser Galaxis nicht mehr ganz so allein fühlen.«

Sisko nickte bescheiden. »Eine Zeitlang dachte ich, wir würden Bajor an die Jem'Hadar verlieren. Es hat mir nicht gefallen, Major. Von jetzt an werde ich auf noch mehr Zehen treten, an noch mehr Fäden ziehen und an noch mehr Türen klopfen, um dafür zu sorgen, daß diese entlegene Ecke des Alls noch mehr Unterstützung erhält. Sollte die Föderation der Ansicht sein, ich hätte mich bislang viel zu oft beklagt, wird sie nun wünschen, die Gründer hätten mich nicht zurückkehren lassen.«

Trotz des ernsten Untertons gelang es ihm, ihr und dann sich selbst ein Lächeln zu entlocken. Ihnen beiden machte die Aussicht Mut, daß sie den Bürokraten nun viel härter zusetzen konnten. Schließlich hatten sie sich durch ihren Mut eine gewisse Berechtigung dazu verdient. Sie hatten ihr Leben aufs Spiel gesetzt, sie hatten geschafft, was niemand für möglich oder vielleicht auch wünschenswert gehalten hatte, und niemand konnte ihnen jetzt mit einem »Ich habe es Ihnen ja gesagt!« kommen.

Kira musterte ihn verschlagen. »Es wird nicht mehr lange dauern, und Sie werden so stur und streitsüchtig sein wie wir Bajoraner, nicht wahr?«

Sisko fragte sich, ob er sie beleidigen würde, wenn er über diese Bemerkung lachte, faltete die Hände und musterte sie.

Aber sie betrachtete ihn mit diesem schelmischen Blick, den sie manchmal zeigte, und sie lächelte.

»Wir arbeiten ziemlich hart an diesem Image«, sagte sie.

Sie lachten gemeinsam.

»Ich werde mich bemühen, Major.«

## STAR TREK™

in der Reihe
HEYNE SCIENCE FICTION & FANTASY

STAR TREK: CLASSIC SERIE

*Vonda N. McIntyre,* Star Trek II: Der Zorn des Khan · 06/3971
*Vonda N. McIntyre,* Der Entropie-Effekt · 06/3988
*Robert E. Vardeman,* Das Klingonen-Gambit · 06/4035
*Lee Correy,* Hort des Lebens · 06/4083
*Vonda N. McIntyre,* Star Trek III: Auf der Suche nach Mr. Spock · 06/4181
*S. M. Murdock,* Das Netz der Romulaner · 06/4209
*Sonni Cooper,* Schwarzes Feuer · 06/4270
*Robert E. Vardeman,* Meuterei auf der Enterprise · 06/4285
*Howard Weinstein,* Die Macht der Krone · 06/4342
*Sondra Marshak & Myrna Culbreath,* Das Prometheus-Projekt · 06/4379
*Sondra Marshak & Myrna Culbreath,* Tödliches Dreieck · 06/4411
*A. C. Crispin,* Sohn der Vergangenheit · 06/4431
*Diane Duane,* Der verwundete Himmel · 06/4458
*David Dvorkin,* Die Trellisane-Konfrontation · 06/4474
*Vonda N. McIntyre,* Star Trek IV: Zurück in die Gegenwart · 06/4486
*Greg Bear,* Corona · 06/4499
*John M. Ford,* Der letzte Schachzug · 06/4528
*Diane Duane,* Der Feind – mein Verbündeter · 06/4535
*Melinda Snodgrass,* Die Tränen der Sänger · 06/4551
*Jean Lorrah,* Mord an der Vulkan Akademie · 06/4568
*Janet Kagan,* Uhuras Lied · 06/4605
*Laurence Yep,* Herr der Schatten · 06/4627
*Barbara Hambly,* Ishmael · 06/4662
*J. M. Dillard,* Star Trek V: Am Rande des Universums · 06/4682
*Della van Hise,* Zeit zu töten · 06/4698
*Margaret Wander Bonanno,* Geiseln für den Frieden · 06/4724
*Majliss Larson,* Das Faustpfand der Klingonen · 06/4741
*J. M. Dillard,* Bewußtseinsschatten · 06/4762
*Brad Ferguson,* Krise auf Centaurus · 06/4776
*Diane Carey,* Das Schlachtschiff · 06/4804
*J. M. Dillard,* Dämonen · 06/4819
*Diane Duane,* Spocks Welt · 06/4830
*Diane Carey,* Der Verräter · 06/4848
*Gene DeWeese,* Zwischen den Fronten · 06/4862
*J. M. Dillard,* Die verlorenen Jahre · 06/4869

# STAR TREK™

*Howard Weinstein,* Akkalla · 06/4879
*Carmen Carter,* McCoys Träume · 06/4898
*Diane Duane & Peter Norwood,* Die Romulaner · 06/4907
*John M. Ford,* Was kostet dieser Planet? · 06/4922
*J. M. Dillard,* Blutdurst · 06/4929
*Gene Roddenberry,* Star Trek (I): Der Film · 06/4942
*J. M. Dillard,* Star Trek VI: Das unentdeckte Land · 06/4943
*David Dvorkin,* Die Zeitfalle · 06/4996
*Barbara Paul,* Das Drei-Minuten-Universum · 06/5005
*Judith & Garfield Reeves-Stevens,* Das Zentralgehirn · 06/5015
*Gene DeWeese,* Nexus · 06/5019
*D. C. Fontana,* Vulkans Ruhm · 06/5043
*Judith & Garfield Reeves-Stevens,* Die erste Direktive · 06/5051
*Michael Jan Friedman,* Das Doppelgänger-Komplott · 06/5067
*Judy Klass,* Der Boacozwischenfall · 06/5086
*Julia Ecklar,* Kobayashi Maru · 06/5103
*Peter Norwood,* Angriff auf Dekkanar · 06/5147
*Carolyn Clowes,* Das Pandora-Prinzip · 06/5167
*Diana Duane,* Die Befehle des Doktors · 06/5247
*V. E. Mitchell,* Der unsichtbare Gegner · 06/5248
*Dana Kramer-Rolls,* Der Prüfstein ihrer Vergangenheit · 06/5273
*Michael Jan Friedman,* Schatten auf der Sonne · 06/5179
*Barbara Hambly,* Der Kampf ums nackte Überleben · 06/5334
*Brad Ferguson,* Eine Flagge voller Sterne · 06/5349
*Gene DeWeese,* Die Kolonie der Abtrünnigen · 06/5375
*Michael Jan Friedman,* Späte Rache · 06/5412
*Peter David,* Der Riß im Kontinuum · 06/5464
*Michael Jan Friedman,* Gesichter aus Feuer · 06/5465
*Peter David/Michael Jan Friedman/Robert Greenberger,* Die Enterbten · 06/5466
*L. A. Graf,* Die Eisfalle · 06/5467

STAR TREK: THE NEXT GENERATION
*David Gerrold,* Mission Farpoint · 06/4589
*Gene DeWeese,* Die Friedenswächter · 06/4646
*Carmen Carter,* Die Kinder von Hamlin · 06/4685
*Jean Lorrah,* Überlebende · 06/4705
*Peter David,* Planet der Waffen · 06/4733
*Diane Carey,* Gespensterschiff · 06/4757
*Howard Weinstein,* Macht Hunger · 06/4771

STAR TREK™

*John Vornholt,* Masken · 06/4787
*David & Daniel Dvorkin,* Die Ehre des Captain · 06/4793
*Michael Jan Friedman,* Ein Ruf in die Dunkelheit · 06/4814
*Peter David,* Eine Hölle namens Paradies · 06/4837
*Jean Lorrah,* Metamorphose · 06/4856
*Keith Sharee,* Gullivers Flüchtlinge · 06/4889
*Carmen Carter u. a.,* Planet des Untergangs · 06/4899
*A. C. Crispin,* Die Augen der Betrachter · 06/4914
*Howard Weinstein,* Im Exil · 06/4937
*Michael Jan Friedman,* Das verschwundene Juwel · 06/4958
*John Vornholt,* Kontamination · 06/4986
*Mel Gilden,* Baldwins Entdeckungen · 06/5024
*Peter David,* Vendetta · 06/5057
*Peter David,* Eine Lektion in Liebe · 06/5077
*Howard Weinstein,* Die Macht der Former · 06/5096
*Michael Jan Friedman,* Wieder vereint · 06/5142
*T. L. Mancour,* Spartacus · 06/5158
*Bill McCay/Eloise Flood,* Ketten der Gewalt · 06/5242
*V. E. Mitchell,* Die Jarada · 06/5279
*John Vornholt,* Kriegstrommeln · 06/5312
*Laurell K. Hamilton,* Nacht über Oriana · 06/5342
*David Bischoff,* Die Epidemie · 06/5356
*Diane Carey,* Abstieg · 06/5416
*Michael Jan Friedman,* Relikte · 06/5419
*Michael Jan Friedman,* Die Verurteilung · 06/5444
*Simon Hawke,* Die Beute der Romulaner · 06/5413
*Rebecca Neason,* Der Kronprinz · 06/5414 (in Vorb.)

STAR TREK: DIE ANFÄNGE
*Vonda N. McIntyre,* Die erste Mission · 06/4619
*Margaret Wander Bonanno,* Fremde vom Himmel · 06/4669
*Diane Carey,* Die letzte Grenze · 06/4714

STAR TREK: DEEP SPACE NINE
*J. M. Dillard,* Botschafter · 06/5115
*Peter David,* Die Belagerung · 06/5129
*K. W. Jeter,* Die Station der Cardassianer · 06/5130
*Sandy Schofield,* Das große Spiel · 06/5187
*Lois Tilton,* Verrat · 06/5323
*Esther Friesner,* Kriegskind · 06/5430 (in Vorb.)

# STAR TREK™

*Diane Carey,* Die Suche · 06/5432
*Melissa Scott,* Der Pirat · 06/5434 (in Vorb.)
*Nathan Archer,* Walhalla · 06/5512 (in Vorb.)

STAR TREK: STARFLEET KADETTEN
*John Vornholt,* Generationen · 06/6501
*Peter David,* Worfs erstes Abenteuer · 06/6502
*Peter David,* Mission auf Dantar · 06/6503
*Peter David,* Überleben · 06/6504
*Brad Strickland,* Das Sternengespenst · 06/6505
*Brad Strickland,* In den Wüsten von Bajor · 06/6506
*John Peel,* Freiheitskämpfer · 06/6507
*Mel Gilden & Ted Pedersen,* Das Schoßtierchen · 06/6508
*John Vornholt,* Erobert die Flagge! · 06/6509
*V. E. Mitchell,* Die Atlantis Station · 06/6510
*Michael Jan Friedman,* Die verschwundene Besatzung · 06/6511
*Michael Jan Friedman,* Das Echsenvolk · 06/6512

STAR TREK: VOYAGER
*L. A. Graf,* Der Beschützer · 06/5401
*Peter David,* Die Flucht · 06/5402
*Nathan Archer,* Ragnarök · 06/5403
*Susan Wright,* Verletzungen · 06/5404 (in Vorb.)
*John Betancourt,* Der Arbuk-Zwischenfall · 06/5405 (in Vorb.)

DAS STAR TREK-UNIVERSUM, 2 Bde.,
überarbeitete und aktualisierte Neuausgabe!
*von Ralph Sander* · 06/5150

DAS STAR TREK-UNIVERSUM, Ergänzungsband
*von Ralph Sander* · 06/5151

*William Shatner/Chris Kreski,* Star Trek Erinnerungen · 06/5188
*William Shatner/Chris Kreski,* Star Trek Erinnerungen: Die Filme · 06/5450

*Phil Farrand,* Cap'n Beckmessers Führer durch
Star Trek – Die nächste Generation · 06/5199
*Phil Farrand,* Cap'n Beckmessers Führer durch
STAR TREK – DIE CLASSIC SERIE (1. Band) · 06/5451

Diese Liste ist eine Bibliographie erschienener Titel
KEIN VERZEICHNIS LIEFERBARER BÜCHER!

HEYNE
BÜCHER

# Star Trek

## Deep Space Nine

Eine weitere Serie im Star Trek-Universum: eine geheimnisvolle Raumstation weit draußen in der Galaxis, von vielen intelligenten Spezies besucht und am Rande eines Wurmlochs gelegen, durch das die Routen zu den entferntesten Bereichen der Milchstraße führen - und weit darüber hinaus.

06/5115

Außerdem erschienen:

Peter David
**Die Belagerung**
06/5129

K.W. Jeter
**Die Station der Cardassianer**
06/5130

Sandy Schofield
**Das große Spiel**
06/5187

Wilhelm Heyne Verlag
München